John Edgar Wideman

Schwarzes Blut

John Edgar Wideman

Schwarzes Blut

Roman

Aus dem Englischen von Uda Strätling

Claassen

Die Originalausgabe erschien 1996 Unter dem Titel
The Cattle Killing
bei Houghton Mifflin, New York.

Der Claassen Verlag ist ein Unternehmen der
Econ Ullstein List Verlag GmbH & Co. KG

ISBN 3-546-00183-4

Gesetzt aus der ITC Legacy Serif bei Leingärtner, Nabburg
Druck: Franz Spiegel GmbH, Ulm

FÜR JAMILA

die mit einer der
schönen, starken alten Seelen
gekommen ist,
die nicht zum ersten Mal da sind

ERSTER TEIL

Du aber, Menschenkind, pack dir Sachen
wie für die Verbannung …

HESEKIEL 12:3

Als er aufbricht zu seines Vaters Haus, lässt er alles hinter sich. Sogar sich lässt er zurück, als er die steile Wylie Avenue hinaufzusteigen beginnt. Er ist nicht er selbst. Bloß eine Figur in einer Geschichte, die ein anderer schreibt. Wie er sich dessen so sicher sein kann, ist wiederum eine andere Geschichte, und wenn er innehielte, um andere Geschichten zu bedenken, käme er nie den Hang hinauf. Also lässt er alles hinter sich. Das Zimmer mit ihrem bettwarmen Körper unter der Decke, sein Zimmer mit der unausgepackten schwarzen Reisetasche auf dem Bett, dem kleinen schwarzen, zahnpastagefleckten Waschbeutel auf der gekachelten Ablage im Bad, verlässt die Schriftstellerräume, die Räume ihrer Bücher, geschriebener, ungeschriebener, versprochener, verratener, verrannter, gebrochener Bücher, so unverkennbar in der Luft des William-Penn-Hotels liegend wie der Knoblauchatem eines Tischnachbarn beim Frühstück, der dir versichert, dein Werk stets bewundert zu haben. Lässt die Tagung hinter sich, das, was sich bisher in den ihr vorbehaltenen Räumen zugetragen hat, die kurzlebigen, mit ihr verknüpften Hoffnungen, die in kürzester Zeit zu endlosen Tassen Kaffee, endlosen von der Bar bestellten Drinks samt Erdnüssen werden und sich zu einer Rechnung aufaddieren, die ein Computer am Morgen deiner Abreise aus-

drucken wird, und du wirst es nicht für möglich halten, beginnst dich aufzublasen, drauf und dran, sie weit von dir zu weisen und eine Überprüfung zu fordern, doch du weißt, es wäre zu schmerzlich, dir in allen Einzelheiten die Umstände jeder Ausgabe in Erinnerung rufen zu müssen, du weißt, dass jeder Posten auf der Rechnung und in Wirklichkeit noch mehr auf dein Konto geht, wolltest du dir oder wollte sich sonst jemand die Mühe machen zu rekonstruieren, wie viel Zeit du hier verbracht hast, wie du sie verbracht hast, mit wem und womit; deshalb, statt alles noch einmal zu durchleben, wirst du unterschreiben und die Rechnung mit allem anderen hinter dir lassen, wenn du jetzt langsam Wylie Hill hinaufstapfst, obwohl du gerade erst im Hotel abgestiegen bist und die Abrechnung erst beginnt.

Du schlüpfst aus dem Hoteleingang und in eine andere Haut. Ganz einfach. Kinderspiel. In dieser Stadt bist du wieder jung, wieder Eye. Eye haben sie dich gerufen, als du hier aufgewachsen bist. Du hörst ihre Stimmen. Der Klang deines Namens beschwört die Gesichter der Jugendfreunde herauf. Du siehst Reggie und Scott und Howard und Hamp, aber den Namen, den sie aussprechen, siehst du nicht. Wie heißt es nun eigentlich: Eye oder I oder Aye oder Aie.

In dieser Stadt ist er fünfzehn. Fünfzehn, schlaksig, picklig, und tanzen kann er kein Stück, frotzeln die guten Tänzer. Er duckt sich hinter die rote Kunststoffschüssel mit den Kartoffelchips auf dem Tisch in der Ecke, ölig glänzende Fingernägel im schummrigen Partykeller von Fremden, und wartet auf einen der schluchzenden Songs, die er zu Hause für sich allein hört, so allein, wie er sein kann in einem Haus voller Brüder und Schwestern, und so laut, dass alles ausgeblendet wird außer seiner traurigen Wenigkeit. Wieder und wieder dieselbe Single, die ihn wegträgt in eine Dunkelheit, wo er, ohne Pickel und Probleme, im Groove des schwülen, samtweichen Feelings der Five Royales oder Spaniels oder Midnighters oder Imperials mitgeht. Finger im fettigen Schatz der Schüssel nach Splittern fummelnd, die zu klein sind zum Aufheben, deren kostbaren

Fett-und-Salz-Bodensatz er sich auf die Lippen streicht. Eine Privatfete, für die er vielleicht einen Quarter Eintritt geblecht hat (Bessie Smith sagt: Pah! Ich zahl keine fünfundzwanzig Cents, um wo reinzukommen!), vielleicht auch nicht, wenn er sich mit seinen schwarzen Brüdern zusammengeschlossen hat, viele Brüder, wenig Kleingeld, wie ein Rammbock zur Tür rein, oder vielleicht kannte er den Typen, der im Haus wohnte, oder vielleicht drückte er auch ausnahmsweise seinen Quarter oder Dime ab.

Ein Tanzvergnügen. Tanzvergnügen hieß das früher, wo du hingingst, um dich an scharfen Weibern hart zu reiben und einsam in der Ecke bei den Kartoffelchips hängen bliebst. Oft sind es die Kleinigkeiten, denkt er. Hat noch immer eine Schwäche für Chips, komische, zwanghafte, heiß-kalte Liebe, vielleicht tatsächlich Relikt aus den Lone-Ranger-Teentagen von einst. Tanzvergnügen. Sich mit Chips begnügen. Die sichere Ecke, die er anpeilte und besetzte, bis er den Mut fand, sich vom Sog des allerlangsamsten schleppenden Lovesongs auf die wogende Tanzfläche ziehen zu lassen, so eng an irgendein Mädchen gepresst, dass du sie nicht ansehen musst und sie nicht sieht, wen sie da wirklich vor sich hat. Wieder und wieder derselbe Song. Bis die Mutter brüllt, jetzt reicht's, genug, also bitte, mir kommt es zu den Ohren raus, genug, genug. Wieder und wieder, bis er jede Note kennt, jedes Wort, leise mitsummt, sie sich als Umhang umlegt, in dem er sich unsichtbar in den Tanz stehlen kann, sie zu sich heranziehen, ihr Kaugummiplop an seinem Ohr, das betonierte Gel ihrer Haare steif unter seinem Kinn, seine fettglänzenden Backen und Fingernägel unbeachtet, während der Song läuft und er ihn Takt für Takt besser kennt als der sich selbst. Sie könnte ihn mitsingen hören, Cry und Do-wah in seinem Kopf hören, wenn er sie fest genug packen und dorthin stoßen könnte. Sie spürt es, wo er an ihrem Schenkel hart wird. Auf jeden Beat, Stepp und Turn der Melodie ist Verlass bis zum bittersüßen Ende. Bis der Traum aus ist. Solange der Song läuft, sind sie woanders, sie beide, nicht in irgendei-

nem dunklen, muffigen Partykeller. Nicht Gefangene mit Säcken überm Kopf, in den Hof geschleift zur Erschießung im Morgengrauen.

Fünfzehn und heimlich zu einem Tanzvergnügen auf dem Hill unterwegs. Schlimmes, schwarzes, krausschwarzes Viertel. Wo schlechte Menschen wohnen. Wo dir womöglich die Fresse poliert wird. Oder die Mädchen dich auslachen, weil du den neuesten Tanz nicht kannst, der diese Woche angesagt ist oben auf dem Hill. Heimgejagt. Aufgeplatzte Lippe. Verletzter Stolz. Zum Andenken Beulen am brav geschorenen Kopf, und: Lass dich hier bloß nicht mehr blicken. Hin und wieder hörst du Geschichten von Springmessern und Rasierklingen, üblem Aufmischen und überall Blut, Krankenwagen, Bullen. Einer langen, hässlichen Narbe an einem Hals. Deshalb kannst du nur heimlich auf den Hill. Weil deine Mutter tot umfallen würde, wenn sie es wüsste. Du lügst und rennst schnurstracks hin, wo du nichts zu suchen hast. Versprich mir, dass du einen großen Bogen machst. Ich verspreche es. Ehrlich. Du weißt ja gar nicht, was ehrlich ist, habe ich Recht, Junge. Ich weiß genau, wo du dich rumgetrieben hast.

Mann, Ma, der Hill ist auch nicht schlimmer als woanders.

Fünfzehn. Gestern Abend auf dem Hügel, zu dessen Füßen das William-Penn-Hotel und das restliche Downtown schimmern, gestern Abend ein Fünfzehnjähriger, ins Gesicht getroffen und stirbt. Ein zweiter schwarzer Junge, Jahr jünger, mit Kugeln in der Brust schon tot. Privatfete. Vielleicht im Keller eines der Tür-an-Tür-Häuser, in denen es damals die Tanzvergnügen gab, für fünfzehn bis fünfundzwanzig Cent. Schreiende Mädchen, Schüsse, die virtuell aus dem Hip-Hop dieser Musik zu platzen scheinen, zu der sie heute tanzen. Wieder und wieder. Beats, von denen die Wände vibrieren, die Dielen. Hin- und herwogende Menge. Feuer. Deckung. Im Pulk zur Tür – piff, Panik – und zurück ins dunkle Gedränge des schmalen Schusslinienegrundrisses. Geballer drinnen oder drau-

ßen, schwer zu sagen. Aber groß, Mann, gewaltig. Dicht an deinem Ohr. Du bist gegen irgendeinen Unsichtbaren im Dunkeln gekeilt, geschleudert, gesteuert von dem Unbekannten, der diesen Albtraum mixt und scratcht und sampelt, der in deinem Kopf wummert. Beine hier, Arme dort, alles verdreht, deine Hüften geknufft, gepufft, herumgestoßen, dass du nicht weißt, ob du im Keller Kopf stehst oder auf dem Gehweg auf der Fresse liegst. Peng. Peng. Irgendwer tot. Könntest auch du sein in einem dieser schummrigen, für einen Abend zum Tanzschuppen umfunktionierten Partykeller oben auf dem Hügel, den du hinaufsteigst, zu deinem Vater, der dort allein lebt.

Schuss. Schluss. Junge Schwarze erschießen sich gegenseitig. Bringen sich um. Schuss. Schluss. Augenrollende Rinder werden den Treibgang zur Tötung hinuntergeschleust, dicht an dicht, Maul an Triefarsch. Scheißen und bepissen sich, weil sie schließlich, zu spät, verstehen. Begreifen, wessen Schädel von der Axt am Ende des Tunnels gespalten wird.

Das Vieh ist das Volk. Das Volk ist das Vieh.

Einst Preislied. Dann Grabgesang. Das Bild verfolgt ihn. Xhosa töten ihr Vieh, töten sich selbst, die Welt zerfällt. Ein mutiges, anmutiges afrikanisches Volk, das den europäischen Eroberern trotzte, bis eine unheilvolle Prophezeiung sie bewog, ihr Vieh abzuschlachten, Wesen zu metzeln, die das Fleisch auf den zerbrechlichen Rippen des Traums der Xhosa von sich selbst waren.

Xhosaland – ein Schlachthaus. Erst die gedunsenen Tierkadaver überall. Dann die verhungernden Menschen, traumlos und gebrochen, verendend wie ihr Vieh, verstoßen aus der Arche der Geborgenheit, die ihnen Heimat und Kultur und Erbe gewesen war. Mehr Tote, als begraben werden können. Überlebende, die lernen, Leichen zu meiden, zu umschleichen, ihren Gestank zu ignorieren. Zu schwach, um Hyänen, Schakale und Scharen zankender, hackender Geier abzuwehren. Heimatlose Xhosa, elend, krank, bei Sied-

lern um Nahrung bettelnd, im Schatten lungernd, Gespenster im Busch am Rande europäischer Siedlungen, ein stolzes Volk, das mehr und mehr den dreckigen Hunden gleicht, die sie in den Augen der Weißen immer schon waren.

Jedes Wort seines neuen Buches sollte eine Warnung sein, durchdrungen von Bildern wüster, verbrannter Erde. Gezeichnet, wie er gezeichnet war. Stach ihm nicht der Gestank dieser gebrandschatzten Landschaft in Augen und Nase, während er Wylie Hill hinaufstieg. Wo sein Buch begann und endete. Die Xhosa, von falschen Prophezeiungen, falschen Versprechungen verführt, hatten sich von sich selbst abgewandt, hatten versucht, anders zu werden, etwas zu werden, was sie nie werden konnten. Ihr Vieh geschlachtet, sie selbst zerstört, die alte Ordnung zum Untergang verdammt. Und wieder hingen tödliche Prophezeiungen in der Luft. Wieder waren die Menschen verzweifelt, wieder lauschten sie.

Eye. Warum nennen sie dich Eye. Eye, die Kurzform des anderen Namens, den dir jemand gab. Wer gab dir den Namen Jesaja. Woran hat er dabei bloß gedacht. Nicht diese Geschichte. Nicht diesen Ort. Nicht dieses Buch, in dem alle Geschichten zusammengenommen aufgehen könnten, sollte einer der Narrotologen auf der Tagung befinden, dass du etwas Ähnliches versuchst wie Sherwood Anderson für Ohio oder Faulkner für Mississippi oder etwas noch exotischer Klingendes und noch schwerer Auszusprechendes als Yoknapatawpha. Nicht ganz Geschichten. Wahr und nicht wahr (Fakten, Daten, Morde überprüfen). Nicht unbedingt ein Roman. Vielerlei, wie dieses alte, neue Terrain unter deinen den Wylie Hill hochstapfenden Füßen.

Du bist Eye, weil du in dieser Stadt aufgewachsen bist. Und jetzt, fünfzig Jahre später, kehrst du zurück, wie du es immer tust, Mutter und Vater, Brüder, Tanten, Onkel, Vettern und Kusinen, Nichten und Neffen leben hier noch und haben dich nicht vergessen und haben nicht vergessen, wie sie dich nannten, und nennen dich noch so.

Warum also nicht. Ein halbes Jahrhundert ist verstrichen, und dir ist doch nichts Besseres oder Prophetischeres eingefallen als Eye. Außerdem ist er dir vertraut. Endlos sich wiederholender Klang, während du in einer dunklen Ecke lungerst, beinahe Meister der Kunst des Verschwindens, wäre nicht der verräterische Fettglanz deiner Lippen und Fingernägel. Fingernägel, die eine aus der Handtasche deiner Mutter entwendete Feile nicht runden kann ohne wie eine Kettensäge zu klingen, gegen die nicht mal der schluchzendste Song ankommt.

Heute noch, später, wirst du im Riverboat Room vor den versammelten Tagungsteilnehmern aus dem Buch unter deinem Arm lesen. Dort hält es wie eine Schiene oder ein Superkleber den einen Arm, gebrochene Schwinge, dicht am Körper. Das ist mein neues Buch, Daddy. Mein jüngstes unvollendetes Werk. Nicht ganz fertig, aber fast, hoffe ich, fast. Eine schwere Geburt. Druckerschwärze sozusagen noch feucht. Gestern Nachmittag habe ich es bei Beth abgeholt, der Frau, die mir die Manuskripte tippt. Habe noch nicht einmal Korrektur gelesen. Ein fast fertiges Buch, Daddy, genau wie diese Stadt, wie ein Grab: die vielen Bücher, die es hätte werden können, sein können, sein müssen, zwischen den Seiten begraben. Ich kann nicht lesen, was hier steht, ohne das zu beklagen, was verloren ging. Trotzdem möchte ich dich teilhaben lassen. Ich habe dir nie vorgelesen. Die ganzen fünfzig Jahre nicht. Sicher, du hast manchmal unter meinen Zuhörern gesessen und genau wie sie zugehört oder nicht. Aber ich meine: nur wir beide. Aus nächster Nähe. Eine Lesung von mir für dich, Dad. Eine Premiere.

Ich stapfe die Wylie Avenue hinauf zu meines Vaters Haus. Den steilen Hang zu bezwingen ist wie Leitersteigen. Nach nur zehn Minuten fällt die Stadt unter mir weg. Den Ring breiter Boulevards und Expressway-Rampen zu überwinden war so heikel wie die glitschige Überquerung einer Furt auf Trittsteinen, bei stark fließendem Verkehr fast unmöglich. Zwischen vielfach verzweigten Teerarmen ist die Richtung, aus der die Autos auf dich zuschießen, schwer einzuschätzen. Und die Angst, im toten Winkel erwischt zu werden, dein ständiger Begleiter. Keine Schilder und Ampeln für Fußgänger, denn es soll niemand zu Fuß gehen, wo Wagen um die Ecken fegen, Rampen hinab, vierspurig breit, dann wieder einspurig eng oder sich spaltend in Zuflüsse, die irgendwohin biegen und schnellen, wo kein Fahrer damit rechnet, jemanden zu Fuß über Leitplanken steigen, sich auf schmale Inseln oder ins vermeintlich ruhige Zentrum retten zu sehen, das aus nichts besteht als einem fiktiven, von konvergierenden, sich kreuzenden Spuren gebildeten Raum.

Ihr habt stets auf eure Karten, Schiffe und Kapitäne vertraut. Ein gutes Vertrauen, aber es führt nicht zur vollen Erlösung. Ich habe gehört, dass ihr in Brügge die Leiber eurer Verstorbenen zerstückelt, um herauszufinden, was sich im Menschen verbirgt. Wir in Arras haben dasselbe getan, aber zu einem anderen Zweck. Uns hat der Hunger geleitet, nicht die Neugier. Und eben darum wissen wir hundertmal mehr über den Menschen!

Diese Beobachtung hat er einem Buch entnommen, das in Anlage und Ausführung auf geradezu unheimliche Weise seinem eigenen ähnelt: Eine Messe für die Stadt Arras. *Vom polnischen Schriftsteller Andrzej Szczypiorski, ein Name, der widerborstig ist vor fremden Vokalen und Konsonantenballungen und den auszusprechen einer Herausforderung gleichkommt.* A Mass for Arras. *Im Englischen reimt sich der Titel. Ob auf Polnisch auch.*

In der Stadt der Hügel und Brücken und abgeschotteten ethnischen Gruppen, in der Eye aufgewachsen ist, beanspruchten sämtliche Stämme Osteuropas ihr eigenes Revier. Er erinnert sich an ihre

Clubs und Versammlungshäuser, die Kirchen und Plakate mit den komischen langen Namen – Litauisch, Tschechisch, Armenisch, Ukrainisch, Jugoslawisch, Mazedonisch. Aus fremden Alphabeten gemeißelte Wörter, Wörter mit eigenwilligen Buchstabenkombinationen, die ihm den Mut nahmen, die Laute, für die sie stehen mochten, auszusprechen. Und es sprach auch sonst niemand, den er kannte, solche Wörter aus. Wo immer sie herkamen, wie immer sie sich nannten oder auf ihren Gebäuden und Bannern bezeichneten, diese untersetzten, komisch klingenden Weißen, alte Frauen mit Kopftüchern und langen, schwarzen Kleidern, Männer in schäbigen Anziehsachen, die kein Mensch tragen würde, der ein bisschen Durchblick hatte – sie waren hunkies, *was eine Abkürzung von* Hungarians *sein mochte oder bedeuten sollte, dass sie gedrungene, bodenständige, schweigsame Brocken von Menschen waren mit breiten Stirnen und Bauernhänden, starken Backenknochen, schwerem Körperbau, tief liegenden Immer-woanders-Augen. An* Hunkies, *eine unerwartete Flut von Pittsburgh-Bildern erinnerten ihn Jahrzehnte später die Gesichter der einfachen schwarzen Frauen in Südafrika, die nach einer Kundgebung in Crossroads einen Mann wegtrugen, den blitzausgebildete schwarze Polizeischergen erschossen hatten.*

Zu seiner Rechten, schon weit unter ihm: die Civic Arena mit ihrem längst überholten hydraulisch zurückfahrbaren UFO-Dach, das riesige Areal, heute Parkplatz, des zuerst italienischen, dann jüdischen, dann schwarzen Viertels Lower Hill, eine Art Ellis-Island-Ghetto, wo die zuletzt Angekommenen sich zuerst niederließen und in einem Slum aus Miets- und Logierhäusern hängen blieben, bis auch sie heraushatten, wie man weiterkam, und in andere Stadtviertel verschwanden. War er auf der Highschool gewesen, als der Lower Hill planiert wurde, um für die Civic Arena und die dazugehörigen Parkflächen Platz zu schaffen, sinnloser sanierungspolitischer Wiederbelebungsversuch.

War Eye wirklich fünfzehn gewesen, als man die Häuser auf dem Hill allesamt abriss und die Schwarzen vertrieb. Die immer noch fliehen, Emigranten ohne Zuflucht. Damals wie heute. War Eye fünfzehn. Ist er nicht immer fünfzehn, plus minus, in der Geschichte, die ich den Hang hinauftrage zu meines Vaters Haus. Ein unbestimmtes, ungefähres Alter ohne markante Züge, ein passendes Alter für hunky-funky Nigger, denn wem kommt es schon auf die ganzen albern klingenden Namen an, die fernen Orte, wo diese ganzen Stämme, schwarz oder weiß, einst lebten. Wen interessiert das schon, wie sie sich einst nannten. Wen interessiert, ob sie es immer noch tun.

Ein Allerweltsjunge, der wie Kilroy über den Rand der Mannesreife lugt, unfertig, meist unfähig, sich auszudrücken, abgesehen von dem, was er beim Sport mit seinem Körper macht, wie er tanzen würde, wenn er es könnte, was er sich im Stillen vorsingt zu einer Musik, aus der er Stimmen heraushört, die zu ihm sprechen, für ihn, über ihn, darüber, wer er in Wirklichkeit ist und was er fühlt, die wichtigen Lieben und Lektionen und Heldentaten, die er wieder und wieder hören muss, bis er sie in- und auswendig kennt. Abgesehen davon hat Eye zu sich wenig zu sagen, also können ihm Worte in den Mund gelegt werden, in die Träume, und vorgeben, er zu sein. Eye ist bequem, auf personifizierte Es-war-einmal-Art bequem, wenn ich mich seines Namens bediene. Eye, irgendein Junge, dein Junge, du, ich, mein Junge, einer oder beide Jungen, die gestern Abend bei der Fete umgelegt wurden dort auf dem Hill, wo jetzt meines Vaters Hochhaussiedlung aufragt, Stiernacken ohne Kopf.

Vor rund vier Wochen hat Aunt K, die Schwester meines Vaters, die im selben Seniorensozialbaukomplex lebt, angerufen, um mir mitzuteilen, dass mein Vater sehr krank sei. Eine Grippe grassierte, warf die Leute oft wochenlang nieder, eine besonders gefährliche und gelegentlich tödliche Grippe, wenn sie die sehr Jungen oder *sehr Alten traf. Zu allem Überfluss, sagte sie, sei mein Vater dann im Fiebertran, benommen von den frei verkäuflichen Arzneimitteln, mit denen er sich selbst behandelte, eingenickt, während die Badewanne voll lief. Ganze Wohnung unter Wasser. Ein Hausmeister hatte das meiste mit einem dieser Industriestaubsauger aufnehmen können, aber der durchweichte Teppichboden quatschte noch hier und da, und die Wohnung blieb klamm. Auf diesen kalten, modrigen Sumpf marschiere ich zu. In dem mein Vater festsitzt.*

Wenn er könnte, würde er seinen Jungen aus dem achtzehnten Jahrhundert durch Straßen schicken, die so wirklich sind wie diese Straßen auf dem Hill. Aber er kannte die früheren Straßen nicht, nun schon zweihundert Jahre still. Das heißt eigentlich nicht still. Für seinen jungen Afrikaner Straßen voll Leben: Handkarren, Wagen mit eisenbeschlagenen Rädern aus Holz, Männer zu Pferde, in Karren, Kutschen, Einspännern, Vierspännern, die übers Pflaster rumpeln, von fern widerhallende Rufe der Austernverkäufer, Farmer, die ihren Erntesegen feilbieten, das Geschwätz an den Wasserpumpen, Hunde, Vieh, Körbe mit Hühnern, Glockengeläut, Gefiedel aus einem Schankhaus, das Geschrei der Händler auf dem Sklavenmarkt, werbietetmehr, werbietetmehr, Peitschenknallen laut wie Pistolenkrachen, durch Gassen polternde Fässer, Männer, die singend Takt halten beim Hieven, Sägen, Hämmern, Straßenlärm, der lebt, weil der junge, lebenstrotzende Afrikaner mitten hindurchgeht.

Er hört den Puls, aber kennt nicht die Namen. Die richtigen Namen kennt nur der junge Schwarze. Die vielen Namen, die der Puls benötigt, um wirklich zu sein. Er ist nicht der junge Afrikaner, war es nie, würde es nie sein, also kann er nicht in den Mantel der Luft schlüpfen, die ihn umschließt, noch kann er die Geräusche hören, die diesen durchwirken und säumen, bis er sich bequem trägt wie ein Kleidungsstück, das man vergisst, kaum dass man es ange-

legt hat, und das dennoch da ist, nützlich und vertraut wie eine zweite Haut.

Was er mit dem jungen Afrikaner im achtzehnten Jahrhundert teilte, dessen Geschichte er erzählen wollte, was er schreibend einzufangen versuchte und was die Namen ersetzen müsste, mit denen nur der Junge benennen konnte, wie es war, durch lärmende, zweihundert Jahre vergangene Straßen zu gehen, was er fertigen konnte, war ein Zeugnis dessen, was sie beide in diesem Augenblick umgab, nämlich ein allumhüllendes Schweigen, das sie beide vergaß, Schweigen, das von ihrem irdischen Sein wie den zahllosen verstreichenden Leben ihresgleichen unberührt blieb, eine ferne, bleibende, bedenkenlose Welt. Das Grauen ihrer Vergesslichkeit, ihrer vollkommenen Gleichgültigkeit wäre unerträglich, wenn er sich nicht etwas anderes, einen anderen denken konnte, vergänglich wie er, und ihre vielen vergänglichen Leben zwar Schatten, aber auch der Stoff, aus dem diese heutigen Straßen, dieser Downtown-Verkehr gemacht sind, von Sekunde zu Sekunde, Leben, das vor dem Verstummen beginnt und endet, selbst wenn Stummheit herrscht.

Gestern Abend ist auf dem Hill ein Junge erschossen worden. Sein junger Afrikaner von einst trifft sich im selben Moment mit seinen Brüdern, da er sich das Treffen denkt, da er sich aus seiner Zeit löst, im selben Moment, da er zu seinem Vater hochsteigt. Welchen Namen haben Raum und Zeit, die sie jetzt einnehmen. Sie alle. Der ewig fünfzehnjährige schwarze Junge, die beiden jetzt wieder sterbenden Jungen, der längst dahingegangene junge Afrikaner, sein Vater.

War es gelogen, Verschleierung, wenn er sagte, sie alle hätten in denselben Himmel geblickt, seien auf derselben Erde gewandelt und hätten daher dieselbe Welt, denselben Zustand gekannt. Selbst wenn, was für eine Welt ist es. Warum weint sie nicht um all das, was verloren ist. Und warum hat er Angst zu sterben. Und wer ist er überhaupt, austauschbar mit diesen anderen, porös, von ihnen durchdrungen, selbst löchrig, ausblutend, mit ihnen verrinnend, in der Geschichte, die er zu schreiben versucht. Er blickt auf das vielstöckige, zwischen noch höheren Türmen aus Glas und Stahl winzig erscheinende Hotel zurück. Den Verkehrsknäuel, den er nur Minuten zuvor am Fuße des Hügels überwunden hat. Wenn all das morgen verschwindet. Wenn gestern nichts davon da war, wenn irgendwer, Pelzhändler in einem Kanu, Franzosen, ein schwarzer Sklave, ein irokesischer Fährtenleser, einen grünen Fluss hinabgleitet, stumm, erschöpft, die Europäer plötzlich überwältigt von der schieren Weite des Landes, Wäldern, die sich hinter Flussufern endlose Wegstunden erstrecken, dem weißen, vor unberechenbarem Wetter schweren Himmel, Schwärmen blutrünstiger Insekten und Vögel und wilder Tiere, die geduldig auf ihren Fraß an Eindringlingen warten, ganz gleich, wie viel Getier die Männer in Kanus erlegen und häuten und erschlagen und essen, Männer, die das Gelübde brechen, das sie sich selbst gegeben haben: durchzuhalten, um jeden Preis bis zur Flussbiegung zu überleben, hinter der die drei großen, westwärts fließenden Wasser sich zum legendären goldenen Strom vereinen, auf den du den Berichten zufolge früher oder später stößt, so du die Reise überstehst. Wenn sie die mythische Mündung der drei Flüsse erreichen, werden sie keine Stadt finden. Werden sie, am Ziel angelangt, vor ihrem inneren Auge Türme von Stahl und Glas aus der Wildnis wachsen sehen. Diese Stadt, diesen Traum. Oder einen anderen. Und wenn es so kommt, und wenn sie mit diesem Traum im Herzen sterben und du dich hier wieder findest, wo sie einst waren, und es verbluten die Jugendlichen in wüsten Tür-an-Tür-Häusern, in denen du dich einst herumgedrückt hast, mit fünfzehn, plus minus, was heißt das.

Er würde seinem Vater vorlesen. Oder ihm zumindest eine Lesung anbieten. Mit seinem Vater war nicht leicht auskommen. Er würde aus dem neuen Manuskript lesen, sofern sein Vater, in Pan-

toffeln, auf der Couch zusammengekauert und gegen die klamme Kälte in Decken gehüllt, bereit war zuzuhören. Würde dann dieses Zuhören, wenn es stattfand, zu einem Teil der Geschichte, zum Anfang dessen, was er läse.

Gleich den *Ogbanji*, die sich im Uterus einer verhexten Frau verbergen und deren ungeborene Kinder eins ums andere zu einem vorzeitigen Tod verdammen, wenn dem bösen Zauber nicht entgegengewirkt wird, gibt es besonders ungestüme afrikanische Geister, die so willensmächtig sind, dass sie sich weigern zu sterben. Es sind Geister, nicht Götter, und doch erreichen sie, indem sie sich sterblicher Seelen bedienen, eine Art Unsterblichkeit; sie wandern von einer zur nächsten, brauchen sie auf, entledigen sich ihrer und suchen sich eine neue Wirtsseele. Nun geschieht es gelegentlich, dass ein Ahnungloser einem dieser Geisterwesen auf der Wanderschaft, und das heißt in körperloser Gestalt, begegnet, ihm verfällt und für immer folgen, seiner Spur endlos im Tanz durchs Leben folgen muss, ihn finden, verlieren, finden, verlieren.

Im Laufe der Nacht ist der See verschwunden. Zwischen den Bäumen am Fuße der Böschung, wo der See sein müsste, sieht er lediglich einen dichten, weißen Nebelvorhang.

Am oberen Rand franst er aus. Weißer Rauch flattert in den bleichen Himmel, bildet lose gezupfte Wolken. Die Morgenröte, die sich über die Kuppe in seinem Rücken stiehlt, färbt die Dunstbäusche zart rosa und orange. Als er den Blick weiter nach oben wandern lässt, überrascht ihn der Himmel. Ein blaues, viele Lebensalter fernes Dach. Schicht um durchscheinende Schicht Blau weicht weiterem Blau, eine Farbe, die der See vielleicht später annehmen wird, wenn es hinter der schwimmenden Nebelbank noch einen See gibt.

Welche Farbe hatte das Wasser wohl jetzt. War es denn da, grau noch, grau wie der hartnäckige Schlaf, den er sich aus den Augen reibt.

Die Luft wird klarer. Blauer und tiefer, je gewaltiger der Tag um sich greift. Während er in den schneeweißen Dunst hinausstarrt, lauscht er nach Waldgeräuschen, wartet und denkt sich Wörter für die Geräusche, die sein werden. Selbst alle Wörter, die er kennt, zu wenig für die ungehörten Geräusche des schwankenden Bodens zwischen Wachen und Schlaf, Schlaf und Wachen.

Wind aus Westen schiebt den Nebel weiter. Ein bitterer Wind, der über die Berge hinweggesetzt ist, während er schlief. Er hat Glück gehabt. Solche Winde konnten den ersten Schnee des Jahres mitführen. Die Mulde, in die er sich geigelt hat, von Kiefernzweigen überdacht, wäre kläglicher Schutz gewesen gegen die endlosen Eimer Schnee, die diese ersten Stürme munter auskippen.

Im entblößten Wald ist Dämmerung Licht hier und da auf Einzelstämmen da und dort. Licht, das alles still verändert. Aus Nacht wird Morgen, Morgen schält graue Haut von Stämmen und Ästen, wenn er aber die Augen geschlossen hält, wird er erst wissen, welche Veränderungen die Dämmerung bewirkt hat, wenn er sie aufschlägt. Licht heute Morgen schweigsam wie die Zeit. Es gab andere Morgen, da stürzte rings um ihn das Licht herab wie sommerlicher Platzregen, prasselte auf das dichte Grün, das diese nackten Wälder zu jener Jahreszeit kleidete.

Er fürchtet das Licht. Nasser Lappen, der Schmutz von den Fenstern wischt. Sodass du hinaussiehst und jeder herein. Plötzlich erscheint Neues, doch beschwert mit der schweigenden Last der Erinnerung. Langer, tiefer Schlaf, und dann. Jetzt. Jetzt musst du dem, was nachts gekommen ist und sich zu dir gelegt hat, ins Auge sehen. Warum drehst du dich nicht um, was fürchtest du.

Er wartet mit angehaltenem Atem, bis das Haus, das Welt heißt, seine Form wieder kennt, sich wieder errichtet, Steine und Ziegel und Balken sich lautlos aufeinander legen. Allein schläft er an einem einsamen Ort ein, und am Morgen umringen ihn die Städte seiner Vergangenheit, die Städte seiner Zukunft. Menschen steigen über ihn hinweg, um ihn herum, durch ihn hindurch, stets auf dem Weg anderswohin. Sie tragen fremdartige Schuhe, unvorstellbare Schuhe, daher kann es kein Traum sein, er ist wach – in einer vertrauten Stadt voll namenloser Gesichter. Menschen mit Schuhen, die Teufelswerk sind.

Menschen, die nicht mit ihm sprechen. Ihre Sprache unverständlich wie das Krächzen der Krähen. Und doch bringen ihre Stimmen Botschaften bei, Botschaften so scharf wie der Pfeil, der sich in seine Hand bohren wird, wenn des Alten Axt splittert.

Wie der Nachhall seines Krähengedankens zerreißt nun ihr Krächzen die Stille. Er sucht die Baumwipfel ab, kann aber keine Vögel entdecken. Sie keifen. Kreischen vor Pein und Empörung. Ersticken an dem, was man ihnen in den Schlund rammt, rau, reibend. Eine hinkt in sein Blickfeld, schwerer, schwarzer Rumpf ungelenk auf Reisigbeinen. Hüpft von der Erde auf. Weniger Flug als ein Stottern, ein Stürzen, bis ein unsichtbarer Angelhaken die Leine strafft und die Krähe wegzieht. Weitere schwarze Schatten gleiten vorüber, Weberschiffchen zwischen den kahlen Kettfäden der Bäume.

Schimmerndes Licht, rauchendes Licht, Licht, das Borke von Bäumen bricht. Bebendes, zitterndes Licht, vor dessen Grelligkeit alles zurückweicht. Täuschendes Licht. Belangloses Spiel auf spiegelnden Flächen, aufblitzende Axtklinge, lächelnder Mond, Spätnachmittagsglitzern abertausend blanker, auf dem See tanzender Münzen, Narrengold, das glimmt, aber nicht sinkt, bis eine Windböe das Gegaukel verbläst.

Licht, dem es beim Sündenfall die Sprache verschlagen hat.

Einzig Feuer, sein Knistern und Fauchen, eint, was Gott einst geschieden, als er Licht und Finsternis trennte, jenem die Zunge ausriss und in dieser die Wahrheit verbarg.

Einzelne Stämme, einzelne Äste, von Licht überkommen, machen den Wald heute scheckig. Warum sind einige auserwählt, das Licht zu empfangen, andere nicht. Er hofft auf Antwort. Hört lediglich kabbelnde Vögel, die er nicht sieht.

Die Morgendämmerung entfaltet sich droben Ast für Ast, flickt sich auf weichem Waldboden zusammen, ein Bad der Irrungen, in das er sich senkt, in dem er wieder versinkt, wieder nackt. Wieder verführt.

Gottes Feuerurteil. Der Herr setzt Gewicht und Schweigen des Lichts ein. Werde ich standhalten. Oder wird die kreiselnde Erde wieder nach mir greifen und mir das Gesicht aufschlagen. Ein Wirbel feuriger Sonnenflecken um mein Haupt. Farben, die sich zu verwischtem Weiß erhitzen. Er erinnert sich an den heißen Wind, der ihn umwarf, dass er sich flach auf dem Rücken wieder fand. Welt auf dem Kopf, er hin und her geworfen, hilflos und stumm wie eine Schildkröte.

Der Prediger, rabenschwarz im langen Rock, hatte gesagt: Der Mensch ist geblendet. Von Erscheinungen genarrt. Hält Hülse für Kern. Setzt nur auf das, was er sieht. Verpfändet seine unsterbliche Seele für äußere Erscheinungen. Das Wort *Erscheinungen* spie der Gottesmann den Umstehenden entgegen wie einen lästigen, endlich zwischen seinen gelben Zähnen befreiten Essensrest.

Das Schauspiel – die Arme des Predigers schlugen einen Bogen von Horizont zu Horizont, einen Bogen, der alle vier Weltenden umspannte und sich als Deckel über alles schloss, was der Mensch für fest erachtet, worauf er seine Füße pflanzt –, das hier, das alles ist nicht wirklich. Und doch glaubt ihr das. Ihr lasst euch täuschen. Ihr vermeint zu sehen, aber ihr seht nicht. Die Berge, die Marmorsäulen der Parlamente, sie sind so wenig greifbar wie der Hohn, das Lispeln und Lauern der Handlanger des Leibhaftigen, die ausgesandt sind, euch zu plagen. Truggespinste. Beachtet sie nicht, und sie werden keine Macht über euch haben. Lernt nach innen zu blicken. Nähret das Licht. Solange das Licht Gottes nicht hell in euren Herzen brennt, bleibt ihr blind wie das Gewürm, das sich zwischen euren Lenden windet.

Er erinnert sich an den finsteren Blick des Schlachtmeisters, der ihn einst getroffen. Über der blutigen, wie ein Latz knapp unter dem Kinn gebundenen Schürze hatten sich die Gesichtszüge des Mannes plötzlich von innen nach außen gewendet, unversehens eine dampfende Blutsuppe. Die Maske, die der Mann für gewöhnlich geschwind aufsetzt, wenn der Kunde nicht weiß ist, dem er sich zuwendet, kann das gemeine Brodeln nicht verbergen. Es steht zwischen ihnen. Ein Grauen, über das sie nicht sprechen können, hängt dort so unverkennbar wie an den Haken der Wände und Schlachtereibalken die gehäuteten, enthaupteten Tiere. Macht sie beide falschzüngig wie Licht. Das Gesicht des Schlachters befleißigt sich der nächstbesten Lüge, er selbst wird so verstockt, dumm oder stumm, wie es ein weißer Schlachter von einem Schwarzen erwartet, der bei ihm eintritt.

Licht. Jetzt überall. Jetzt kann jeder, der sich die Mühe macht, einen Mann auf der Erde liegen sehen, einen Mann, der Kiefernnadelpolster zu einem Nest zurechtgescharrt hat wie eine Waldkreatur.

Er dankt Gott für den neuen Tag, die Kraft, sich wieder zu erheben, den Atem, der im Körper die Nacht überdauerte. Er reckt die steifen Glieder, fröstelt, weil er in der Nacht so gefroren hat, weil er immer frieren wird, im Innersten, selbst wenn man ihn an einen Pfahl bände und als Hexe verbrannte.

Er lauscht dem Wald, lauscht den Geräuschen, die man erst hört, wenn man aufhört, in sich selbst hineinzuhorchen. Dann hört man sich. Der eigene Name unausgesprochen da, geformt von den Mustern der Geräusche ringsum.

Der Alte beobachtet ihn durchs Fenster. Die Scharte in der Hüttenwand ist ein Auge, der darüber hochgehakte Fensterladen ein Lid, der runde, dunkle Kopf die Pupille, starr vor dem verschwommenen Dunkel, das den Rahmen ausfüllt. Etwas da in der Blockhütte, mehr erahnt als gesehen. Oder vielmehr, einmal gesichtet, nicht mehr zu leugnen, da, ob du hinsiehst oder nicht, wann immer der Blick von deiner Arbeit schweift. Du kannst nicht anders. Du hackst. Scheite zerspringen. Schielst wieder und wieder zum Fenster hin. Ist der Mann noch da, starrt er noch heraus. Du bist dir nicht sicher. Er könnte eingenickt sein, tot gar, woher sollst du das wissen, der gesichtslose Umriss verrät es dir nicht.

Hartnäckig hebt sich dein Blick, blöde hoffend, dem Köder entgegen, als könntest du dir diesmal die Gewissheit verschaffen, die dir bislang fehlt. Ihn dort im Fenster dingfest machen, als drückte das Gewicht seines lauernden Blicks nicht längst unbestreitbar wie eine Gräte im Hals.

Jeder gespaltene Scheit ist der berstende Tag, so jäh wie nackt. Was verhüllt war, Lage um Lage, Jahr um Jahr mit nachwachsenden Holzringen umgürtet, wird zu gelben Splittern zersprengt. Die Handgelenke, dann die Schultern erfassen den hölzernen Schmerz, die Wucht des prellenden

Axthiebs, Kraftwellen, die sich fast sichtbar über die Haut der Luft fortpflanzen.

Mit dem Axtstiel stimmt etwas nicht. Sagt die leise Vorwarnung in den Fäusten, ein Zittern, das eine Spur zu lang nachwirkt, wenn sich die Schneide durchs verhärtete Herz eines Scheits gebissen hat. Er ahnte es bereits, als er die Axt des Alten aus ihrer Spinnwebenvertäuung neben der Herdstelle hob. Noch ehe er gerufen, überhaupt an die Tür der Blockhütte geklopft hatte, wusste er, dass hier Dinge warteten, die man besser ruhen ließ. Zieh weiter, hatte er sich zugeraten. Lass diese einsame Hütte in dieser einsamen Lichtung. Du findest Besseres. Schleppe dich weiter. Vergiss die nagende Leere im Magen, den dumpfen Schmerz schon jetzt am Morgen in deinen afrikanischen Füßen.

Die Farm hatte verlassen gewirkt. Im morgendlichen Dunst ein düsteres Bild des Scheiterns geboten. Schiefe Zäune, ein leerer Schuppen mit eingesunkenem Dach. Verkrautetes Dickicht, wo einst Gärten, Hof, Weiden gewesen sein mochten. Er rief nicht etwa, weil er mit Antwort rechnete, sondern um anwesende Geister zu warnen, ihnen Gelegenheit zur Flucht zu geben, damit, wenn er die Tür zur Blockhütte aufschob, ihr kalter Spinnwebatem nicht sein Gesicht streifte. Und sollten die Geister seine Warnung übergehen, sich verschanzen und seine Übertretung ahnden, dann mochte der Klang seiner Stimme vielleicht wenigstens die Hunde aufschrecken, die auf solch einsamen Gehöften eine Gefahr für Leib und Leben darstellten. Die bellende, schnappende, hochspringende Sorte weniger als die unsichtbar lungernde, die einem auflauerte.

Und gleichviel, ob seine Stimme Hunde, Geister oder ein Menschenwesen an die Tür lockte, er rief in die Stille hinaus, um sich rufen zu hören. Um das Grabtuch des Schweigens fortzureißen, sich selbst von den Toten wieder zu erwecken.

Lange bevor er die Fensterscharte bemerkte und den dunklen Schatten an deren Rand, fühlte er sich beobachtet, schon von ferne. Wähnte die Hütte verlassen und wähnte sich dennoch beobachtet, als er die Lichtung betrat. Ein unbestimmtes Gewicht, Einbildung oder nicht, sichtbar oder nicht, stellte sich ihm entgegen. Augen blickten an ihm vorbei, durch ihn hindurch, den Fremden, übersehen, fortgewünscht. Brauchte er denn den Blick eines anderen, um wirklich zu sein. Machten ihn erst die Augen eines anderen wirklich. Würde er sich in Nichts auflösen, wenn die Augen ihn leugneten. Würde er wie der von der Sonne gehetzte Nebel in die dunkle Wand aus Bäumen zurückweichen, aus der er getreten war.

Bevor er also die Tür aufschob, rief er noch zweimal von der Schwelle, den grün vermoosten Stümpfen, die wie Pflastersteine in die Erde gelassen waren.

An der hinteren Wand lehnte, in eine Decke, einen Umhang oder ein Tierfell gehüllt, dessen Umrisse mit den Schatten auf dem Boden zerflossen, ein Mann. Entweder ein sehr kleiner stehender oder ein normal großer sitzender. Lediglich sein Blinzeln und die gegen den grellen Schein in der Tür hochgerissene Hand verrieten, dass er lebte.

Mit Verlaub, Sir. Einen gesegneten Morgen. Habt Ihr nicht vielleicht Arbeit, Sir, für einen ehrlichen, hungrigen Christen. Einen willigen, kräftigen Pilger, der sich als Lohn für seine Mühen nichts weiter erbittet als einen Kanten Brot.

Während er dort im schwarzen Höhlenschlund stand, auf der Schulter den Sack mit seiner gesamten weltlichen

Habe, hörte er im Rücken das Licht knistern, kaltes, verzehrendes Inferno.

Als der Mann nicht antwortete, kam er sich klein vor, dann ungemütlich groß, wie ein Junge, der versehentlich gegen einen Ameisenhügel tritt und Schwärme von Insekten in Angst und Schrecken versetzt.

Vielleicht taub, der Alte, oder einer der starrköpfigen, schwerzüngigen überseeischen Flachländer, die Englisch verschmähten.

Schon ein flüchtiger Blick genügte als Antwort auf seine Frage. Nichts zu holen. Arbeit genug, drinnen wie draußen, aber nicht der kleinste Krumen für einen armen Wanderer. Eine sterbende Farm. Und sterben müsste auch, binnen Tagesfrist oder gar Stunden, diese arme, bis zum Kinn in Lumpen gewandete Seele. Hier herrschten bereits der kalte Hauch, Gestank und Schweigen des Todes. Ein Grab hatte er aufgebrochen.

Er weicht behutsam zurück. Bloß fort, bloß nicht weiter stören.

Bist du der Teufel.

Ganz gewiss nicht, Sir.

Die Grabesstimme gebot ihm Einhalt. Ihn fröstelt. Er mustert die Asche, die sich in der Feuerstelle türmt wie eine graue Schneeverwehung.

Hatte der Mann wahrhaftig gesprochen. Er war sich nicht sicher. Obwohl der Nachhall eines Wortwechsels durch den Raum geisterte. Fußabdruck im Sand einer Insel, auf der du Schiffbruch erlitten. Plötzlich bist du weniger allein und zugleich umso mehr. Er folgte dem Ruf des Herrn oft tief ins Hinterland, wo ihm tagelang kein menschliches Wesen begegnete, und manchmal, wenn er Rast machte, fuhren Stimmen auf ihn nieder, Heerscharen von Besuchern, ein Stimmenheiligenschein, der in einer ebenso mahlenden, lautlosen Leere hing wie dieser.

Schwarzer Teufel.

Seid versichert, Sir, versichert er sich, ich bin kein Teufel. Ich diene dem Herrn. Trage das Licht seiner Botschaft in die Seelen derer, die mir Gehör schenken. Mit Gottes Licht im Herzen, Sir, braucht Ihr Satan nicht fürchten. Noch irgendeinen Sterblichen.

Sie zu holen, Teufel, kommst du zu spät.

Da lässt auch er den Blick zu einer schmalen Pritsche aus Stämmen hinübergleiten, die wie zu einem Floß zusammengezurrt sind. Vielleicht diente sie als Bettstatt. Eine kadavergestaltige Masse, die aber auch Matratze und Deckbett sein mochte, hängt über einer Ecke. Ob Bett, Boot oder Schlitten, die Form wirft einen stinkenden, raumgreifenden Schatten. Er verzieht das Gesicht, wendet sich ab.

Lass mich in Frieden, schwarzer Teufel.

Ihr habt von mir nichts zu befürchten. Ich bin ein schlichter Diener des Herrn. Ein Zeuge seiner Güte und Größe. Lasst Euch helfen, Sir. Ich mache Euch Feuer. Ich hacke Euch etwas Holz. Und wenn Ihr gestattet, Sir, werde ich mit Euch beten, ehe ich weiterziehe.

Eine Axt lehnt am verrußten Feldstein der Feuerstelle. Ein Schritt, und er hält sie in der Hand. Drei kräftig ausholende Schritte würden ihn zur hinteren Wand hinausbefördern.

Als er sich wieder umwendet, kauert der Mann mit angstverzerrtem Gesicht an der Wand und wirkt jetzt, vom spärlichen Schein des Lichts im Fenster erfasst, noch weißer.

Er versteht den Grund für das Grauen nicht, bis er den Blick nach der pendelnden Axt bemerkt. Blatt und Fratze starren sich im Halbdunkel an wie zwei fahle Augen.

Gnade. Gnade.

Die ausholende Axt hebt ihn fast vom Boden. Vorübergehend gewichtslos, der Folgenschwere ihres Falls enthoben, bis die Erschütterung des Körpers beim Hieb zurückkehrt. Dann abermals Freiheit. Das Weichen fehlenden Widerstands. Der Scheit entzwei, einzeln zu Boden purzelnde Hälften.

Blutstropfen auf der neuen Seite, die die Axt aufgeschlagen hat. Er blickt zum Fenster hoch. Muss ihm erst jemand sagen, was geschehen ist. Gab es einen Zeugen. Wen. Wo. Weshalb war der gespaltene Holzscheit mit schwarzem Blut bespritzt.

Er lässt die Axt fahren, macht einen Satz, als sie von einem Holzklotz zum anderen springt wie beseelt. In das Hautsegel zwischen Daumen und Zeigefinger hat sich ein Splitter des geborstenen Axtstiels gebohrt. Bisher kein Schmerz. Bloß still tropfendes Blut.

Er ist töricht gewesen, ja. Vielleicht, wenn er es richtig erzählt, muss er nicht als hoffnungsloser Tropf dastehen. Es hätte nie dazu kommen dürfen. Ein merklich maroder Axtstiel. Ich kann von Glück sagen, dass ich mich nicht ernstlich verletzt habe. Ich hätte es besser wissen müssen. Mit jedem Hieb hatte die Axt laut ihre Warnung posaunt. Er staunt, wie gefasst er sich die Geschichte seiner Wunde erzählt. Er spreizt die Finger der verletzten Hand, dreht und wendet sie, um sich ein Bild vom Ausmaß des Schadens zu machen, sich den Anblick für die spätere Schilderung einzuprägen.

Ein Pfeil steckt im Fleische. Er zeigt die Hand dem Alten am Fenster.

Schlagartig setzt der Schmerz ein. Er muss die Augen zukneifen. Die Hand und diese komische Wunde, sie gehören doch zu ihm. Er hätte den Splitter in der tauben Gnadensekunde herausreißen sollen. Nickt der Mann im Fenster etwa bedächtig mit dem Kopf, ganz seiner Meinung und erneut enttäuscht. Jetzt ist der Schmerz ein puckernder Puls. Wenn er nicht Acht gibt, bricht die Nadel aus Holz noch im Fleisch ab.

Er starrt auf die heile Hand, bis sie aufhört zu zittern. Packt das dicke Ende des Splitters zwischen Daumen und Zeigefinger. Zieht.

Siehst du. Wie klein und harmlos er ist.

Zu schnell überstanden. Einen Augenblick lang war ihm seine Hand gewaltig erschienen, die Übertretung des Splitters eine tödliche Bedrohung. Er wollte die Eigentümlichkeit des Ganzen noch einmal bedenken. Sich Zeit nehmen. Die Hand noch einmal drehen, sie von allen Seiten würdigen. Die gebogenen Finger Inbegriff der Leiden Christi. Sich langsam öffnende Blätter einer Blüte, die den Blick auf die vom Nagel durchbohrte Handfläche freigaben.

Der Splitter war widerstandlos herausglitten. Enttäuschend klein. Kein zerfetztes Fleisch, ein paar letzte Blutstropfen. Leichter abgeschüttelt als der lauernde Blick des Alten.

Keine große Sache, die Wunde, doch er arbeitet schließlich, sofern er Arbeit findet, mit den Händen. Die Stelle wird schlecht verheilen, eine Wunde wird er von diesem elenden Ort davontragen. Er hört die Schelte des Alten: Was musste er auch mit einer schadhaften Axt Holz hacken, sinnlos Zunder für ein Gespenst verfeuern, sich obendrein beinahe einen Fuß abschlagen, weil er die Axt einfach fallen ließ.

Er knickt den Splitter entzwei und wirft ihn fort. Das Brennen in der Hand ist mehr Demütigung als Schmerz, wie die auf den Hintern niedersausende Gerte des Aufsehers, die ihn und die anderen Sklavenjungen von Dummheiten zurück zur Arbeit trieb.

Als er erneut die Hütte betritt, löst sich ein geisterhafter Teil seiner selbst ab, so rasch und sauber wird er entzweigespalten, dass er keinerlei Schmerz verspürt, nur staunende Neugier, als sein zweites Ich die Füße des alten Weißen packt und so heftig reißt, dass dieser unter der Decke hervorfliegt, strampelnd, sich windend, wie von einem Korkzieher in Fetzen aus der Wunde gerenkt. Wer schreit da. Oder sind es Krähen, die mit gewetzten Messerschnäbeln die Stille morden, die sich wie ein Zinndeckel über ihm wölbt. *Bist du der Teufel.*

Tut mir Leid, Sir. Die Axt. Sie ist mir zerbrochen, Sir. Stiel beim Holzhacken zersplittert.

Der Mann beachtet ihn nicht. Sein Mund klafft weit in seinem Gesicht. Eine schwarze Höhle.

Auf der Asche schichte ich Zunder auf, errichte eine Schanze aus Scheiten. Der alte Mann verharrt reglos und stumm, während ich etliche Arm voll Holz herbeischaffe. Ich schlage mit meinem Stein Feuer. Entlocke einem trockenen Büschel Gras Rauch, dann Flammen. Auflodern. Zittern in den dunklen, eisigen Ecken des Raumes.

Das Holz kreischt, altes, knorriges, verwachsenes Holz, es stöhnt, als ich die Tür der Hütte zuziehe. Ich bin versucht, einen letzten Blick zurückzuwerfen, lasse es bleiben. Könnte ebenso gut mit der Wand reden. Mein Werk ist vollbracht. Mein bescheidenes.

Inständig hatte ich den armen Mann ersucht, angefleht, mit mir zu beten. Ich erhielt keine Antwort. Ob selig, ob Sünder, blieb mir verborgen. Ich ließ ihn zurück, wie ich ihn vorgefunden hatte, in seine Lumpen gehüllt, Kopf an der Wand, im starren Blick der flackernde Widerschein des Feuers.

Möge der Herrgott sich Eurer Seele erbarmen, sprach ich in die Höhlen seiner Augen, Ohren, die Höhle seines Mundes.

Dies ist seine Axt.

Die nämliche Axt. Verbunden und verarztet, ja, sie ist es. Sei unbesorgt, er hatte keine Verwendung mehr für sie. Armseliges Gerät überdies. Nichts sonst habe ich aus seiner Behausung entfernt. Obwohl ich mir wenig auf den Verzicht einbilde, wenn es denn Verzicht war, denn in der Hütte gab es sonst nichts, was einen Dieb in Versuchung hätte führen können, geschweige denn einen wie mich, der ich mich, obschon arm, für einen ehrlichen, gottesfürchtigen Mann halte.

Die Axt trug ich fort, weil ich meiner Berechnung zufolge einen Anspruch erworben hatte.

Sie hatte mich verwundet, verstehst du. Mein Blut geleckt. Sie war mir etwas schuldig. Oder vielleicht fand ich, ich hätte sie verdient. Eine wunderliche Rechenkunst, zugegeben. Die Sache lastet mir ein wenig auf dem Gewissen. Selbst heute, obgleich viele Jahre dazwischenliegen. Sie hat etwas von Dieberei. Und heidnischem Aberglaube. Auch Selbstbetrug, natürlich. Und Eitelkeit. Du hast längst bemerkt, liebe Freundin, dass ich auch ein wenig stolz bin auf mein Siegespfand. Vergeltung im Kleinen, allerdings wofür, wage ich kaum zu sagen.

Ich habe den Stiel zur Verstärkung umwickelt, wie du siehst, und die Axt seither stets bei mir getragen. Sie hat mich verwundet. Vielleicht fällt es ihr zu, solches abermals zu tun. Aber ich schweife ab. Spinne zu viel Bedeutung aus schlichtem Garn. Ich fand einen Sterbenden. Ich stahl seine Axt.

Er lässt dich nicht los.

Es lässt mich nicht los, willst du sagen. Einmal träumte mir, ein glühendes Kohlestück sei aus meinem sorgsam geschichteten Feuer gehüpft. Schneller, als es sich erzählen lässt, verbrannte die Hütte zu Asche. Der Wald eroberte die Lichtung zurück, überwucherte alles vor meinen staunenden Augen. Gras, Gestrüpp, Baumriesen, im Nu wiederhergestellt. Von der Heimstatt keine Spur mehr. Außer in der Geschichte, von deren Wiedergabe mich niemand entbinden kann.

Entbinden.

Ich bin an die Axt gebunden.

Du hast die Axt verbunden mit ihrem Verband.

Du spottest.

Nein. Ich will mich für deine Geschichte bedanken. Und dann solltest du gehen. Ist deine Geschichte zu Ende.

Wie es beliebt, teure Freundin. Für heute zu Ende.

Ach, es kommt noch mehr. Jetzt treibst du deinen Spott mit mir.

Nein, nein. Meine Geschichten sind armseliges Flickwerk. Ohne Anfang und Ende. Waisengeschichten, deren einziger Vorzug die Zuhörerin ist. Gute Nacht. Angenehme Träume.

Ob angenehm oder unangenehm, beim Erwachen entfliehen meine Träume. Wollten es meine Dämonen nur auch. Allmorgendlich beziehen die Dämonen um mein Lager Stellung, sie warten nur darauf, dass der Spaß beginnt. Sie weichen nicht von mir. Sie sind an mich gebunden, wie deine verkrüppelte Axt an dich gebunden ist.

Eines Morgens wirst du die Augen aufschlagen und alles gewandelt vorfinden. Gottes größter Segen und Fluch. Wandel, unablässig alles im Wandel.

Aber nicht du, teurer Freund. Du darfst dich nicht wandeln. Sag mir, dass du morgen wiederkommst. Und übermorgen und überübermorgen.

Ja. Gewiss. Solange ich atme.

Dann also Gute Nacht. Auf morgen.

Auf morgen. Gute Nacht.

Gute Nacht.

Gute Nacht.

Er löscht die Kerze, steigt die Leiter hinunter und durchquert einen Raum, in dem besorgte Gesichter fragend blicken. Er legt den Finger an die Lippen. Er hat doch gewarnt, dass eine Heilung Wochen dauern könne. Hat erklärt, dass er sie nur auf seine Art heilen könne. Keine Einmischung, keine Fragen. Sie lassen ihn ziehen. Er begibt sich in die Scheune zu den schlafenden Tieren. Huscht auf Zehenspitzen an ihren Versionen des Schlafs, des Traums vorüber, die so unterschiedlich sind wie Flügel von Huf und Schnabel von Schnauze.

Ihr Duft verweilt kurze Zeit in seiner Nase, an der Hand, die flüchtig auf ihre Schulter sinken durfte, als er die verrutschte Steppdecke hochzog. Auch ihre Wärme – in seinen Schenkeln, die auf der Kante des Bettes geruht haben, in dem sie bereits lag, als er zu ihr hinaufstieg, und in dem sie sich umgedreht und aufgesetzt hatte, um Platz für seine Geschichte zu machen. Die üblen Ausdünstungen der Tiere, ihr Stampfen und ihre stinkenden Träume, die raue Nachtluft, die jeden Spalt in der Bretterwand der Scheune reifverkrustete, ließen was von seiner Stunde bei ihr nachklang, bald Erinnerung werden. Aber nicht gleich, so schnell wurde sie ihm nicht genommen, nicht, bevor seine Sinne sie hatten wirklich werden lassen am Ort seiner Nächtigungen, Nächte, die unerträglich gewesen wären ohne die Gewissheit, dass er sie hierhin werde mitbringen können, und der einen Stunde am Abend, die man ihm an ihrem Krankenlager auf dem Schlafboden gewährte.

Unerträglich wäre *niemals*. Leben zu müssen, wo sie *niemals* sein könnte. Die Frist ihres Verweilens mochte auf einen Herzschlag schrumpfen, einen kostbaren Herzschlag, aber selbst das wäre tausendmal besser als niemals. Abend für Abend rettete er so viel als möglich von ihr in die Scheune herüber, und wie verschwindend wenig es auch sein mochte, es bezwang das *Niemals*. Er lebte dafür. Hätte ohne nicht mehr leben wollen.

Im lärmenden Schlaf der eingepferchten Tiere gab es Hetzjagden und Felder und Himmel und Wälder. In der verkehrten Nachtwelt, die er mit den Tieren zu teilen gelernt hatte, zogen sie frei dahin, fraßen, flogen, vereinigten sich. Sie schissen, und ihr fruchtbarer Schlafmist düngte das Schattenreich. Aus dem schwarzen Meer ihres Mists erwuchs eine andere Welt, richtete sich schließlich auf, wie ein bewaldetes Ufer aus spiegelglattem Wasser an Land steigt. In diesen Schlaf und diese Träume säte er, was er von ihr mit zurückgebracht hatte. Ihren Duft. Ihre Wärme. Damit sie frei sei, zu Kräften komme, sich erneuere, bis sie aus dem Spiegel des Wassers aufsteigen könnte, sich nackt an Land ziehen, verwandelt, so wie Jahreszeiten und Träume das Land verwandelten.

Ich gestehe, ich war gewarnt. Selbst hätte ich nicht mit jenen afrikanischen Brüdern gesprochen, deren begüterte Herrschaften zu den Ersten gehörten, die die gezeichnete Stadt flohen, würden meine eigenen Augen mir das Ausmaß der Not vermeldet haben – ein nicht abreißender Strom von Wagen, Karren, Kutschen auf der Hauptstraße, die aufgegebene Habe, Truhen und Bündel an deren Saum, die zu ungewohnter Jahreszeit belegten Landhäuser reicher, städtischer Handelsleute, die Notlager unter freiem Himmel, die Familien, die Banden, das Pack, ganze Völkerwanderungen armer Habenichtse, die ziellos übers Land zogen, sich hinbetteten, wo immer sie am Abend erschöpft niedersanken, die Toten und Sterbenden, die sich von den Wegen ins Gehölz schleppten, um dort zu verenden.

Eine Plage war über die Stadt gekommen. Ein Gutteil der Gesunden und solche, die sich für gesund hielten, bis sie das Fieber in seine tödliche Umarmung zurückriss, entflohen ebenjener großartigen Stadt, in deren Nähe mich meine Sendbotschaft geführt hatte.

Ich sage Plage, und euch schaudert, wie mich schauderte, als ich das Wort erstmals vernahm, ohne selbst eine Seuche durchlebt zu haben. Heute ist das Wort für mich nur ein Wort. Eine halb vergessene Bekanntschaft aus längst vergangenen Tagen. Zu ihr gehören Erinnerungen, wehmütige Verbindungen zu der Zeit vor dem erlittenen Grauen, welches das Wort *Plage* zu benennen sucht. Einer Zeit der Unschuld, als dem Wort sozusagen noch das Fleisch fehlte, ehe es zu vielem wurde, zu viel Verschiedenem, und seinen Schrecken verlor, da noch die schlimmsten Befürchtungen von der Ungeheuerlichkeit der Plage übertroffen wurden. *Plage*, heute geradezu ein zahmes Wort. Das Sehnsucht nach der Zeit weckt, da ich nur das Wort kannte. Das aber das Unaussprechliche nicht vermittelt, nicht vermitteln kann, das meine Auffassung vom Leben, wie wir es hier auf Erden kennen, für immer veränderte.

Ich sage *Plage* und verziehe das Gesicht, vermag nur mit halb abgewandtem Blick durch den Türspalt zu spähen, den das Wort auftut. So unzureichend. Im selben Moment, da ich sehe, wie euch das Wort schaudern macht, bete ich, dass ihr niemals in einer Stadt leben müsst, die von einer Plage heimgesucht wird, und falls doch, bete ich, dass die Schreckensvisionen, die euch vorab quälen, das Schlimmste sein mögen, was euch befällt. Denn es gibt Schlimmeres. Weit schlimmer noch als das Schlimmste, was ihr euch vorstellen könnt. Weit mehr, weit schlimmer.

Plage. Eine Fieberplage wütete in der Stadt. Brachte die Stadt zu mir. Ins spärlich besiedelte Hinterland, wo ich das Reich Gottes predigte. Und ich wurde verwandelt. Erfuhr meine zweite Seelenbekehrung, die nicht weniger erschütternd war als die erste, bei der ich das Licht des Herrn schaute.

Mein älterer Bruder und ich hatten unsere Mutter freikaufen können, dann uns selbst. Bald darauf rief der Schöpfer, den sie zeitlebens verehrt, meine selige Mutter zu sich, und binnen Jahresfrist verlor ich auch den Bruder, der auf einem Schiff mit Kurs auf das Kap der Guten Hoffnung anheuerte und nicht wiederkam. Unsere bescheidene Haushaltung dahin. Tief betrübt, einsam und allein, begrub ich die Hoffnung, je wieder Freude und Frieden zu finden, wie wir sie in unserem kleinen Bund gekannt hatten. Dann leuchtete mir inmitten der Finsternis ein inwendiges Licht, und nicht alles Leid der Welt, glaubte ich, könnte es je wieder löschen.

Von diesem Licht hatte ich zuerst durch einen Prediger gehört, der durch die Lande ritt, einem Gefolgsmann Mr. Whitefields, der im höchsten Feuer der Begeisterung vom Heiligen Geiste sprach, der Gottes Geschöpfen sämtlich innewohnt. Wahrer Glaube, verkündete er mit der flammenden Beredsamkeit der Baptisten und Methodisten, beginne mit der Hinwendung des Herzens zum Herrn. Jedermann, ob groß oder klein, dessen Geist von der Sünde gereinigt und der im Herzen einen Funken göttlichen Lichts nähre, werde das Reich schauen. Von Stund an, da ich verzückt dem Erguss der Empfindungen und Gedanken des Predigers lauschte, der Verkündigung seiner teils wundersam neuen, teils schmerzlich vertrauten Wahrheiten, rang ich darum, mich der Erlösung würdig zu erweisen. Erlösung durch das kostbare Blut, das Christus für uns alle vergossen hat. So sehr bewegte mich diese Heilsbotschaft, dass ich sogleich bei dem Prediger in die Lehre ging, um bald darauf selbst aufzubrechen und anderen das Reich Gottes zu offenbaren.

Gemäß meinen bescheidenen Gaben wählte ich einen bescheidenen Weinberg. Ich glaubte, der Herrgott habe auch für mich einen göttlichen Plan, einen schlichten, dem ich lediglich folgen müsse, um mein Wohl in diesem wie im nächsten Leben zu fördern. Mich trieb nicht der Ehrgeiz, die Vielen zu bekehren noch die Kanzel einer vornehmen Kirche zu besteigen. Wer zu hoch hinaus will, spielt mit seiner unsterblichen Seele, und einem dunklen Sohn Afrikas wird dergleichen Übereifer schnell doppelt gefährlich. Bringt ihn nebst unsterblichen Teilen um Kopf und Kragen.

Jung, los und ledig, von robuster Natur – bis auf die Füße, das ewig drückende Kreuz dieser großen Negerfüße –, konnte ich das Hinterland mit seinen versprengten Gehöften und Farmen durchwandern. Mich vom Land und den gelegentlichen Almosen derer ernähren, denen ich diente. Zur Pflanz- und Erntezeit blieb ich zuweilen mehrere Wochen in einer kleinen Gemeinde, verdingte mich auf den Feldern, während ich nach und nach Gläubige um mich scharte, in dem Maße nämlich, wie sich die Kunde von meinen Predigten verbreitete, deren Stil, das darf ich wohl ohne

Übertreibung sagen, viel Anklang fand. Das wenige, mit dem mich die guten Leute, arme Schlucker allesamt, nicht zu versorgen vermochten – Kleidung, Werkzeug, eine Bibel, Kerzen, Gläser für meine schwächlichen Augen, Schuhwerk für leidgeprüfte afrikanische Füße –, verdiente ich mir mit Holzhacken oder Fuhrdiensten, Fertigkeiten, die ich leidlich gemeistert, weil mich mein einstiger Herr gelegentlich seinen Nachbarn vermietete.

Obwohl ohne meine Nächsten und Liebsten, die ich bis zum heutigen Tage schmerzlich vermisse, glaubte ich doch, der Herrgott habe mir in seiner unendlichen Güte Zutritt zu einem neuen Kreis verwandter Seelen gewährt, derer namentlich, die Gottes Licht gesehen hatten und die sich seiner Gnade würdig zu erweisen suchten.

So war ich, vielleicht in unklugem Maße, mit den bescheidenen Härten und Höhen meines Lebens zufrieden, glaubte, ich hätte den Platz eingenommen, den die Vorsehung mir zugedacht. Ich ließ mich außerhalb von Philadelphia nieder, unweit einer ländlichen Siedlung, einem friedlichen, verschlafenen Ort, wo ich Arbeit und allerhand Betätigung auf meinem eigentlichen Feld der Seelenerweckung zu finden hoffte. Und dann kam im Schlaf die Stadt über uns. Eine wandernde Stadt der Sünde, der notdürftigen Lagerstätten und der verlorenen Seelen, der Angst und des Hasses.

Durch die hastig hingeworfene, halb geflüsterte Kunde der Kutscher und Lakaien hörte ich von der Not der in der Stadt ansässigen Afrikaner.

Die Zeitungen geben uns die Schuld. Es heißt, wir seien unempfänglich gegen das Fieber und bedürften keiner Hilfe. Es heißt, schwarze Sklaven auf der Flucht vor den Aufständen in Westindien hätten das Fieber eingeschleppt.

Glaubt mir, was sie fürchten, ist die ansteckende Freiheit. Die Lüge unserer Unempfänglichkeit, die Schuld, die sie uns zuweisen, sie sind groteske, feige Ausflüchte, Vorwände, um uns knechten, uns Beschäftigung verweigern, unsere Marktstände und Waren meiden, uns unsere mühsam erkämpften Rechte nehmen zu können. Wir sind erneut Sklaven, zum Dienst in Kolonnen gepresst, um die Kranken zu pflegen und die Toten zu begraben.

Die Weißen in unserer Siedlung ahnten nichts von diesen Ungeheuerlichkeiten, wie sie, wenn ich das anmerken darf, von allem wenig wussten, was nicht mit Acker und Vieh zu tun hatte. Während die mir bekannten Afrikaner, die nicht minder mit dem täglichen Kampf um ein karges Auskommen befasst und beschwert waren, gleichwohl um die Not wussten, die ihre Stadtbrüder bedrängte. Ich habe mich oftmals gefragt, wie sich solche Kunde verbreitet, überdies so genau und geschwind. Vielleicht durch das afrikanische Blut. Dessen uralte Reizbarkeit an Buschtrommeln geschult ist. Feineres Gehör als andere Rassen. Doch in diesem Fall waren es wohl eher die feindseligen Blicke der in unseren Landstrich strömenden Weißen, die meinen afrikanischen Brüdern alles Erforderliche verrieten. So wie Weiße im täglichen Umgang wortlos Haltungen voneinander übernehmen, wurde auch zwischen uns Wissen weitergereicht.

Obschon grausame Sitten, von denen die ärgste die Verbannung auf die eine, hinterste Bank in der Matthäuskirche war, uns täglich in Erinnerung riefen, dass uns die Weißen als minderwertige Rasse betrachteten, war es uns gelungen, einigermaßen unbehelligt unter ihnen zu leben – solange gewisse Grenzen nicht überschritten wurden. Waren wir doch alle, schwarz wie weiß, Geiseln der Armut, des Lebenskampfes. Keine Zeit für die Extravaganzen des Rassenhasses. Bis Angst und Zorn, Hochmut und Kälte der vor der Fieberplage fliehenden Städter uns unseren schlichten Frieden vergällten.

Als Knabe war ich Sklave gewesen, hatte diese Schmach unter einem grausamen, einem großzügigen Herrn erlitten, Tag um Tag. *Sklave* wie Plage weit mehr als ein Wort für mich. Mehr. Schlimmer. Ich kannte das Übel der Sklaverei, doch schienen mir die neuen Missstände, welche die weißen Bewohner der Stadt für die so genannten freien Schwarzen anstifteten, nicht weniger gräulich. Wenn den Gerüchten zu trauen war, hatte man uns schuldig gesprochen und für das Verbrechen der Plage zum Tode verurteilt. Wiewohl doch auch wir ihr zum Opfer fielen. Obwohl wir voll Mut und Verzweiflung rangen, uns und andere ihren Fängen zu entreißen. Um die Errettung einer Stadt rangen, die sich mit der einen Hand unsere Dienste sicherte, uns zugleich mit der anderen die Tür wies und in die Verbannung, ins Verderben stieß.

So sehr es mir widerstrebte, meine zerstreute Herde im Stich zu lassen, fühlte ich mich doch aufgerufen, meinen Brüdern in der Stadt zu Hilfe zu eilen. Ich haderte mit mir. Kämpfte in mir selbst das bitter reifende Messen mit zweierlei Farbmaß nieder, erstickenden Zorn auf alle die, die so das Reich Gottes zu spalten trachteten. Auf Knien flehte ich um einen Fingerzeig. Ging mit mir ins Gericht, betete, doch Argwohn und Groll gegen jedes weiße Gesicht, allein weil es weiß war, schwärten unter der Haut wie ein Karbunkel. Schlimme Ereignisse verschworen sich gegen jede freie Wahl. Und doch bot es keinen Trost, am Ende keine Wahl mehr zu haben.

Nach einem langen, strengen Winter war der Frühling mit immer neuen Stürmen über uns hereingebrochen. Wir erwachten im Regen. Regen trommelte uns in den Schlaf, durchweichte unsere Träume. Tiefland wurde überflutet. Aus Feldern wurden Sümpfe. Ein Jahr später Aussaat, dann Wolken von Insekten, grimmer und gefräßiger als sonst, als wären sie schon im bangen Wissen um die durch überlange Regentschaft des Winters verknappte Frist zum Fressen und Brüten geschlüpft. Dann plötzliche und heftige Julihitze. Amboss, auf den unsere Leiber geworfen wurden und gehämmert. Zu allem Überfluss nach der Regenflut beharrliche Dürre. Aus dem Schlamm der Wege wurden staubige, schrundige Furchen, zerrissen, zerklüftet. Den ganzen August weißlichter Himmel. Reglose Stille. Stehende Luft. Seen, die vor ihren Ufern zurückwichen. Teiche, die ganz verdunsteten. Bleischimmernd versiegelt die Flüsse und Bachläufe, ihre Wasser schier und harsch wie eine geschlossene Eishaut.

An einem dieser brütenden Augustnachmittage, da die Stadt längst die friedlichen Vorposten unserer Gemeinde bedrängte, war ich auf dem Weg in ein entlegenes Tal, in das sich zwei Gehöfte mit Familien schmiegten, die noch nicht zum inwendigen Licht bekehrt waren, als ich weit voraus am Horizont einen dunklen Fleck ausmachte. Vielleicht eine Lichtspiegelung. Vielleicht auch ein Wanderer. Vielleicht nur ein Staubkorn im Auge, schweißverklebte Wimpern. Aus größerer Nähe eine Weibform. Sockel glockiger Röcke. Schmal im Kreuz, schmale Taille, stolzer, aufrechter Gang, als balancierte sie eine Last auf dem gewickelten Turban. Von der eingekniffenen Taille abwärts allerdings der gebrochene Gang der Vertriebenen, der stumpfe, sich endlose Wegstunden weiterschleppende Schritt, der dich keinem Ziel näher bringt, endlose Wegstunden sind das einzige Ziel, Schritt um schweren Schritt auf einer Straße, die nirgends hinführt, die dir die Kraft raubt und den Willen nimmt, noch weiterzugehen.

Sie erscheint und wird von der Straße verschluckt, wann immer sich diese windet, steigt oder fällt. Wird auf der Geraden größer und deutlicher, als mein energischer Schritt ihren ermattenden bezwingt. Noch bevor ich das verräterische Bündel sehe, das an der Hüfte ruht, das auf afrikanische Art umgebundene Kind, weiß ich, dass sie Afrikanerin ist. Ihr Gang lässt keinen Zweifel. Grazile Geschmeidigkeit, die keine Erschöpfung auslöschen kann. Sollte sie stürzen, dann auch das noch mit Anmut.

Sie hält ein. Sie wankt. Ist nun die Kraft verausgabt. Sinkt sie jetzt in das verbrannte Gras am Rande des hart gebackenen Karrenwegs. Nein. Sie schleppt sich weiter. Die Schultern übernehmen den Schwung der Hüften, ihr Körper hat sich wieder gefangen.

Ich sah sie nie tanzen, und der Marktkorb auf ihrem Kopf war ein gedachter, doch die afrikanische Machart war so wirklich wie die bloßen, zerschundenen Füße, die unter ihren Röcken vorschauten, als ich sie vor der nächsten unerbittlichen Anhöhe endlich einholte.

Sie hatte sich gegen einen Baum gelehnt, die Beine von sich gestreckt. Lange, schmale Füße waren es, dreckverkrustet, blutend. Staubige Sohlen so dunkel wie die schwarzen Fesseln. Nicht die mit Schwielen bewehrten Füße einer Landbewohnerin. Damenfüße oder vielmehr die der Dienerin einer Dame, in Ansehung der hellbraunen Haut, des feinen Zuschnitts der Kleider aus gutem Leinen, wenngleich schlicht und so farblos, dass der Blick eines Gasts ganz sicher nicht vom Putz der Herrin abgelenkt würde.

Ein verzärtelter Fuß, dem die rauen, ländlichen Wege übel mitspielten. Ein häuslicher Fuß, viel eher für Hausschuhe oder weichlederne Stiefeletten gedacht. Fuß, der jetzt weinte. Staubverschmierte, blutige Tränen, und gern hätte ich eine Schüssel kühlenden Wassers in mein Bündel gezaubert. Mich vor sie hingekniet, sie vom Elend reingewaschen, ihrer Leidensgeschichte gelauscht, erfahren, welche Prüfungen sie hierher verschlagen, die feinen Kleider verdreckt und zerlumpt, Stadtstrümpfe und -schuhe von den blanken Sohlen geschlissen.

Zu den zugerichteten Füßen gäbe es mehr zu sagen. Sie hatten selbst eine Geschichte zu erzählen. Wenn ich an die drückende Hitze jenes Tages zurückdenke, die staubige Straße, unsere Begegnung, den seltsamen Fortgang der Ereignisse, steigt unweigerlich das Bild dieser zarten, geschundenen Füße vor mir auf. Sie flehen, ich möge mich ihrer annehmen, erschüttern mich heute wie damals. Ich muss mich entscheiden, mit meiner Geschichte fortzufahren oder aber abzuschweifen. Immer weiter abzuschweifen, denn wenn ich der Spur ihrer Füße folge, dann schlüpfe ich in ihre Haut und es gibt kein Ende, nur das Labyrinth dieser Frau, in dem ich mich auf immer verliere.

Deshalb werde ich nicht von *ihren* Füße sprechen. Einfach nur Füßen. Als ich sah, wo die Frau sich hatte zu Boden gleiten lassen, das weite, schwarz verzweigte Dach der Äste über ihrem Kopf sah, die Schürze aus Wurzeln, die aus der Erde hervorbrachen, da hielt ich die Füße nicht für ihr zugehörig. Sie schien wie vor Urzeiten eingepflanzt. Und die nackten Füße ein ganz eigenes Gewächs, Ableger des gewaltigen Baumes, dunkle Triebe, die sich tief aus dem Erdreich bis unter den Rocksaum gestohlen hatten. Füße, die auf Erden so neu waren wie die eines Kindes. Nicht minder vertraut als meine eigenen Füße, die eigenen Hände, doch wer weiß, welches Los sie erwartet. Wohl mochte ich die Hand ausstrecken und sie berühren, aber ihre Berührung würde ich nie kennen. Niemals erfahren, wie sich die Erde für ihre Fersen und Zehen anfühlte, welche Empfindungen die Welt in ihr auslöste.

Sie hat das Bündel von der Hüfte losgebunden. Es liegt, während sie im Schoß der Wurzeln rastet, zwischen ihren Beinen in der Schlinge ihres Gewandes. Die Eiche spannt einen Baldachin aus Schatten. Darunter zu treten ist wie in einen Keller zu steigen. Erst als ich wenige Schritt vor ihr stehe, sehe ich das blasse Gesicht des Kindes, ein Nest goldener Locken.

Wahrlich nicht ihre Füße, jetzt bin ich mir sicher. Hölzerne Füße, meisterlich geschnitzt und bemalt, um sie glauben zu machen, dass am Ende ihrer Glieder tatsächlich noch Füße sitzen, Fleisch-und-Blut-Füße, denen die Kraft innewohnt, sie von Ort zu Ort zu tragen.

Einen Augenblick kam mir die ganze Gestalt vor wie eine lebensgroße, vor den Baum gepfropfte Puppe. So reglos. Kein Laut, nicht Nicken noch Blinzeln. Arme links und rechts kraftlos am Körper. Geschnitztes Kind still im Schoß. Kinn auf eine Brust gedrückt, die kein sichtbarer Atem bewegt.

Obwohl alle Lebenskraft auf unnatürliche Weise ausgesetzt schien, hielt ich sie keinen Augenblick für tot. Verhext, das vielleicht, aber nicht tot. Dazu war ihr Geruch zu gewärtig. Haut zu heiß und feucht.

Da du die Geschichte so gut kennst wie ich, bin ich versucht, vorauszueilen. Und laufe Gefahr, etwas von dir zu verlieren, von dir getrennt zu werden. Ich versäume die Fragen, die du stellen könntest: Wie haben wir den See gefunden. Wer von uns beiden kannte seine Lage. Wie lange sind wir gewandert, ehe wir an sein Ufer gelangten. Wenn ich Teile der Geschichte ausspare, wirst du mir dann nicht entgleiten. Wenn ich in der Geschichte anderswohin springe, wo bleibst dann du. Versprich, dass du es mir eines Tages verrätst. Du darfst nicht enttäuscht sein, wenn ich manches auslasse. Versprich, dass wir gemeinsam umkehren und feststellen können, was fehlt. Unerträglich wäre mir die Vorstellung, dass dieses eine Erzählen die letzte, die einzige Gelegenheit bliebe, bei dir zu sein.

Wie lange schon sitze ich an deinem Bett, in deinen Anblick versunken. Wie oft habe ich diese Geschichte begonnen. Wieder und wieder dargereicht. Bietest du mir deinen Fuß zur Berührung. Oder schläfst du. Dein nackter Fuß stiehlt sich unter der Decke hervor, in einer anderen Geschichte vielleicht, fern von hier, einem fremden Traum, zu dem mir der Zutritt verwehrt bleibt, selbst wenn ich es wagte, zart über deinen Fuß zu streichen, ihn in die Hände zu nehmen und an die Lippen zu heben.

Die Frage bleibt. Wenn ich strauchele, wirst du mir dann beistehen, dabeibleiben. Wirst du die Geschichte mit mir teilen, sie von vorn träumen, in deinen eigenen Worten. Das, was ich von ihr sage, was ich nicht sage oder nicht sagen kann.

An jenem Augusttag verhieß der Donner keinen Regen. Hunger grollte in meinem Magen wie ein Meer. Himmel weiß und zum Bersten voll, eine Mutterbrust, keine Lippen, sie zu saugen.

Sie wickelte den Kinderkörper aus den Lumpen, legte schmutzige Reste blauseidener Leibwäsche frei, die zerfiel, kaum dass sie sie dem Kind über die Ärmchen gestreift, den Schopf goldener Locken. Einem Strichkind. Sie drehte es um, auf den grässlich gedunsenen Bauch. Benetzte ihren kleinen Finger mit Spucke und säuberte die Falte des Kindergesäßes, das runzlig war wie das eines Greises.

Dreckbatz, Sir. Dreckbatz muss baden. Sie streichelte. Tätschelte. Gurrte. Fuhr mit den Fingern durchs gelbe Haar, strohig wie das einer Puppe.

Müdbatz. Mama Batz müde, müde, müde. Schlimmes Haar. Armes Haar. War schönes Haar.

Bedächtig rieb sie den stillen Körper. Leichnam, sagte er sich, Reglosigkeit und wächserne Blässe umso auffälliger unter dem Druck brauner, zärtlich streichender Finger. Wie lange wohl tot. Und wusste es die Frau. Oder hatte der Schmerz ihren Verstand getrübt.

Ob sie die Mutter des Kindes war. Er hatte schon weißere Kinder mit dunkleren Müttern gesehen.

Batz baden. Vor Schlafengehen.

Hilf de arme Frau, Sir. Madam gib Penny für; hinter de Küche.

Gewiss, gute Frau. Es tut mir Leid. So leid. Gott segne euch. Möge der Herrgott sich der unschuldigen Kinderseele annehmen. Vertraut nur auf mich. Alles in meiner Macht Stehende will ich versuchen.

Dankee, Sir. Ja. Ja. Schwarzmund, schönweiße Worte. Da, nimm, Sir. Muss müde Hintern hochkriegen.

Er dachte an die Blockhütte, die Axt. Wie er im Stillen *nein nein nein!* gerufen hatte, während er schon in die Spinnweben nach dem Stiel griff. Jetzt griff er nach dem Kind, und die Stimme warnte erneut. Etwas kündigte sich an, und er verstand nicht, was, fand dafür keine Worte, aber es spielte keine Rolle, die Nein spielten keine Rolle, weder damals noch jetzt; er war längst über eine Schwelle getreten, und es gab kein Zurück.

Ihre Füße nun wieder in Bewegung, ein Flüstern im versengten Gras in seinem Rücken. Eine Zeit lang folgte er schwachen Andeutungen eines Pfads. Die Spur schlängelte sich nach Osten vom Karrenweg und der gewaltigen freistehenden Eiche fort, kreuzte eine Lichtung, führte durch Dickicht und Jungwuchs, der die schwarzen Narben eines Waldbrands überzog. Hinter aufgelassenem Weideland verlor sich der Pfad, zerfächerte zu einem Delta im Wald verschwindender Wildwechsel. Im Talgrund ziehen Mann und Frau über die Steine eines trockenen Bachbetts weiter, dann steigen sie eine steile Bergflanke hinauf, die sich nach etwa einer Viertelmeile zum schmalen Grat verjüngt und sie über losen Schiefer ins ohrenbetäubende Zirpen der Zikaden hinabkippt, kühlschwarzen Dämmer zwischen Nadelbäumen, deren vielsprossige Äste den Himmel zu Licht und Schattenspiel stufen.

Er kannte die hintersten Winkel der Wildnis. Mehr als einmal hatte er im Wettlauf mit einem Schneesturm, der ihn im offenen Gelände zu ereilen drohte, Leib und Leben gewagt, um sich querfeldein zu einer wärmenden Herdstelle oder dem Schutz einer Scheune durchzuschlagen. Zwar hatte er noch nie eine Büchse abgefeuert, aber aufs Fischen und Fallenstellen verstand er sich und hielt sich für recht findig, wenn es darum ging, von dem zu leben, was die Wildnis darbot. Die Karte in seinem Kopf wies ihm sicher den Weg durch eine Landschaft sanft gewellter, von ungerodetem Urwald umzingelter Felder und Weiden. Aus dem Vorgebirgsdickicht stiegen Zug um Zug blaue Bergrücken, die sich flach und wie aus Papier geschnitten am Horizont abzeichneten. Er kannte die Tiere, hatte ihre Gewohnheiten und Reviere erkundet. Kannte Beerensträucher, befahrbare Flüsse, wusste, wo das brodelnde Wildwasser enger Kluften ein Kanu zerreißen würde. Wo und wieweit auf Gespann und Wagen Verlass wäre. Wo felshohe Wasserfälle mit ihren in Gischtnetzen verfangenen Regenbogen lagen. Versteckte, kristallklare Bergseen so tief und still, dass selbst seine stummen Gebete sie entweihten.

So gut er sich auskannte, er wurde doch, kaum dass er nur eine Elle von den vertrauten Wegen abwich, zum Fremden. Das Unbekannte verschlang und spuckte das Bekannte schneller aus, als er seinen Namen zu brüllen vermochte. Das Bekannte nutzlos wie der Stein, den du nach dem Schneesturm auf deinen Fersen warfst.

Nichts mehr, was auch nur entfernt einem Pfad ähnelte. Mit jedem Schritt Neuland. Das Unbekannte verschlang einen, ließ einen treiben. Verirrt, gestand er. Sie irrten umher wie die Seele des toten Kindleins, bis der Herrgott es heimholte.

Führt er, oder treibt sie ihn, gibt von hinten den Ton an, stößt die nackten Füße wie Fäuste ins Unterholz. Kind wohl behütet in seiner Armbeuge. Zweites Herz. Herz wie ein Eisklumpen. Kalter Schweiß tränkt sein Hemd an der Stelle, wo er den kleinen Körper gegen den eigenen presst. Angst, fallen zu lassen, Angst zu erdrücken. Das Kind sengt ein Loch in seinen Leib. Ein Guckloch, durch das er nach hinten starren kann und ihrem Blick begegnen, ihrem bohrenden. Blinde Frau. Blinder Mann. Wie Liebende in einem dunklen Bett, die sich allein durch ihre Geräusche finden. Das Unbekannte ein Wind, der durchs Kraterloch in seiner

Brust strömt. Er weiß nicht, wohin er geht. Weiß ganz sicher. Weiß, dass sie genau dorthin gelangen werden, wo sie hin müssen.

Wie hast du das Wasser gefunden. Woher hast du gewusst.

Was weiß man. Was kann man schon wissen wissen wissen.

Als wäre der Anfang aller Zeit. Und sie versetzt in eine Lichtung im Urwald.

Wie lange sind sie gegangen. Die Frau, der Mann mit dem toten Kind unter dem Arm, den er anlegt wie eine gebrochene Schwinge. Er wollte ihr Kind nicht fallen lassen, nicht erdrücken, griff ihm schließlich unter den kalten Kinderhintern und trug es auf der Hand wie sie zuvor auf der Hüfte. Wie lange, weiß er nicht mehr. Kommt es noch darauf an. Minuten. Tage. Keine Spanne, die er mit Uhr oder Kalender messen kann. Einst hatte er seine Mutter gefragt: wie viel Salz für die Suppe für den Herrn am Abend, und sie hatte gelacht. So viel, wie viel ist. Verstanden. Und nun husch weg mit dir, Junge, plag mich nicht.

Er erinnert sich an viele Orte, viele Gesichter bedrängen ihn in einem traumgleichen Reigen, während er sie durch die Wälder führt. Ein ganzes Leben verschiedener Räume, Städte, schwarzer Tümpel am Meer, einer Höhle in den Bergen, Orte, die sie auf ihrem Weg zum Wasser umkreisen. Ihre Wanderung war so lang wie der Treck quer über den Kontinent im Planwagen, so kurz, als träte man durch eine offene Tür.

Das Einzige, was er noch sicher weiß, ist, dass sie das Wasser erreichten. Einen See, eine Meile breit etwa, die Enden von den baumbestandenen Schultern der Bucht verdeckt, die sich vor ihnen öffnete, als sie aus dem Wald hinaustraten. Die Gezeiten der Trockenheit hatten das Wasser vom Ufer gezogen, einen felsigen Schelf unter tief hängenden Zweigen freigelegt, dann weitere Felsen, kleiner, gesprenkelt, dann den Saum rund geschliffener Kiesel, dann Sand. Sand, der in anderen Jahren unter Wasser läge, jetzt ein goldgelber Strand.

Er weiß, ohne den Grund hierfür angeben zu können, dass sie weiter nicht gehen brauchen. Als zur stillen Sichel dieses Sees, den er zum ersten Mal sieht. Den womöglich kein menschliches Auge je erblickt hat. Verlaufen. Die Landschaft kein Anhalt. Das ferne Ufer gleich diesem von Bäumen gesäumt, die sich kopfüber schwarzgrün im Wasser spiegeln. Stand der Sonne, ihre Position am Himmel, die Art der umliegenden und auf dem fernen Ufer ruhenden Schatten verraten ihm Einzelheiten des Augenblicks, der Tageszeit, der Himmelsrichtungen, aber nichts darüber, wie oder warum er hierher gelangt ist. Noch wie viel seines Lebens der Weg verzehrt hat.

Der Windhauch, der übers Wasser streicht, ist ein Segen. Ein Flüstern, ein zweites, und sogleich wieder weg. Er ist schweißgebadet. Seine Brust hebt und senkt sich. Ist er gelaufen. Der Last davongelaufen, die er umklammert hält. Wie aber hat eine entkräftete, fußwunde Frau mithalten können, wenn er gelaufen ist. Und wozu bei der Hitze und dem unwegsamen Waldboden auch die unsinnige Eile. Und doch hat er den Widerhall schwerer Schritte im Ohr, von keuchendem Atem, aufgewirbeltem Laub, knackenden Zweigen. Sie laufen um ihr Leben, eine Familie auf der Flucht. Verfolgt von berittenen Häschern, heulenden Hunden. Sie müssen sich tiefer in den Wald stürzen, ins Dornengestrüpp, dichte Unterholz, wo Pferde nicht folgen können, durch Sumpf und Marsch, bis die sabberlefzigen Hunde die Spur verlieren.

Von dort, wo er steht, kann er in den See hinabsehen. Das Wasser ist klar und unbewegt. Hinter dem Kieselsaum fällt der Sandgrund sanft ab. Er bewahrt im Relief die erstarrten Wellen, die an anderen Tagen, zu anderen Zeiten den Grund gepflügt haben. An der Wasseroberfläche spiegelt Sonne das geriffelte Muster vom Grund.

Vögel tschilpen, flöten, pfeifen, keifen. In dem Ring aus Felsen, der das Ufer umschließt, klaffen Lücken da und dort, wo sich schwarz versumpfte Tümpel ins Land gefressen haben. Hier drängen nicht tief hängende Zweige und abweisendes Unterholz ans Ufer, sondern Rohrkolben, steif und stolz. Nahebei ein Summen und Sirren von Insekten, zudringlicher als die Vogelstimmen. Libellen, die länger sind als sein Finger, schimmernde Pfeile, blau und grün, ein glitzerndes Schwirren glasheller Flügelpaare.

Jetzt, sagt sie.

Er mag das Kind nicht hergeben. Ist sie die Mutter. Was hat sie vor. Was verlangt sein Gott jetzt von ihm. Soll er für die Kinderseele beten. Die sterblichen Überreste bestatten. Vielleicht wird das Kind, wenn sie es aufs helle Wasser legen, davonplatschen. Wundersam wieder erweckt wie Gottes Sohn.

Er lässt das Kind in ihre Arme gleiten. Knabe. Mädchen. Winziges, auf seine Hand gedrücktes Geschlecht des Wesens, das er durch die Wälder getragen, und doch wüsste er es nicht zu sagen. Beides. Keines von beidem. Gleichviel, jetzt.

Die Frau, so wendig, wie sie anmutig ist, überwindet die Felsen, die Kette blanker Kiesel. Ihre nackten Zehen sinken in feuchten Sand. Kniend bettet sie das Kind auf das Tuch, das nun, von der Hüfte losgebunden, zur Decke wird.

Er rückt näher heran. Die sanfte Böschung hinab, tastet seinen Weg durch Kraut und Wurzelwerk und tief-, tiefschwarzen Staub, sommers sonst Schlamm. Näher ans erquickliche Flüstern kühler Luft. Besteigt einen Felsen von der Gestalt, Farbe und Art eines Schildkrötenpanzers. Näher bei ihr.

Sie zeigt ihm den Rücken. Den schmalen Rücken, der vor ihm auf dem Karrenweg aufgetaucht war, über der schwellenden Säule aus Röcken. Die Arme bloß jetzt. Das Schultertuch, das sie trotz der Hitze getragen hat, liegt im Sand, neben dem Kind auf der Decke. Magere, sehnige Arme, Sinnbild zäher Ausdauer. Arme wohlgestalt und anmutig wie die Füße. Sie löst den Turban. So viel Stoff bei der Hitze. Am Kopf wie in Kleid, Unterkleid, Hemd, Schürze, Schultertuch, in der Decke, die sie sich als Tragschlinge um die Hüfte gebunden. Schwelgerei aus Baumwolle, Leinen, Wolle, ein Irrwitz an Tuchwaren in diesen unerträglich heißen Tagen. Sie war wie er auf der Flucht. Und mit dem Fatalismus der Flüchtlinge für jedes Wetter gerüstet. Trug er nicht selbst im Sack auf dem Rücken die Lumpen, in die er sich nach dem ersten Frost zu wickeln pflegte. Bei eisigem Wind, bei Regen und Schnee würden ihr die vielen Stofflagen, wie ihm seine Lumpen, jammervoll wenig nützen. Wären so unangemessen wie jetzt.

Sie beugt den Nacken, ruckt mit dem Kopf, und da fällt ihr der Turban vor die Füße. Ihr Schädel ist kahl, so bar allen Haars wie die Sohlen ihrer Füße. Zunächst erschrickt er. Noch nie hat er eine glatzköpfige Frau gesehen. Selbst die alten Großmütter und Tanten hatten, wenn er sie mal ohne Kopfputz ertappte, stets einen Gespensterrest Haare auf dem Kopf gehabt. Zarten Flaum, Filz, Flechten, Zottel, Krauslocken, eine krizzelige, schneeweiße Wolke. Doch als er begriff, was er sah, so neuartig, unverhohlen, konnte er sich den Kopf der Frau anders nicht vorstellen. Gleich welcher Art, Länge oder Farbe, kein Haar könnte den blanken Schädel verschönern. Schweißglänzend kommt er so recht erst zur Geltung.

Langsam entkleidet sie sich. Blickt, als ihr Körper so nackt ist wie ihr Kopf, unverwandt ins Wasser. Hat sie vergessen, dass er hinter ihr steht. Spielt es für sie eine Rolle. Warum sollte es. Warum sollten ihre Blöße, ihr Geschlecht von größerer oder geringerer Bedeutung sein als die des Kindes.

Als habe sie beschlossen, alle seine Fragen auf einmal zu beantworten, entfernt sie sich einige Schritte von den abgelegten Kleidern und hockt sich hin, um zu pissern, kurz blickt sie dabei über die Schulter zu seinem Felsen zurück. Er hat nicht schnell genug wegschauen können, um ihrem Blick auszuweichen oder so zu tun, als habe er sie nicht beobachtet oder bemerke nicht, wie sie gleich wieder wegsieht, um sich dort im Sand mit abwesendem Blick ganz dem genüsslichen Geschäft hinzugeben.

Ihre Füße stapfen eine zweite Spur, die neben der ersten herläuft, dann mit ihr zusammen. Sie beugt das Knie. Nimmt das Kind hoch. Murmelt ihm undeutliche Laute zu und watet ins Wasser. Langsam, tiefer und tiefer, dass sich das Wasser mit jedem vorgeschobenen Schritt vor und hinter ihr kräuselt. Bald reicht es ihr bis an die Schenkel, bis zur Taille, bedeckt die Brüste, das Kind in ihren Armen, schließt sich zuletzt über dem dunkel glänzenden Schädel.

Ich stand wie versteinert. Wie lange ich so verharrte, vermag ich nicht zu sagen. Mindestens bis zum Abend, meine ich, denn ich erinnere mich an Sterne. Schwarze Kuppel des Himmels über Wipfeln und Wasser. Ein Himmel voller

Sterne. Nicht die frostigen Nadelspitzen einer Winternacht. Die Sommerhitze verwischte die Konturen. Zerquetschte Sterne, blutende Sterne, wie die Flaumkugeln verblühten Löwenzahns, eh sie der Wind verbläst.

Ich stand mindestens eine Nacht, wenn nicht länger. Dauer ohne Namen. Ich vermag sie ebenso wenig abzumessen, wie ich sagen kann, wie lange wir bis zum See unterwegs waren. Am nächsten komme ich der Frage, wie lange ich ihr nachblickte, stumm, nicht glauben konnte, dass ich dagestanden und zugesehen hatte, wie sie versank, wie sich das Wasser über ihrem Kopf schloss und Ring um Ring um die letzte dunkle Andeutung legte – zu der Frage also, wie viel Zeit verstrich, kann ich nur sagen: Es geschah, ich war da, und jetzt berichte ich dir hier davon.

Sie ist mitten in den See spaziert – verschwunden – und du hast zugesehen.

Nein. Nicht bis zur Mitte. Vielleicht zwanzig, dreißig Schritt. Längst nicht die Mitte.

Mitte bitte biribump. Es geht darum, dass du einfach zugesehen hast. Hast du versucht, sie zu retten. Nein. Du hast zugesehen.

Eher gewartet als zugesehen. Ich rechnete jeden Augenblick mit ihrem Auftauchen.

Jeden Augenblick. Jeden Augenblick, sagst du. Jeden Augenblick nach fünf Minuten, einer Stunde, der ganzen Nacht.

Ja. Ich habe nicht lange genug gewartet. Ich war nicht fest genug im Glauben. Habe sie im Stich gelassen. Sie hat mir vertraut, mich um Hilfe gebeten, und ich habe nicht lange genug gewartet.

Du hast nicht auf sie gewartet. Du nennst es warten, aber in Wirklichkeit hast du sie aufgegeben. Zugesehen, wie sie ertrank. Eine arme, verwirrte Seele, die ihr Kind verloren hatte, und du hast zugelassen, dass sie ins Wasser geht.

Nein nein. Sie wollte das Kind waschen. Sie hatte mich gebeten, Wasser zu finden, damit sie es baden könne, das Kind für die lange Reise bereitmachen. Sie hat es ein Stück Wegs begleitet. Wie ein letztes Gebet. Sie liebte das Kind und wollte sich vergewissern, dass es heimfindet.

Du. Du bist das Kind. Du erzählst dir selbst Märchen.

Sie ist wiedergekehrt. Ich weiß es. Hätte ich gewartet, hätte ich dich vielleicht eher gefunden. Ehe es zu spät war.

Vielleicht ist es noch nicht zu spät. Vielleicht ist es nie zu spät.

Es ist spät. Gleich wird einer von ihnen an der Leiter das Klopfzeichen geben. Du wirst gehen, und ich werde hier liegen und an die Plage denken müssen. Ob du in die Stadt aufgebrochen bist oder nicht. Du hast davon gesprochen, dass du dich zerrissen fühltest, hier Stadt, da Land, hier Schwarz, da Weiß. Zorn auf die Weißen in dir aufwallte. Zeichen des Fiebers, das eure Siedlung befiel. Siehst du, wie gut ich dir zuhöre. Siehe du zu, dass du meine Achtsamkeit belohnst.

Und dann erscheinen in deiner Geschichte eine Frau und ein Kind. Sie ertrinken oder, mit deinen Worten, verschwinden in einem See. Du siehst dabei zu. Verzeihung, du wartest. Gleichviel, ich bin Philadelphia keinen Schritt näher. Du unterbrichst deine Geschichte. Seufzt wie einer, dem die Liebste genommen wurde. Wie die zerbrechliche, edelsteinbestückte Spieluhr einer Dame, deren süßliche Dudelei verklungen ist. Nutzlos, bis die Dame sie wieder mit dem winzigen goldenen Schlüssel aufzieht, an dem Goldband um ihren schlanken Hals. Ihrem Schwanenhals. Schwindelhals.

Nun, Freund. Du schuldest mir eine Reise nach Philadelphia. Liebe ist eine Geschichte für sich.

Philadelphia. In dem Namen steckt Liebe, weißt du.

Liebe. Liebe sagst du. Doch gewiss nicht im Zeichen einer Plage. Eine recht unliebliche Zeit, sagst du doch.

Sehr wenig Liebe, wohl wahr. Doch es gab Liebe. Ohne hätte die Stadt nicht überleben können.

Die Frau, die ich auf dem Karrenweg einholte, führt uns nach Philadelphia zurück. Sie war die Einzige im Hause ihrer Herrschaft, die das Kind so sehr liebte, dass sie es hinaus auf die tödlichen Straßen der Stadt begleitete und noch weiter, nachdem es dem Fieber anheim gefallen war.

Ihr Besitzer hatte sich samt Gattin, Söhnen und deren Familien vor der Belagerung durch die Plage hinter die Mauern seines vornehmen Stadthauses zurückgezogen. Er sonderte sein Haus aus, als schützten Reichtum und Stolz und Selbstsucht vor dem Fieber. Ein angesehener Arzt teilte freiwillig die Verbannung der begüterten Familie. Der Mann war ein Verfechter der Quarantäne, gehörte zu denjenigen Heilkundlern, die meinten, die tödliche Krankheit verbreite sich durch den Umgang mit den Befallenen. Und so war niemandem gestattet, das Haus zu betreten oder zu verlassen, nicht einmal den verproviantierenden Händlern. Als sich daher beim Kind erste Krankheitsanzeichen bemerkbar machten, verstießen sie es auf Anraten des Arztes aus ihrer Mitte, wie es bei Aussätzigen geschieht.

Diese Geschichte hörte ich in Philadelphia aus vieler Munde. Als Parabel erfreute sie sich großer Beliebtheit. Das hochherrschaftliche Haus als Trutzburg der Anmaßung, Kaltblütigkeit und Gier. Wüste Drohungen, durch vergitterte Fenster ausgestoßen, sobald es jemand wagte, sich zu nähern. Ein Trupp livrierter Lakaien, der eines Tags hervorbrach, um eine Hand voll Bettler, die in den Hof gedrungen waren, mit Stockschlägen zu vertreiben, und sich unversehens, kaum hatte man die glücklosen Störer verdroschen, selbst ausgesperrt fand. Nicht den kleinsten Krumen gewährte man einer darbenden Witwe mit Säugling an der ausgemergelten Brust, die im Stall Zuflucht gesucht hatte. Im großen Haus, wurde gemunkelt, gab man sich unterdessen zügelloser Völlerei und unnatürlichen Vergnügungen hin, frönte, während sich vor den Mauern die Leichname türmten, schamlos der Fleischeslust. Das Ende der Geschichte kann man sich denken: Ein göttlicher Richtspruch traf das verriegelte Haus. Kaum hatte man das jüngste der Nachkommen grausam verstoßen, raffte das Fieber einen um den anderen der im Hause Verschanzten hin, vom nächst Jüngeren bis zum Ältesten.

Nun regnete es Hilferufe aus den Fenstern. Vom Fieber geschwächte Stimmen wimmerten und flehten. Ein Vermögen wurde jedem versprochen, der sich zu den schweren Toren hereinwagen, der die Kranken pflegen und die Toten entfernen wolle. Aus Marmorsälen drang unerträglicher Gestank, wüster noch als die Fäulnis der pestilenzverseuchten Luft in der Stadt. Das stolze Gemäuer nun Stätte der Toten und Sterbenden, von allen gemieden.

Und als besondere Wendung der Geschichte die Hausdienerin, eine Sklavin, die das Spätgeborene so liebte, dass sie es vorzog, die Feste zu verlassen und sich um das kranke Kind zu kümmern, das auszusetzen die Anverwandten einhellig beschlossen hatten.

Es hieß, die junge Afrikanerin, zuvor ein scheuer, dienstbarer Geist, sei ihres vorigen Wesens schlagartig quitt gewesen, habe sich auf die Hinterbeine gestellt und sich die Durchführung des Planes verbeten. Nein. Nein, rief sie. Wehe. Ihr dürft Euer eigen Fleisch und Blut nicht vernichten. Eure Zukunft. Eure Hoffnung. Alles müsst Ihr tun, um dieses unschuldige, hilflose Kindlein zu retten. Ich hörte eine Version, die von der Erzählerin so dargeboten wurde, als sei sie selbst lange im Dienst der Familie und somit Zeugin der Szene im prunkvollen Speisesaal gewesen, der Auflehnung der niederen Sklavin gegen die hohen Herrschaften. Welch Letztere dem Wein so zugesprochen, dass sie sich fragen mochten, ob das freche schwarze Luder, das ihnen da predigte, wohl aus Fleisch und Blut sei oder eine Ausgeburt der Hölle.

Hütet, o hütet Euch vor einer solchen Schandtat, mahnt sie. Und es droht die Sklavin, selbst fast noch ein Kind, ihrer Herrschaft mit Vorhersagungen.

Ich flehe Euch an. Ergrimmt nicht des Herrn Zorn. Er sieht alles. Auch ins Herz dieser steinernen Feste der Fülle und Macht. Gott wird Euch strafen, so Ihr Euch vom eigen Fleisch und Blut abwendet.

Ein bewunderungswürdiger Auftritt besagter Sklavin, und ebenso der alten Hausdienerin, die vor uns, ihrem afrikanischen Publikum, die an die Herrschaften gerichtete Mahnrede der Sklavin deklamierte. Mit beredten Händen, kassandrablitzenden Augen und einem mächtigen Erguss edler Empfindungen. Dabei hieß es, die Afrikanerin, die mit dem kranken Kind floh, sei als Sklavin eben erst aus Westindien eingetroffen, habe lediglich das schwer verständliche Englisch der jüngst importierten Bozal-Neger gesprochen, den stolzen Regungen und wüsten Verwünschungen keineswegs gewachsen, die unsere Darstellerin der Figur andichtete. Ich vermute, dass die Hausdienerin, die uns die

Szene vorspielte, ihren Leidgenossen vortrug, was sie längst schon ihren Herren hatte sagen wollen. Indem sie sich endlich der Sprache bediente, die sie mit solchem Eifer erlernt hatte, um dieses eine Mal auszudrücken, was sie im tiefsten Herzen wahrhaft bewegte.

Aus dem Flickwerk der vielen verschiedenen Versionen der Geschichte, dem gebrochenen Kreolenglisch der jungen Sklavin, dem todkranken Kind, dem goldenen Lockenkopf, der Ebenholzhaut der Sklavin, ihrer Jugend und Anmut, ihrer afrikanischen Art, fügte ich ein Bild zusammen, das durchaus auf die beiden paßte, die mir begegnet waren.

Meine Verwunderung wirst du dir vorstellen können. Wo immer ich von einem ausgesetzten Kind hörte, einer ergebenen Dienerin, die um seinetwillen Leib und Leben wagte, dachte ich an meine glücklosen Weggefährten. Ich war versucht, das Schlusskapitel der Geschichte anzufügen. Die unerwartete Wendung. Das traurige Ende.

Doch wie hätte ich vom Ausgang sprechen können, ohne meinen Part offen zu legen. Mich verdächtig zu machen. Oder zumindest Erklärungen zu bieten. Ich mochte es nicht mal versuchen.

Noch dazu hatte die jetzt erst vernommene Vorgeschichte meine Sicht auf Frau und Kind verändert. Wo sollte meine Geschichte beginnen, wo enden. Fremde Geschichten konnte ich schlecht zu Ende erzählen, denn die Geschichte war offenbar noch lange nicht zu Ende. Nichts war zu Ende. Vielmehr wurde das Rätsel immer größer. Was ich einst zu wissen glaubte, hatte sich gewandelt. Die Frau und das Kind waren verschwunden. Ja. Das Wasser hatte sich über ihren Köpfen geschlossen. Ja. Aber lediglich wie der Vorhang in der Spielpause. Jetzt, in Philadelphia, teilte sich das Wasser, stieg ihre Gestalt wieder auf.

Wohl hatte ich sie im Stich gelassen, aber ich wartete noch immer. Von dem Felsen am Ufer des Sees war ich schließlich herabgestiegen, ich war in die Stadt weitergezogen, doch hoffte ich unablässig auf ein Wiedersehen. Verzehrte mich, jetzt kann ich es sagen, verzehrte mich nach wenigstens einem Blick. Einer zweiten Gelegenheit. Einem erhaschten Blick auf Hand oder Fuß, einem Stück Kleidung mit ihrem Duft. Ich fragte mich, was ich entdecken würde, wenn ich das schandbare Herrenhaus plünderte, dem sie entflohen war. Ein hastig verstecktes Bündel oder eine Tasche vielleicht, die in der Nacht der Kindesentführung nicht hatte fortgetragen werden können. In den erbärmlichen Trümmern des stolzen Hauses ihres Herrn bliebe das, was zu ihr gehörte, wundersam unberührt, rein, unverdorben wie die sterblichen Überreste eines Heiligen im Schrein. Wenn ich die verfallenden Säle durchsuchte, was würde ich wohl in dem Geisterschloss finden.

In Philadelphia kursierten widerstreitende Versionen der Geschichte. Die Afrikanerin sei die Kindsmutter gewesen, gezeugt habe es der jüngste Sohn ihres Herrn, ein Tunichtgut. Kind demnach des Sklavenbesitzers Bastardenkel. Andere meinten, die Frau des Sohnes habe sich, da sie selbst nicht verfiel, aus Scham dazu drängen lassen, das helle Sklavenkind als ihres auszugeben. Oder aber das Kind sei eine »Liebesgabe« des alten Bocks und Beschälers selbst, weiterer lebender Beweis für die ungeminderte Manneskraft des Patriarchen, also Tochter der geschwängerten Sklavin, die selbst seine Tochter gewesen sei. Oder aber das Kind einer afrikanischen Haussklavin und eines schwarzen Freimannes. Mann und Frau dunkel, das Kind wundersam hellhäutig und blond, gewissermaßen von Geburt an vorgezeichnet. Zu dieser Version gehörten allerlei Ausschmückungen, wurden in Gestalt aufopferungsvoller, mutiger Taten ungezählte Beweise für die unsterbliche Liebe der Frau zu Gefährte und Kind angeführt. Der Gefährte sei zunächst in den Kriegsdienst gegen Franzosen und Indianer in Kanada gepresst worden, habe sich hernach freiwillig der Rebellion gegen die Briten angeschlossen, sei auf einem Kriegsgefangenenschiff im New Yorker Hafen festgesetzt worden, schließlich heimgekehrt, indes nach wenigen Jahren erneut wegbeordert und diesmal als Pfleger und Totengräber im Kampf gegen die Verheerungen der Seuche eingesetzt worden – dieweil sie den Sohn allein versorgt. Sich weigert, ihn dem tödlichen Fieber auszuliefern, sich des Nachts mit ihm fortstiehlt und auf die Suche nach ihrem Mann begibt, um die Familie endlich wieder zu vereinen.

Ich glaubte sie alle. Alle Geschichten. So habe ich von unseren afrikanischen Ahnen zu denken gelernt, die alle Geschichten wahr nannten. Es zählte einzig, dass ich sie wieder gefunden hatte. Nach der Mordnacht, der Nacht, da in unserer Siedlung die Weißen über die schwarzen Bewohner herfielen und sie abschlachteten wie Vieh, glaubte ich, Gott schicke mich nach Philadelphia, damit ich Mordlust und Rachedurst bezwinge. Anstatt mich zu verlassen, mich der Bitternis in meinem Herzen preiszugeben und somit das Werk der Feinde zu vollenden, denen ich in der Nacht der Schlächter entgangen war, verschonte mich der Herrgott, so dachte ich, damit ich meinen Brüdern beistehe und meine Christenpflicht gegen die Notleidenden erfülle.

Ich betete, dass ich in Philadelphia lernen möge, mein grimmiges Herz zu bändigen. Ich würde erneut den ärgsten der Weißen gegenübertreten, und ich würde mich davon überzeugen, dass ihr Ärgstes nicht schlimmer noch geringer war als meins, rangen wir doch als Gottes Kinder alle mit unserer sündigen Natur. Ich würde nicht Böses mit Bösem vergelten. In Demut würde ich allen helfen, die meine Hilfe anzunehmen willens waren. So fasste ich den Auftrag auf, der mich in die Stadt führte. Glaubte, mein blindes geistiges Auge erkenne Gottes Wille. Dachte ich. Bis sie wieder erschien. Und da wusste ich, dass mich allezeit mein Herz geleitet hatte. Nicht die Pflicht, die Liebe hatte mich nach Philadelphia gerufen. Zu dir.

Da ist wieder das Klopfen. Du hörst es nicht, habe ich Recht. Du schläfst, nicht wahr. Ein Wort noch, an diesem Abend. Ich werde es dir in deine Träume flüstern. Möge es dort Wurzeln schlagen. Ein ganz, ganz leise geflüstertes Wort. Damit niemand am Fuße der Leiter mithört. Damit auch du, Liebste, solltest du mich foppen und dich lediglich schlafend stellen, es nicht hörst.

Manchmal, wenn wir zusammenkommen, um alles zu drehen und zu wenden, scheint das Zurückgehen in der Geschichte wichtiger als deren Fortgang.

Haben wir denn eine Wahl, mein Freund. Gehen Geschichten nicht immer zurück.

Zurück, um fortzuschreiten. Fort, um zurückzugelangen. Ja. Du musst Geduld mit mir haben. Ich muss dir von Ereignissen berichten, die ihrem Verschwinden im See vorausgingen. Sich zutrugen, ehe ich ihr nach Philadelphia folgte. Ehe die Menschen vor der Plage in unsere friedliche Farmgegend flohen, die ich im göttlichen Auftrag durchstreifte.

Denn erst als ich sie verloren, erkannte ich, dass ich ihr schon begegnet war. Etwa ein Jahr, nachdem mich ein Sturm in die Nähe des Dorfes Radnor geweht hatte. Sie war es; ich hatte sie zuvor schon gesehen, flüchtig zwar, aber vor jenem sengend heißen Tag im Sommer, da ich sie und das gezeichnete Kind auf dem Karrenweg einholte. Nur hatte ich zwischen den Begegnungen keine Verbindung gesehen. Weshalb ich sie nicht sogleich erkannte, weiß ich nicht. Kein Kind dabei, als ich sie das erste Mal sah, und die Begegnung so flüchtig, so flüchtig, es blieb nicht einmal Zeit, mir ein Gesicht einzuprägen. Doch als ich sie das zweite Mal verloren hatte, gewann ich immer mehr die Überzeugung, dass die Frau auf dem Karrenweg und die Frau, von der ich dir jetzt berichte, ein und dieselbe Person sind. Je genauer ich mir die Umstände unserer ersten Begegnung gegenwärtigte, desto mehr Einzelheiten fielen mir wieder ein. Keine Frage. Sie war wiedergekehrt. Und wenn sie einmal wiedergekehrt war, warum nicht ein zweites Mal, selbst aus dem Wasser, in das sie ihr Kind getragen. Wenn sie einmal wiedergekehrt war, konnte sie es abermals tun, und sie würde es tun, in dieser schwebenden Welt, in der ich hier sitze und mit dir rede, so wirklich und wahrhaftig wie in meinen eisernen Erinnerungen.

Geduld. Höre nun die Geschichte unserer ersten Begegnung, die ihrerseits wunderlicherweise eine Wiederkehr war. Zu Erinnerung, Zukunft, Leben. Wie alle Geschichten.

Sie kehrt am siebenten wieder, am Tag des Herrn. Oder vielmehr dem einen Tag in der Woche, der dem Herrn geweiht ist. Zu einer Zeit, da ich noch inbrünstig glaubte, alle Tage gehörten Ihm, glaubte, jeden Atemzug, jeden uns hier auf Erden vergönnten Augenblick verdankten wir der Gnade Gottes, seiner Milde, seinem Mitleid mit uns törichten, starrköpfigen Geschöpfen, seiner Barmherzigkeit unwürdig, des kostbaren Blutes Jesu, unseres Erlösers, seines einzigen Sohnes. Einem Oktobersonntag im Jahre des Herrn 1792.

Gleich Jonas, den der Walfisch an Land spie, hatte mich ein Schneesturm mehr tot als lebendig am Rande der Siedlung Radnor in einen wenig bevölkerten, von Gebirgszügen und Wäldern bedrängten Landstrich zwölf Meilen von Philadelphia verschlagen.

Aus Schnee und Eis hatten Mr. Stubbs und seine Frau mich gerettet, hatten mich aufgenommen. Ich verdankte ihnen mein Leben, und bereitwillig ließ ich mich darauf von Mr. Stubbs anstellen. Umso freudiger, da sich mir auf diese Weise Gelegenheit bot, unter Sesshaften eine treue Gemeinde zu schaffen. Aus den paar Monaten, die ich im Sinn gehabt, wurden zwei Jahre. Von jenem afrikanischen Stubbs, der in Wahrheit nicht Stubbs war, und seiner Engländerin, die sich als Ehefrau des wahren Stubbs ausgab, ihrer außergewöhnlichen Geschichte, ihrer Wanderschaft und ihrem jähen, tragischen Ende später mehr. An dieser Stelle sei lediglich gesagt, dass ich eine Epoche unvorhersehbarer Wendungen und Wirrungen durchlebte, eine schwer glaubliche, eine quälende Zeit, und der Sonntag, von dem ich sprechen will, bildete in den Wechselfällen, die meinen Verbleib in Radnor bestimmten, keine Ausnahme.

Der Sonntag, den ich meine, hatte schlecht begonnen. Gleich beim Erwachen in Stubbs' Scheune irrlichterte es mir vor Augen. Helle Punkte umschwirrten meinen Kopf wie Insekten, der Sturm vor der Ruhe vor dem Sturm sozusagen. Das muss ich erklären. Ich leide unter Krampfanfällen. Sie kündigen sich auf immer gleiche Art an.

Zuerst gibt es den Sturm rasender, zuckender, blitzender Lichter. Lautloses Feuerwerk, an dem ich gar meine Freude hätte, graute mir nicht vor der schrecklichen Ruhe und dem zweiten Ansturm, denen diese Lichter vorausgehen.

Lichtgewitter, dann lastende Ruhe. Mein Kopf wird leicht, hohl wie eine Trommel. Leere drängt inwendig gegen die Knochen des Gesichts, wie es berstende Fülle täte. Die Zähne schmerzen. Stell dir vor, deine Haut prickelte im höchsten Grade angespannter Empfänglichkeit, ein Vibrieren der Sinne, das dich erschöpft. Stelle dir sodann eine ebenso ermattende Stumpfheit vor. Eine tödlich windstille Sargassosee der Ruhe, in der du mit trockener Kehle und starren Gliedern dahintreibst. Eine gähnende Leere, die sich vom Kern deines Wesens nach außen bis ans Weltenende erstreckt. Unendliches, zu einem Stillstand geschwollener Reglosigkeit verengtes Warten. Dein Geist betet um eine Explosion, die sich nicht einstellen will, bis sie dich nach eigenem Gutdünken am Hosenboden packt und besinnungslos zu Boden schleudert.

Mir schwinden also die Sinne. Komme mitten im zweiten Ansturm zu mir. Und dann biete ich wahrlich ein hübsches Bild. Schielen. Schäumen. Würgen. Mit den Fingern zerre ich an meiner Zunge, damit ich sie nicht zerbeiße oder schlucke. Belle wie ein Hund. Miaue wie eine Katze. Diese und schlimmere Töne – Teufelsfauchen, Hexenheulen, die unflätigsten Schankhausflüche, berichtet man mir, ergießen sich in einem üblen Strom aus meinen Munde. Ein Irrer, der sich am Boden windet. Spuckend. Besudelt. Mit zuckenden Gliedern. Ein Wurm aus der Hölle. Geschmeiß, das eine barmherzige Seele zertreten und von seiner Qual erlösen sollte.

Lichtblitze, Ruhe, Besinnungslosigkeit, und dann wird ein Fels beseite gewälzt und ich liege bloß. Eine jämmerlich sich krümmende Made.

Eine solche Entblößung steht mir bevor, wann immer mich dieses für andere unsichtbare Wetterleuchten umtost. Wenn die Irrlichter eine widernatürliche Stille gebären. Wenn die Finsternis mich verschlingt und wilde Teufel in meine Seele fahren.

Fast ebenso sehr wie das Geschehen selbst quält mich die Angst vor einem Anfall. Obschon unwiderstehlich, beschämen mich die Krämpfe, entmannen mich. Der ich im Staub umherrolle, bis mich Schaulustige umringen. Raunen und Schreckensrufe, Gejohle, Gelächter gellen mir in den Ohren.

Die Krampfsucht wirft mich selten und nur kurz nieder. Wenn ein Anfall abklingt, das Zittern nachlässt, wenn ich mein Gleichgewicht wieder finde und meine Fassung, wird mir eine erstaunliche Hellsicht zuteil. Ein einziger Atemzug befördert mich von der Hölle auf Erden ins Paradies. Tiefer innerer Friede durchströmt mich. Sanfte Finger lösen meine verknoteten Glieder. Strang um starren Strang. Dann ist mir vergönnt, die Wunder der Schöpfung zu schauen.

Ein jegliches Blatt erstrahlt im Glanz. Herrlichkeit schimmert auf in allem, was erschaffen. Die Welt ist süß, wie sie einst gewesen sein muss vor dem Sündenfall, und noch immer wäre, hätten wir nur Augen sie zu sehen.

Keine Worte können die Klarheit beschreiben. Nur so viel: Ich *sehe*. Einen kurzen, gesegneten Augenblick lang schenkt mir die Gabe des Sehens die Welt wieder. Schenkt sie mich der Welt.

An dem fraglichen Oktobersonntag folgten auf die morgendlich wirbelnden Lichter weder Stille noch zweiter Ansturm. Aus der Kalebasse neben meinem Strohsack trank ich kühles Wasser. Wie so oft schien der Kreis durchbrochen. Kräfte, die ich nicht zu beherrschen noch zu begreifen vermochte, hatten einen ausgereiften Anfall verhindert. Wie stets in solchen Fällen, dankte ich Gott, dass er mir Schmerz und Schande ersparte. Zwar reute mich stets ein wenig die versäumte Gelegenheit zum Sehen, doch war ich an jenem Morgen froh, den bitteren Seelentribut nicht zollen zu müssen, den ein Krampf mir auferlegt.

Ein abgewendeter Anfall. So schien es. Mal falle ich dreimal in einer Woche besinnungslos zu Boden, mal vergehen Monate ohne einen einzigen Krampf. Die listreichen Anfälle sind so unberechenbar wie überwältigend. Wetterleuchten nur launisches Vorzeichen. Ebenso gut wie die Blitze ohne Nachspiel verzucken können, mag binnen Stundenfrist Ernst werden, die erstickende Stille folgen oder nicht folgen, und darauf der Anfall. Ein Ende des Irrlichterns begrüße ich bange. Ich werde unruhig, ich argwöhne. Jede blitzende Heimsuchung eine Erinnerung an meine Hilflosigkeit. Fehlwarnungen können ganze Tage vergiften.

Ich verrate dir meine Geheimnisse – wie ich sie verlor, wie ich einen Sterbenden bestahl, wie Teufel Besitz von mir ergreifen. Was hast umgekehrt du mir offenbart. Wird diese grenzenlose Preisgabe meiner Geheimnisse dich ebenfalls zur Vertraulichkeit drängen. Wie ich dir, so du mir. Oder werden dich meine Enthüllungen in die Flucht schlagen.

Der Tag ihrer Wiederkehr begann also mit einer Warnung. Wenn ein Anfall drohte, zog ich es im Allgemeinen vor, anderen fernzubleiben, doch an diesem Morgen wollte ich unbedingt, wie ich es mir zur Gewohnheit gemacht hatte, am Gottesdienst in unserer Matthäuskirche teilnehmen.

Diese Kirche, von allen Bauten in Radnor der größte, diente zugleich als Versammlungs- und Schulhaus und zur Zeit des Siebenjährigen Kriegs, das bezeugten die Scharten in den Wänden, auch als Fort. Pastor des Kirchspiels war Reverend Doctor Amos Parker, ein frisch aus England eingetroffener Siedler. Ein hagerer, hoch gewachsener, fahlgesichtiger Mann mit hellem Haar, hölzern in Art und Ausdruck. Eine jener Einfuhren aus Übersee, die grollen und mäkeln, bis ihr graues Inseltemperament auch in unserer grünen Wildnis Einzug hält. Einer, der hierzulande lieber das dortige Klima sähe.

Er, das kann ich versichern, war es nicht, was mich anzog. Eine Predigt trockener als die andere. Freund mehr der Schelte als des Frohlockens. Seine seelenlosen Belehrungen vermochten mit ihrer Litanei von *dienet, dienet, Pflicht, Pflicht* keine Herzen zu entzünden, und doch kam der Heilige Geist gelegentlich über ein Mitglied unserer Gemeinde. Nur wehe dem Pilger, der es wagt, die Allgegenwart Gottes zu preisen. Unerhört. Gotteslästerlich, ruft der Geistliche. Freude hier unerwünscht. Hier lässt niemand sein inneres Licht leuchten. Untersteht euch, an Gottes bebrilltem Torhüter vorbeizuschlüpfen. Die Heiligkeit seines Hauses nicht zu ehren, sich an der Tafel des Herrn gütlich zu tun statt nach den trockenen Krumen der *Du-sollst-nicht* zu picken, die Parker wie ein Gänsefarmer seiner Herde hinstreut.

Besonders hält es Parker für seine Pflicht, Bezeigungen, Inbrunst und Überschwang zu unterbinden. An einem Sonntag berichtete er von seinem beherzten Einschreiten im Falle einer gewissen schwarzen Madame, die sich im Feuer ihres Liebeseifers, wie er sich auszudrücken beliebte, fuchtelnd als Jungjesus feierte. Er habe sie sogleich in die

Schranken und aus der Kirche gewiesen, denn in seiner Gemeinde werde er solch wildes Gebaren nicht dulden.

Mit ganz uncharakteristischer Leidenschaft geißelte Parker von der Kanzel herab, was viele als überfällige Glaubenserneuerung begrüßten. Er wetterte gegen Wanderprediger wie mich, die über Berg und Tal ziehen, um den Hunger der einfachen Stände nach Seelenspeis und religiöser Unterweisung zu stillen. Die Bestrebungen der Baptisten und Methodisten – *Latitudinarier* in seiner spitzlippigen Gelehrtensprache –, die Pforten der Kirche allen und jedem zu öffnen, schwächten selbige. Vagabundenprediger, erklärte er, würfen ihre Netze unbedacht aus, sie zögen darin dubiose Gestalten an den Busen der Kirche, darunter Neger, frei und versklavt, Weibspersonen, Nichtsnutze und Ununterrichtete, deren Glaubensschwärmerei jedem wahren Glauben Hohn spreche. Wenn das Gefühl und nicht der Verstand regiere, befand er, würden die heute erst Kathechisierten morgen schon mit Bischöfen um die Bibelauslegung wetteifern.

Um des Sonntags zu meinem Gott zu finden, brauchte ich nicht in die Matthäuskirche zu gehen, vielmehr fragte ich mich jedes Mal, wenn ich in dem zugigen Schober saß, weshalb manche Zeitgenossen des Herrn Geduld mit derart falschem, frömmelndem Gehabe auf die Probe stellten – drinnen die reinsten Engel, Teufel, kaum dass sie draußen waren. Der einzige Grund für den Kirchgang lag in der Gelegenheit, bei meinen afrikanischen Brüdern zu weilen.

Kaum eine Hand voll Schwarze kam zur Andacht in die Matthäuskirche. Zu wenige, um die beiden letzten, uns zugedachten Bänke zu füllen. Mehr als genug Platz an meinem ersten wie jedem weiteren Sonntag, denn keines der übrigen Gemeindemitglieder setzte sich in die schwarzen Reihen. Die Bank unmittelbar vor unseren füllte sich stets als letzte, und solange sich anderswo Platz fand, blieb sie leer. Das war indes immer häufiger der Fall, in dem Maße, wie neu gegründete Kirchen Zulauf erhielten, während der gute Reverend Parker Sonntag für Sonntag *bleibt weg, bleibt weg* predigte.

Bei einem solch verlorenen und sanftmütigen Häuflein Afrikaner, die es zufrieden waren, sich klaglos an die untersten Sprossen der Kirche zu klammern, verwunderte mich, dass es Parker für nötig hielt, seine Lehrstücke über den gefährlichen Enthusiasmus stets mit Schwarzen zu besetzen. Dem Sklaven Cesar etwa, der dahergelaufenen Anhängern predigte und einer seiner Zuhörerinnen, einer Indianerin, sogleich antrug, sich mit ihm hinzubetten, und zu diesem Behufe weiszumachen suchte, dass weder die Hölle ein so schrecklicher Ort sei, wie es des Pastors Worte glauben machen wollten, noch das Himmelreich so schwer zu erlangen, wie jener behaupte. Mit Spöttermiene zählte Reverend Parker alle die auf – Burschen und Bürschlein, jawohl, Frauenzimmer, Jung und Alt, wahrhaftig, und, ja, selbst Neger –, die in unseren Tagen den Predigern freundlicherweise die Arbeit abnähmen. Bangte er um das Seelenheil in unserem finsteren Kirchenwinkel, als er zu bedenken gab, wie besonders wir vom dunklen Kontinent empfänglich seien für die Erweckungspredigten. Wie uns dergleichen in so außergewöhnlicher Weise zusetzte, dass wir laut riefen, uns die Sinne schwänden, wir tanzten und stöhnten und uns nicht bloß zu Narren machten, nein, zu gefährlichen Narren.

Richtete er seine Worte etwa aus liebender Fürsorge an uns. Wenn nicht, wem galt dann die Warnung. Warum verwandte Parker so viel kostbare Zeit darauf, uns zu geißeln, mittels der Beschwörung angeblich von uns begangener

Missetaten mit dem Finger auf uns zu zeigen, wo wir doch so wenige waren, so übergangen sonst, so unliebsam und ohne Unterstützung, dass wir in allen Kirchenbelangen sonst unsichtbar blieben.

Nach dem Gottesdienst verweilte ich gerne noch etwas bei den afrikanischen Familien. Etwa ein Dutzend von uns, jung, alt, rüstig, verkrüppelt, bettelarm, prosperierend, gingen noch ein Stück Weges zusammen, folgten dem Hauptweg aus dem Ort hinaus nach Osten, wo die bescheidenen Gehöfte und Häuser der schwarzen Siedler lagen.

Schon kurz nach meinem Zuzug in die Gegend hatte ich etwas abseits der Dorfstraße am Ende der Allmende, über die ein passabler Fußweg führte, in einem Gehölz eine Laube geschaffen. Dort, in dieser versteckten Lichtung, in unserer grünen Freikirche wenige Schritte hinter Wiese und Waldsaum, hielten wir eine zweite Andacht ab. Einen schlichten Gottesdienst mit einem kurzen, von mir verlesenen und erläuterten Bibeltext, Gebet und Gesang sowie Bekenntnissen aller, die sich aufgerufen fühlten.

Vielleicht war es die geistige Dürre von St. Matthäus, die das Singen zur Labsal machte, gleich kühlem Quellwasser bei großem Durst. Selbst meiner armseligen Stimme wuchsen Flügel, wenn sie sich mit den anderen erhob. Wir füllten die Lichtung mit unseren Liedern. Füllten sie, ja. Ließen sie zur Kathedrale schwellen. Denke ich an diese Sonntagmorgen zurück, dann klingt aus allem die Musik. Aus den gemächlichen Kadenzen unseres Spaziergangs zur Laube, aus den Geschichten, wie wir einander erzählten, die wir Zeugnis und Gebet nannten, aus dem Schwatz, den Neuigkeiten, der Heiterkeit im Anschluss an unsere Andacht. Ja. Musik sogar noch aus dem Schweigen. Der langen, sprachlosen Entfernung zwischen diesem Land und der Heimat, der in den Pausen zwischen den Kehrreimen gedacht war, in der Stille nach Beendigung einer Hymne.

Das Singen verklingt. Stille senkt sich herab. Dicht, dicht fällt sie wie Regen. Eine tränkende Stille, während der Gesang entschwebt, fort, woandershin. Durchs Laub hinauf. Eine durchscheinende Wolke, lautlos, geleert. Und in der Stille kann ich jetzt wieder Vogelsang hören. Eine, zwei, dann viele Stimmen. Viel, viel ungesehene Waldvögel. Wer ohne jeden Anhalt wäre, könnte meinen, die Bäume besäßen Stimmen. Tschilpten, krächzten sich gegenseitig an. Wald, der Selbstgespräche führt.

Ich habe mich oft gefragt, ob die Vögel verstummten, sobald wir unsere Hymnen anstimmten. Manchmal hörte man die eigene Stimme im Anschwellen aller nicht mehr. Wie hätte man da, sofern es das gab, das Schweigen von Vögeln hören sollen, die auf das Ende unseres Singens warteten.

Lauschten die Vögel unserem Gesang. Lauschte der Himmel. Wie sollte man das wissen. Waren die geflügelten Wesen neugierig. Empört. Wie kommt diese lärmende Schar Schwarzdrosseln dazu, in unsere Lichtung zu platzen, unseren Gesang zu übertönen. Konnten die Vögel unsere Hymnen erlernen. Neue Strophen anfügen.

Jetzt spricht wer. Du kannst den Gesprächen lauschen oder den Vögeln. Nicht beiden zugleich.

Mr. Rowe ist ein krummes Haus auf Beinen. Während er humpelnd die Runde macht, händeschüttelnd, Gottes Segen mit auf den Weg gebend, verdeckt sein breiter Rücken die anderen. Sein donnernder Bass ist der Fels, auf den unsere Harmonien bauen. Unsere Trommel.

Wunderbare Andacht, brummt er. Gib Gott ein herrlich Tag zu.

Amen. Amen, Bruder Rowe.

Ich entsinne mich noch seines Lächelns. Wie er durch zerzauste Blätter in den blauen Himmel hochblickte. Was sah Rowe wohl. Mit Frau und vier kleinen Kindern war er seinem Sklavenbesitzer davongelaufen. Er allein hatte die Flucht nach Norden überlebt. Eine seiner gewaltigen Pranken hatten weiße Häscher verstümmelt. Wenn er dir die Hand gab, schlossen sich die zwei verbleibenden Finger am Stumpf um deine Hand wie ein Enterhaken. Abgehackte Zehen. Zerfurchte Haut seines Rückens borkig wie Eichbaumrinde, hieß es. Sein ganzer dunkler Körper eine Landkarte der Marter. Wie konnte er lächeln. Was sah er. Mit ihm und den anderen Afrikanern zu beten, die sich auf der Lichtung versammelten, lehrte mich, auf neue Arten und Weisen neugierig zu sein. Mir über sie und über mich neue Fragen zu stellen.

Allwöchentlich die Gemeinschaft von Afrikanern zu finden, war für mich eine neue Erfahrung. Ich war auf einer abgelegenen Farm zur Welt gekommen. Meine Mutter, mein Bruder und ich waren in einer Gegend versklavt, in der es nur bescheidenen Landbesitz gab. Außer meinen zwei Herren besaß dort niemand Neger. Der Lage und den Umständen entsprechend bekam ich als Junge selten neue Gesichter zu sehen, schon gar nicht schwarze wie meines.

Du schmunzelst. Ja. Ich verstehe. Du siehst einen hellen Mulatten vor dir sitzen, der sich schwarz nennt. Albern, mag sein. Ach, wären bloß die Erinnerungen, die mit der Wortwahl einhergehen, auch zum Schmunzeln.

Keine fremden Gesichter also, von »Menschen afrikanischer Abstammung«. Ich muss wohl an die acht Jahre gewesen sein, als ich zum ersten Mal einen wirklich dunkelhäutigen Mann sah. Ganz bestimmt fiel mir die Kinnlade herunter. Durchaus möglich, dass ich nach Luft schnappte.

Ich halte mich damit auf, um an anderes zu erinnern. Ich war noch nicht in Philadelphia gewesen. Noch hatte die Seuche nicht den Schatten der Stadt auch über uns geworfen, die wir außerhalb ihres Bezirks lebten. Die schlichte Freude der sonntäglichen Zusammenkunft mit anderen schwarzen Bewohnern von Radnor (vieler Schattierungen, natürlich) verdankte sich in nichts einer getrübten Haltung gegen Weiße (natürlich, ebenfalls vieler Schattierungen).

Mein Blick war an der Bibel geschult. Ihren Lehren entsprachen meine Erfahrungen, bis zu meinem Verbleib in Radnor. Mein erster Besitzer war ein wahrer Teufel gewesen, der zweite hingegen ein gütiger Mann. Von seiner gottesfürchtigen Frau hatte sich dieser bereden lassen, seine Sklaven im Christenglauben zu erziehen. Sie lehrte mich und meinen Bruder die Bibel lesen. Und für dieses Privileg werde ich ewig dankbar sein. Wie ich auch in alle Ewigkeit diesem selben Besitzer dafür danken werde, dass er mir und meinem Bruder gestattete, unsere Dienste anderen anzubieten und auf diese Weise zuerst unserer Mutter Freiheit und dann die eigene zu erkaufen.

Ich war also von meiner Quäkerfamilie gut behandelt worden, obwohl ich ihr Besitz war, ihr Gefangener, ihre Habe kraft Gesetz. Die mir unleugbar erwiesenen Freundlichkeiten machten es mir unmöglich, unterschiedslos alle Weißen zu verdammen. Trotz deutlicher Erinnerungen an die Gewalt des ersten Herrn gegen meine Mutter, trotz der Schande der Sklaverei, die meine Aussichten verschattet, trotz der Erniedrigung getrennter Ränge im Haus Gottes. Zudem waren die meisten Menschen, die ich, ob gut oder böse, bis zu meinem robusten elften Jahr zu sehen bekam, eben weiß gewesen. Ich glaubte daher den Worten der Heiligen Schrift. Alle Menschen gleich vor dem Angesicht Gottes.

Von diesem Grundsatz ließ ich mich leiten. Hatte nicht die Sünde alle Menschen in den gleichen Stand versetzt. In der Gnade Gottes, der Befolgung seiner Gebote lag die alleinige Hoffnung unserer Erhebung.

Als ich den Ruf vernommen hatte, predigte ich all denen mit offenen Ohren. Selten nur zeigten sich an den Türen der Farmhäuser, auf Gemeindeweiden, Märkten und Jahrmärkten, bei Hochzeitsfeiern oder Beerdigungen, in Betsälen, in den Versammlungs- und Wirtshäusern, wohin auch immer ich die frohe Botschaft und das Gnadengeschenk innerer Erleuchtung zu tragen suchte, dunkle Gesichter. Die wenigen, die ich sah, vergaß ich bald wieder, und ebenso rasch verwischten sich die weißen Gesichter, schon, weil ich immerzu auf Wanderschaft war.

Die stete Arbeit bei den Stubbs änderte meine Situation. Und doch wählte ich die Menschen in meinem kleinen Gefolge in Radnor nicht nach der Farbe. Nicht ich pferchte sie in die rückwärtigen Bänke der Matthäuskirche. Nicht ich ersann und hielt des Sonntags dort einen Gottesdienst, der die inständigen Glaubensbekenntnisse farbiger Menschen vereitelte und verlachte. Nein. Die Kirche schmähte diese Menschen. Stellte sie abseits. Da ich das sah, hielt ich es für meine Christenpflicht, mit der Botschaft Gottes die Not zu erhellen, von der diese schwarzen Menschen bedrängt waren, die Ärmsten der Armen. Nichtsdestotrotz galt meine Einladung allen. Auch Weiße waren jederzeit in unserer bescheidenen grünen Freikirche willkommen. Ich war jung genug, arglos genug, mich zu wundern, dass keine kamen.

Lange bevor Mr. Rowe und fast alle anderen in einer einzigen Gräuelnacht aus der Welt gerissen wurden, hatte ich meine Neugier eines Tages nicht mehr zügeln können. Ich zog den alten Rowe beiseite und stellte ihm die Frage, die mich schon lange umtrieb.

Sie strahlen so, Mr. Rowe. Wie einer der Auserwählten, mein Freund. Wollen Sie mich nicht an der Vision teilhaben lassen, die aus Ihren Zügen leuchtet.

Ah. Wenn de Reverend meint, soll er hören. Bin froh, dass er fragt, Reverend, wer fragt schon, was de alte Row zu lachen hat oder zu weinen oder überhaupt. De Reverend ist Gottesmann, aber ist auch ein guter Junge, soll er hören. Und weghören, wenn sich was nicht gehört. Ich bin nur ein armer alter Nigger und sag was ist, Reverend, das fragt er doch.

Manchmal schau ich hoch in Himmel, mach Augen zu und seh alle Welt wieder werden. Neuer Tag, Reverend. Blank. Und was seh ich: Schwarzmann, Schwarzweib, Weißmann, Weißweib liegen Seit an Seit frisch gebacken, einzige Menschen aus Gottes Ofen.

Wacht Schwarzmann aber erst auf. Hat nichts vergessen. Schnell. Die Axt. Und Kopf ab, den weißen.

Bleibt Schwarzmann allein auf de Welt, arschnackt, und besteigt Weißweib, auch arschnackt und Schenkel breit, ganz breit und ihr Dings da zwackt nach ihm wie de Schnappschildkröte, bloß nimmt Schwarzmann einen Erdklumpen, den schiebt er rein. Schiebt er weit rein. Und rammelt. Rammt Stopfen so tief, so fest, dass de nie im Leben wieder rauskommt und sie nie wieder Weißbabys rauspresst, kann nie mehr weiße Leut geben wie hier Weib, und die ledigt er grade, wird ihm auch kein Ärger mehr machen. Und da lacht er beim Rammeln. Das, Reverend,

Verzeihung, was ich seh, wenn de Reverend mich zum Himmel grinsen sieht. Amen.

Ein Sonntag im Oktober. Ich sitze bei den anderen in unserer hinteren Matthäusbank. Möge Gott mir verzeihen, denn ich bin ganz woanders, wie immer, wenn Parker endlos doziert und sich so weit entfernt von St. Matthäus, wie ich mich in meinen Träumereien. Ich tröste mich mit der Vorfreude auf unsere zweite Andacht in der Lichtung, ich bedenke den Vers, den ich für die spätere Zusammenkunft ausgewählt habe, Jeremia 5:14: *Siehe, so will ich meine Worte in deinem Munde zu Feuer machen, und dies Volk zu Holz, und es soll sie verzehren.*

Da rempeln auf einmal zwei Träumereien aneinander. Eine Flamme schießt Parker von den Lippen. Kann der Mann in Kragen und Kreuz, dem schwarzen, mattflügeligen Gewand wahrsagen. Kann der Heilige Geist in ihn gefahren sein. Kann er unversehens fremde Worte hervorstoßen, die uns tief ins Herz dringen. Seine Stimme zu Stiergebrüll werden, einer mächtigen Posaune.

Nur einen Wimpernschlag und nur in meinem Wachtraum schlugen die Flammen aus Parkers Mund, rührte seine scharfe Stimme Donner. Töricht. Truggespinst. Zur eigenen Kurzweil ersonnen, damit ich nicht einschlafe über Parkers Litanei. Wörter aus seinem Munde wie gemurmelte Asche.

Doch wer vermochte zu sagen, welche Sendboten Gott wählte. Wie solltest du wissen, ob nicht du gesalbt warst, Gottes frohe Botschaft zu verkünden, einer Heimsuchung gleich, einem Hunger, der das Fleisch vom Bein schält, Bein zu Staub mahlt. Nationen erzittern lässt. Mochte da nicht auch dieser haarspalterische, kalte Kleriker Sendbote sein.

War die Vorstellung denn abwegiger als zu meinen, ich selbst, arm, ungeschult, schwarz, sei ein taugliches Gefäß für Licht und Verkündigung.

Alles Sinnieren jäh beendet durch den erderschütternden Schritt eines gewaltigen Tiers *rums bums.* Ein Grauen erregender Drache, rotäugig, beschuppt, kam auf die Kirche zugekrochen. Erde von scharfen Krallen aufgerissen. Feld und Wald von Feueratem restlos verkohlt. Auf dem Rist vorm buckligen Rücken ein Sattel. Welcher Reiter könnte ein solches Ross besteigen. Wer, wenn nicht der Tod, es über Land jagen, Dörfer und Städte zerwalzen, das ganze sündige Land verwüsten und für das Kommen des Erlösers bereiten.

Er hört das Tier nahen. Die Kirchenbohlen beben. Das Tier wirft seinen Schatten voraus, verdunkelt die Fenster. Aus seinem Schlund, den geblähten Nüstern knistert Feuer. Umflackert als blaues Licht seinen Kopf. Der letzte Blick, der ihm noch gelingt, ehe das Wetterleuchten ihn blendet, entdeckt ihm schwarze Gesichter, von der Kanzel durch Pfosten strähniger Schädel getrennt.

Beinahe auch ihres, aber noch ist es zu früh. Noch zu früh.

Die Bretter der Matthäuskirche sinken wie Jericho-Mauern, wie Buchseiten, legen eine unwirkliche Landschaft frei. Nach allen Seiten hin sieht er bis an die vier Weltenden. Alle Länder aus alten Legenden liegen ihm zu Füßen. Nebelumwölkte Gipfel aus Jade, ein schwarzblauer Ozean, in dem zerklüftete Eisfelder treiben, ein vorzeitlicher Hindutempel, eine auf sieben Hügeln errichtete Stadt aus Marmor. Moscheen, Minarette, eine Wüstenei weißer Gebeine, von wilden und scheuen Tieren bewohnte Dschungel, eine Stadt, der Flüsse als Straßen dienen, spitze Zelte wilder Indianer, ein üppig wuchernder Garten, in dem Pflanzen mit lächelnden Antlitzen hängen. Die Welt mitsamt ihren fernen Wundern zusammengezogen, damit er alles in eins schaue. Diese Welt und eine Vielzahl weiterer, deren Existenz verborgen war, bis die Kirchwände fielen und er sich im Mittelpunkt eines Runds wieder fand, auf dem im Kleinen das gesamte Weltall sich ausbreitet. Aber nein, nicht kleiner. Es hatte weder im Maß noch in den Entfernungen eine Minderung erfahren. Vielmehr war seine Unermesslichkeit fassbar geworden. Nah und fern gleich. Das Nächstliegende und durch ganze Kontinente Getrennte fiel zusammen. Wurde eins. Er wandelte überall zugleich. Zu jeder Zeit genau dort, wo er sein musste.

Statt von diesen endlosen Fernsichten überwältigt zu sein, ergriff ihn tiefer Friede. Die Welt drehte sich, schneller an ihrem äußeren Rand, kaum merklich in der trägen, schimmernden Mitte, wo er ruhte. Er würde es bei der ersten Gelegenheit kundtun – wenn alles Verlangen gestillt wird, ist man ohne Verlangen.

Doch vorerst drängte es ihn nicht, irgendjemandem irgendetwas zu sagen. Er war er selbst und zugleich alle anderen. Sie dachten in seinen Gedanken. Ihre Gedanken waren die seinen. Er lebte unzählige Leben. Atmete für sie alle, starb und wurde in solch rasender Abfolge, dass das Leben niemals begann oder endete. Es strömte. Süßer, unvergänglicher Atem, und in ähnlicher Weise verweilte sein Blick nie auf einem Ding, einem Ort, sondern glitt zu ihnen hin, durch sie hindurch, sodass nichts seiner Aufmerksamkeit entging noch sie fesselte; die Welt war ein Sehen, ein schimmerndes Sein, sie erschuf seine Augen.

Die Vision währte kaum eine Sekunde. Zu kurz, um den Gedanken zu enthalten: Was ich sehe, ist Vorbote der wundersamen Klarsicht, die mir allein dann zuteil wird, wenn mich zuvor ein Krampf zu Boden geworfen hat. Ich falle. Schwer. Stürze langsam dem Vergessen eines Anfalls entgegen. Die mannigfaltigen Welten meiner Vision schwinden. Schon fort. Die Fallsucht trifft mich hier in der Matthäuskirche, da ich bei meinen afrikanischen Brüdern sitze. Sie werden meine Schande teilen. Schwer lastende Ruhe raubt mir bereits die Sprache, macht es mir unmöglich, sie noch zu warnen.

Das Weltall krängt, strömt dann durchs Nadelöhr zurück. An seinen Ursprung. Das sperrangelweite Portal der gefallenen Kirche schnappt zu. Er wird gegen die Befestigungswälle einer Stadt geschleudert. Sackt an dunklem Gemäuer zusammen. Sieht und hört nichts von der gewaltigen Stadt hinter dem Bollwerk. Ihn fröstelt. Irgendwo schluchzt jemand erbärmlich. Erst mählich, während er der harten Erde gewahr wird, einer harten Wand und kalter, dunkler, ihn umringender Schatten, erkennt er, dass er es ist, der weint.

Eine Zeit lag er reglos. Zeit ohne Anfang und Ende. Im Wetter eines feuchten, unfrohen Frühlingsmorgens bei regem Kommen und Gehen aus dem Innern der Stadt, Menschen, die an ihm vorbeiziehen, als wäre er unsichtbar. Verloren, gefunden. Gefunden, verloren. Seine Tränen versiegen. Das Mitleid, das er mit sich empfindet, erstirbt. Er ist es müde zu fragen, wie jemand ein so erbarmungswürdiges Geschöpf sein und dennoch fortleben wollen kann. Ihm fehlt die Kraft zu Fragen. Erschöpfung lähmt alle Fragen, alle Antworten. Zu lange schon ist er in seinen an einen unsichtbaren Felsen geschmiedeten Käfig gesperrt, um noch zu wissen, wie lange oder warum, oder ob es wichtig ist.

Erst das Wetterleuchten. Dann Stumpfheit, Erstarrung. Wie tot sein. Nur dass das Lebenslicht nicht restlos gelöscht ist. Ein letzter Lichtpunkt bleibt, ohne Schein, ohne Wärme. Zu schwach, zu wenig mehr nütze, als ihn, kaum vernehmlich, zu mahnen, dass seine Zeit noch nicht gekommen ist. Zur Strafe für seinen Unglauben ewig an wüsten Gestaden gestrandet, muss er darauf hoffen, dass sich die Luft regt, ein erlösender Hauch, der die müden Segel um seine Schultern aufrichtet oder aber den letzten jämmerlichen Lichtfunken löscht.

Er hört Stimmengewirr. Sieht viele Füße. Viele verschiedene Paar Schuh. Sie sprechen zu ihm. Schuhe haben Zungen. Doch doch doch. Und hinterlistige Stimmen. Hier Absatz und Sohle, mit Kuhmist beschmiert. Dort, unter dem Saum eines Unterrocks hervorlugend, der schmale, spitz zulaufende Stiefel einer Dame. In der Strumpfseide schmiegen sich nackte Zehen aneinander wie Ferkel an den Zitzen der Sau. Zerfranste Senkel. Silberschnalle. Kleine Schuhe. Schwere Schuhe. Zerschrammt. Gewichst. Gerissen. Eine kräftige, garnbestrumpfte Wade. Kniehosen. Schuhe. Schuhe. Schuhe. Eine Arche voll Schuhen, zwei und zwei.

Dass ihr es wagt. Dass ihr es wagt. Hoch mit ihm und dann hinaus mit euch. Auf der Stelle. Hinweg mit euch, fort.

Zwischen den Worten des Pastors Lücken. Auch innerhalb. Lange Pausen, die offenbar sonst niemand bemerkt. Jedes Wort bricht auseinander. Lautketten zerreißen, Perlen gleiten von der Schnur, kullern, klackern, klimpern ringsum auf den Bohlen. Warum bückt sich niemand nach ihnen.

Ich dulde es nicht. Unerhörtes Benehmen. Wer ist dieser Irre. Schafft ihn fort. Raus. Raus.

Wie lange kauert er schon auf dem Fußboden der Kirche. Stößt Schreie und Unflätiges aus, hitzigste Predigt, die diese Wände je vernommen. Ist seine Hose nass. Hat er Schaum vorm Mund wie ein tollwütiger Hund. Wenn er knurrt, werden die Umstehenden dann Reißaus nehmen. Auf allen vieren setzt er Reverend Parker nach, schnappt nach den finsteren Frackschößen, jault, ein Höllenhund, der Parker aus dem Tempel jagt.

Ihm ist ganz furchtbar zum Lachen. Lachen und Lachen. Haltloses, wüstes, unwiderstehliches Gelächter. Reihenweise werden die Gemeindemitglieder umfallen vor Lachen, sich wälzen, den Bauch halten, lachen, bis es wehtut.

Auf seinen Wangen eine Schwemme salziger Tränen. Es scheint bloß wie Lachen, das Schütteln, der Taumel. Die schwindeligen Geheimnisse, die er verraten möchte.

Ein Parlament Schuhe vor ihm auf den Bohlen. Ich bin dein Premier. Die Zunge des Königs.

Es würgt ihn. Seine Staatskunst der widerliche Schweinetrank gestriger Reste. Grütze, wie sie Schweinen in den Koben geklatscht wird.

Grunzender Dank. Danke, Premier. Untertänigster Dank.

Sie schleudern die Schuhe von den gespaltenen Hufen. Beilscharfen Hufen. Sie zertrampeln ihn, das Kopfende zuerst. Ein Segen, so muss er wenigstens nicht zusehen, wie sie den Rest seines Körpers in blutige Würfel hacken.

Gelob sei de Herr. Halleluja. Er kommt zu sich. So was, so was. Wie steht's um den arm Jungen. Der Herrgott erbarm sich. De gütige Gott. Er öffnet die Augen. Beiseite, Schwestern, macht ihm Platz.

Du kannst dir die Reden der guten Seelen, gut Dutzend an der Zahl, vorstellen, die über mich wachten, während ich langsam wieder zur Besinnung kam. Sie hatten mich auf die Grasnarbe gebettet, mir jemandes Schultertuch oder Mantel unter den Kopf geschoben. Mir den Mund abgewischt. Meine Kleider – man sagte mir später, ich hätte sie mir partout vom Leibe reißen wollen – geordnet, geknöpft. Die Frauen hatten sich bereits verständigt, wer mich verköstigen, wer beherbergen, wer pflegen solle, welche mir das zerrissene Hemd flicken. Als hätten sie ihre gute Absicht längst wahr gemacht, erwachte ich heil und geheilt.

Ein Ring brauner Gesichter und darüber, vor hellem Himmel, ein grüner Baumrand. Noch konnte ich keine einzelnen Züge ausmachen. Bloß verschwommene Rundungen aus Braun und Grün, darauf der blausilberne Deckel. Die Stimmen hätten jedem und allen gehören können, waren unbestimmt wie die der verborgenen Vögel, die dem Wald scheinbar die Gabe der Rede verliehen. Wenn unsere Gesänge an manchem Sonntag besonders harmonisch ausfielen, klang es auf der Lichtung so, wie es wohl im Himmel klingen muss. Ergeht es einem im Himmel so wie mir an jenem Oktobernachmittag, da ich mich geborgen inmitten einer besorgten Schar dunkler Engel wiederfand.

Ich fragte mich, wie sie mich aus der Kirche in unser Gehölz geschafft hatten. Es war die erste Frage, die ich meine ausgesprochen zu haben. Aber man sagte mir, es sei nicht das Erste gewesen. Die ersten Worte, hieß es, die ich bei noch geschlossenen Augen in der Lichtung geäußert hätte, seien Bibelworte gewesen, der Vers aus Jeremia. *Siehe, so will ich meine Worte in deinem Munde zu Feuer machen …*

Weil ich mit Gottes Wort auf den Lippen in diese Welt zurückkehrte, glaubten die guten Leute an eine göttliche Intervention. Glaubten, Gott habe mich in die Grube und den Kerker geworfen, damit ich sein Wort und seine Wahrheit vernähme. Als ich, kaum bei Sinnen, den Bibelvers zitierte, hätten sie sich gefürchtet, gestanden mir einige später. Sie meinten, nun verkündete ich das Urteil Gottes. Wir kannten dich nicht wieder, sagten sie. Wilde Reden eines Fremden in ihrer Mitte.

Der alte Mr. Stevens sagte, er hätte mich nahezu verloren gegeben. Hattest den Teufel im Balg, Sohn. Dann im Leib, o ja. Mehrere gleich. Hat dort im Kirchgang mit dir Juba getanzt, die Teufelei. Bald die Seele aus dem Leib geschüttelt, Junge.

Und was das Pfeffer- und Schwefelpack nicht schaff, hätte der alte eiserne Besen, der verkleidete Leibhaftige, Parker persönlich, mit Freuden erledigt.

So was. Nie so viel Wirbel um einen armen Schwarzen gesehen. Blitzeschnell war aus mit Andacht, wie du dich schreiend auf den Boden wirfst. Wahr ich hier steh. Haufen Leut gleich die Beine in die Hand. Haufen hinter Parker wutschnaubend alle schnurstracks auf dich zu.

Hat dich nicht gekümmert. Kein Stück. Weiter um dich getreten, herumgeworfen und gewälzt, hin und her, her und hin, Schütteln und Schreien, bis die Kraft am Ende. Konnt Parker nicht viel machen außer Zeter und Mordio. Frauen und Kinder verscheuchen, das konnt er. Der Himmel weiß, was sie dir getan hätten, wären wir nicht gewesen, aber kein Schritt von der Seite sind wir dir gewichen.

Muss gestehen, Junge, wusst auch nicht was tun. Ist mir mein Lebtag nicht vorkommen, so was. Aus Ohren und Nase hat's dir geraucht. Wahr ich hier steh. Zum Fürchten.

Irgendwann war Ruh. Du müde und matt. Oder die Teufel lahm geritten, bist einfach dagelegen. Mit verdrehten Augen.

Da hat dich Bruder Rowe hier gepackt. Geschultert wie ein Sack Maismehl. Rausgeschleppt.

Und jemand sagt, besten wir machen es wie sonst Sonntag und gehen ins Gehölz rüber.

Meine afrikanischen Brüder glaubten also, mich hätte etwas gestreift, was nicht von dieser Welt war. Was stimmte. Aber in keiner Weise zum Fürchten war. Die Krampfanfälle, die mich heimsuchen, rufen keine übernatürlichen Kräfte hervor, keine Feuerzungen. Lediglich eine kurze, köstliche Klarheit.

Und wahrhaftig lag ich verzückt in der Lichtung und erholte mich langsam von einer Vision. Doch ich konnte sie nicht teilen. Die Klarsicht kommt und vergeht wieder. Ich kann sie keine Dauer lehren. Noch finde ich die Worte, auch nur ein Tausendstel dessen zu bedeuten, was ich schaue, wenn sich die schwarze Fallsucht meiner bemächtigt, das wahre Wesen der Welt nämlich, das durch den Nadelpunkt zurückströmt und verschluckt wird.

Reißender Strom. Dann tiefer Friede und die Gewissheit, dass die Welt wieder ganz ist. Die unendlichen Teile wundersam zusammengefügt. Im Nu. Nahtlos.

Amen. Im Stillen atme ich wieder und wieder eine Art Amen. Spreche es laut, leise. *Amen.*

Ich wünschte, das alles ließe sich mitteilen. Ich wünschte, mir könnte irgendjemand, ob unter meinen Freunden auf der Lichtung oder sonst, die frohe Botschaft von den Augen ablesen. Und erkennen, dass alles, was für sich und vereinzelt ist, sich einen Augenblick mit seinen verlorenen Brüdern vereint. Wie mein Blick in den Spiegel meinen Blick trifft. Oder ich mich selbst im Blick eines Gegenübers finde. Im Wechsel. Eine selbstverständliche Bruderschaft, in der einer den anderen befreit, einer den anderen sein lässt.

Sie erscheint als lindernde Kühle. Wasser, das jemand von irgendwoher in die Lichtung geschafft hat. Ein getränktes Taschentuch kühlt meine Stirn. Ich sitze im Gras. So aufrecht ich wage. Eben noch klar genug, zwischen Sternen zu steuern. Jetzt zu schwach aufzustehen. Bei geschlossenen Lidern war mir nichts verborgen geblieben. Kein Geheimnis, das es zu enträtseln galt, verschlossen. Und nun blendet mich, während ich mich in der vertrauten Lichtung sammele, das gewöhnliche Licht eines Oktobernachmittags.

Mir schwindelt, wie zuvor auf dem Boden der Kirche. Ich werde wieder Kind. Beute der Folgen einer begangenen Dummheit, hilflos, bis das Lächeln meiner Mutter, ihre Nachsicht, mir aus der Notlage helfen, in die ich mich gebracht habe. Honigverklebtes Wollhaar. Wespenhaken im Daumen. Eimer Milch, über den ich gestürzt und den ich verschüttet habe, nachdem man mir hundertmal gesagt hat *langsam, Junge, immer langsam*.

Wasser so kühl und lindernd auf der Stirn wie die Hand meiner Mutter. Ebenso vertraut die Berührung, ebenso fern. Fürsorge, ein Duft, ein blaues Rascheln. Ärmel von der Farbe des Himmels streichen an meinem Gesicht vorüber.

Stimmen, die mich immer noch erörtern, als wäre ich nicht da. Unterdessen kann ich den Stimmen einzelne Gesichter zuordnen, erkennen noch niemanden. Ich spreche die Namen aus, um die guten Leute wissen zu lassen, dass ich wiederkehre.

Ah, Sie sind's, Rowe. Vielen Dank, Mrs. Lewis. Gott segne Sie, Schwester Jones. Danke, Cudjo.

Sie rückt ab, aus dem Augenwinkel erfasster Schemen, weicht in den Kreis derer zurück, die mich umringen. Ein bläulicher Schatten, der mit der Runde verschmilzt, hinter den anderen verschwindet, als ich mich ihr zuwende.

Meine Augen täuschen mich beharrlich. Widerstrebend nur lasse ich vom Labsal der Klarsicht. Der alte Stevens hat Recht. Das Ringen mit den Teufeln hat mich erschöpft. Nicht nur die Augen, der ganze Körper sträubt sich gegen das gewöhnliche Werk der Sinngebung.

Warum sah ich sie nicht. Warum herrschte in der Lichtung so ein Gedränge. Überall Menschen. Menschen in fremdländischen Gewändern. Schuhwerk wie in meinen Träumen. Ein Bazar umherziehender Menschen. Mehr Afrikaner, als ich je zuvor auf einem Fleck gesehen hatte. Ein viel zu großer Andrang, um in unserer bescheidenen grünen Freikirche Platz zu finden. Immer neue Gesichter, mannigfaltige Trachten, wohin ich auch blicke. An deren Stelle Neuankömmlinge treten, kaum dass ich weg und wieder hinsehe. Menschenschwärme, ein Treiben, ein Kommen und Gehen auf der Lichtung.

Meine eigenen Leute scheinen den Zudrang um sie her nicht zu bemerken. Sie umlagern mich weiterhin. Als Mistress Jones sich von der Gruppe löst und die junge Lucy an der Hand in den Wald zieht, durchschneiden sie die luftigen Gestalten der Besucher wie Steine Spiegelungen im Wasser.

War die junge Frau im blauen Kleid, die mir die Stirn benetzt hatte, eine von uns oder eine von ihnen. Ich wusste von ihr alles und nichts. Sicher schien mir, dass sie jung war, dass sie Frau war. Welche Farbe ihr Kleid hatte. Wie sie roch. Obwohl ich ihr Gesicht nicht gesehen hatte, war ich mir sicher, dass sie bisher nie zu unseren Andachten erschienen war. Aber sie mochte ja fremd sein und dennoch zu uns gehören. In unserer kleinen Glaubensgemeinde sah man keineswegs Sonntag für Sonntag dieselben Gesichter. Es gab immer Umstände, die Einzelne am Kommen hinderten. Es gab Besucher, die einmal kamen und nicht wieder. Auf eine Hand voll war Verlass, aber selbst unter den Getreuen lichteten zuweilen Krankheit, Missgeschick, Wetter oder Schlimmeres die Reihen. Das Leben auf dem Lande war hart. Da in unserem Landstrich wenig Afrikaner siedelten, nahm unser Kreis von einem Sonntag zum nächsten zu und ab.

War sie bloß Besucherin. Oder Angehörige einer unserer Familien, jüngst zugezogen. Oder ist sie eine der zahllosen anderen, die ich offen wie geschlossenen Auges sehe, während ich benommen dasitze, entkräftet von der Anstrengung, meine Sinne zu sammeln.

Dergestalt unsere erste Begegnung. Dergestalt kehrt sie wieder. Je öfter ich seither darüber nachgedacht habe, desto stärker bewegt mich die Frage, ob sie nicht, gleich den Erscheinungen, die an jenem Tag die Lichtung füllten, zu der Welt des besonderen Sehens gehörte.

Auf der Lichtung kreuzten sich vor meinen Augen Wege. Der eine für Menschen wie wir von der Matthäusgemeinde. Der andere Zugbahn der Ahnen wie auch kommender, noch ungeborener Generationen. Der eine fester Boden, der andere Luft, vom unsichtbaren Äther, auf dem Engel schweben. Wenn ich also den Weg der Ahnen sah und die darauf wandelten, hieß das vielleicht, dass ich ihnen bald folgen würde. Mein Anfall die Mittelpassage war. Doch statt meiner nahm sie die Überquerung auf sich. Sich meiner an. Und da sie säumte, um mir die fiebrige Stirn zu kühlen, wurde sie vielleicht zurückgelassen. Wenn nicht zurückgelassen, dann doch in der Schwebe zwischen ihrer Welt und unsrer.

Beschwören könnte ich, dass Berührung und Kühle wirklich waren. Dass die duftende blaue Wolke ihrer raschelnden Röcke, die mich umfing, wirklich war.

Aber ich phantasiere. Natürlich war sie eine Frau aus Fleisch und Blut. Wochenlang fragte ich alle Welt nach ihr. Monate. In der ganzen Aufregung um meine Ohnmacht und das Nachspiel konnte sich aus unseren Reihen niemand erinnern. Und wie hätte man sie anhand meiner dürftigen Beschreibung auch erkennen können. Ja. Nein. Vielleicht. Blau. Duft. Eine Reisende, die an einem Oktobersonntag zufällig auf einen Zug schwarzer Menschen im Sonntagstaat gestoßen war, einen der ihren von einem Hünen geschultert. Wer würde da nicht verwundert stehen bleiben.

Sie folgt dem Zug, als er von der Dorfstraße in einen vom hohen, herbsttrockenen Gras überwucherten Pfad biegt. Folgt uns ins Gehölz, an den bescheidenen Ort, wo wir auf Hoffnung dreschen. Sieht, wie mich Rowe ablegt. Seine beeindruckende Größe und Kraft, die Geschicklichkeit seiner verstümmelten Hände. Wer sind diese Afrikaner, fragt sie sich. Handelt es sich um eine Bestattung. Einen heidnischen Brauch aus dunkler Vorzeit, der in diesem neuen Land überlebt hat.

Einer schiebt dem Reglosen ein gebündeltes Schultertuch unter den Kopf. Man umringt ihn, beugt die Nacken. Ein Summen wie von Bienen. Was haben sie vor in diesem versteckten Hain. Sie werden doch nicht einen der ihren blutig opfern. Sich nicht wie Wilde gebärden, stampfen und schreien. Nein. Es sind blankäugige Kinder, würdige Männer und redliche Matronen. Ihresgleichen, nur in gedrückter Stimmung, in Sorge. Und doch erregt, verstört.

Kein Vogelsang in der Lichtung. Die Natur schweigt erwartungsvoll. Sie merkt, dass auch sie den Atem anhält.

Der junge Mann fährt hoch. Seine Worte sind Feuer. Die Wand schwarzer Menschen weicht vor der Stimme zurück.

Das Feuer rast, springt von Wipfel zu Wipfel, ein Feuerball, der mit sengendem Schweif einem Ziel entgegeneilt.

Schon vorüber. Der Mann fröstelt einmal. Sackt nach seinem Wortschwall still zusammen. Das Feuer ist ins Werk gesetzt. Den Menschen eine Warnung. Hinter dunklen Hügeln lodert rotgelb ein Haus. Er sinkt auf die Ellbogen zurück. Man redet auf ihn ein. Tröstliche, beruhigende, sanfte Worte. Fürbitten. Segenswünsche.

Wo sie das Wasser hernimmt, vermag er nicht zu sagen. Kann sich das Wunder kühler Labung nicht erklären. Aber sie findet unstreitig Wasser, und unstreitig betupft sie ihm die Stirn. Ihr Gesicht kennt er nur von innen heraus. Als wäre er in die stille Kammer in ihrem Schädel geschlüpft, in der sie sitzt und zu ihm hinausblickt. Nie wird er das Gefühl vergessen, diesen Raum betreten zu haben. Das kennt er von ihr am besten. Ihre Art, ihn von dort zu beäugen, vom Thron hinter ihren Augen, Augen, deren Farbe er nicht mal mit Gewissheit benennen könnte.

Dieses Unterfangen, dieses Ins-Dunkel-Sprechen, als könnte dich das von den Toten erwecken. Was drängt mich dazu. Warum lege ich mich nicht zu dir. Schlafe deinen Schlaf. Warum dieses Raunen in dein kaltes Ohr – Worte, Worte, Worte, als wäre Schweigen nicht genug. Schweigen der uns angemessene Begegnungsort.

Einmal hat sie sich beklagt, meine Geschichten seien so traurig. Wenn du meine Genesung wünschst, sagte sie, warum dann Geschichten, die meine Mundwinkel herabziehen. Du musst mich aufmuntern, mein Freund. Das Tal der Tränen, in dem deine Geschichten sich zutragen, kenne ich nur zu gut.

Ich nahm die Herausforderung an. Sann fieberhaft auf eine Geschichte mit gutem Ausgang. Weil ich aber bin, wie ich bin, weil ich erbittert um ihre Genesung ringe, die mit jedem Tag weniger gewiss erscheint, hatte ich nicht mehr zu bieten als die Geschichte meines Verbleibs bei dem Paar, das mich aus dem Sturm errettet, immerhin ein glücklicher Anfang, mit dem ich hoffte, sie abzulenken, mir ihre Aufmerksamkeit zu sichern, bis sie selbst für das einzig denkbare glückliche Ende einer jeden Geschichte sorgte, die ich erzählen könnte. Bis sie von dort wiederkehrte, wohin immer sie entschwunden war, um dem zu entfliehen, was sie niederzwang.

Tee, Sir.

War das ihre Stimme. War er wieder an die Pforte gelangt, gestorben und wieder hineingelangt.

Kalt ist ihm. Zu kalt, um zu zittern. Er will zittern, den Griff der Kälte lockern. Er ist ein Klumpen aus Kälte und Starre. Unter einem Berg Bettzeug. Schwer vom Geruch fremder Körper, fremder Hitze, schweißgetränkt, aber nichts dringt durch, was ihn wärmen könnte. Wenn er die steif gefrorenen Glieder rührt, werden sie zerspringen.

Jetzt spricht sie wieder zu ihm. Worte, denen er keinen Sinn abgewinnen kann, die Stimme vage vertraut. Er möchte antworten. Die Augen aufschlagen. Versucht es und hört Eis krachen oder Knochen. Sengender Schmerz frisst an ihm. Er schwört dem Schmerz, dass er sich nie wieder rühren will, wenn er nur dieses eine Mal, *bitte, bitte, bitte* von ihm ablässt.

Sie waren riesengroß und wunderschön gewesen. Schwebten wie weiße Schmetterlinge, Federn, Blütenblätter, Flocken feinsten Kanzleipapiers herab. Sanken so hoheitsvoll sanft hernieder, dass du dem Schicksal einer jeden folgen und die

Vielgestalt würdigen konntest. Kein Wind, der sie ablenkte. Nur gelegentlich trieb, tanzte, taumelte eine, einer eigenwilligen Laune folgend, aus der Reihe. Gewaltige weiße Gebilde hingen in der Luft, fingen das Licht ein, verwandelten es. Ein Stoff fiel vom Himmel, der einen neuen, nie zuvor gesprochenen Namen verlangte.

Erst verloschen die großen, feuchten Flecke auf seinen Kleidern. Im Nu weggesogen. Dann hob ein Wind an, heulend, wirbelnd. Von Kopf bis Fuß ist er weiß verkrustet. Schnee peitscht und kocht, blendet ihn, beugt ihn, Schneenadeln, Schneeschauer, Schnee, der in Lawinen von den Bäumen rollt.

Die Kälte lähmt zuerst seine Füße. Gegen Ende, bis sein Geist des Trugs müde wird, hält er sich wach, indem er sich einen Mann denkt, der durch eine glutheiße Wüste stapft. Solange er die kleine, schwitzende Gestalt durch Dünen und Staubstürme und heiße Winde schicken kann, glaubt er, wird sein leibhaftiger Körper, von dem er gar nichts mehr spürt, sich der Kälte nicht ergeben. Geht, kriecht, sitzt er im Schnee. Von seinem Körper kommt nicht der geringste Hinweis. Nur Schnee, Wind, quälende Taubheit, das Heulen des Sturms. Seine Gedanken rasen, dann taumeln sie, sacken zum elenden Häuflein zusammen. Der Gedanke etwa, er müsse sich bemitleiden, der Gedanke, er müsse sich anklagen, der Gedanke, er müsse sich auslachen. Der Gedanke, er sterbe oder sei schon tot, der Gedanke, es bestehe Hoffnung zu überleben, wenn er nur weitergehe. Der Gedanke, er könne letztlich nicht wissen, welcher Gedanke den Umständen angemessen sei.

Der Sturm hat ihn uns vor die Tür geweht. Ich entsinne mich nicht, was mich bewog, sie zu öffnen. Wahrscheinlich wollte ich wissen, ob es jenseits der Tür noch eine Welt gab.

Ich traute der Sache nicht. Konnte nicht glauben, dass eine so wilde, angriffswütige Erscheinung, eine Macht, die das Haus in die Faust genommen und geschüttelt hatte wie einen Würfelbecher – glaubte nicht, dass der Sturm so plötzlich abziehen könnte, wie er gekommen war, ohne ein anderes Zeichen zu setzen als vollkommene Stille und, als ich ans Fenster schlich, den Laden hob und hinausspähte, eine weiche, gerundete, sich friedlich wie der Körper einer schlafenden Frau im Mondschein hinbreitende Landschaft.

Argwöhnte, dass der Sturm immer noch lungerte, zum Sprung bereit, sobald meine Wachsamkeit nachließe. Argwöhnte, dass er die Welt entwendet haben könnte, nur das Haus als Pfand der Leere stehen ließ. War der Sturm wirklich weitergezogen, hatte er uns wirklich und wahrhaftig verschont, die Schonung nicht nur ein grausames Spiel.

Als ich die Tür öffnete, stand ich vor einer kniehohen Schneewehe, zum unteren Türspalt hin schräg abfallend. Weiter hätte ich mich nicht vorgewagt, wäre da nicht, keine zehn Schritt voraus, über Nacht vor der Hütte ein bucklichter Grabstein gewachsen.

Es war eine geduckte, schneebegrabene Gestalt. Ein Erfrorener, der so weit er konnte gekrochen war, ehe ihn kurz vor der rettenden Schwelle die Kräfte verlassen hatten.

War er wie eine Motte vom flackernden Kerzenschein angelockt worden. Oder vom Rauch aus dem Schornstein. Oder war er schneeblind umhergewandert, bis ihn das Schicksal in grausamer Reichweite seiner Zuflucht ereilte. Konnte er bereits dort gewesen sein, als wir uns anschickten, zu Bett zu gehen, unfähig, sich zu rühren oder einen Laut von sich zu geben, den wir über den tosenden Sturm gehört hätten. Hatte er das Fenster dunkel werden sehen, als ich den Laden schloss, die Kerze löschte. Der Gedanke, dass ein Mensch so im Schnee strandete und allein in der Nacht starb, hätte mich ob seines jämmerlichen Endes mit Mitleid erfüllen müssen. Mitleid empfand ich, aber ebenso nahm ich dem Fremden übel, sich im Dunkeln hinterrücks angeschlichen zu haben. Mir missfiel, dass er uns beobachtet haben könnte, sich gefragt haben könnte, was wir taten, wer wir waren. Wir ahnungslos. Er im begierigen Wissen. Komplizen, wir zwanglich mit seiner letzten Stunde auf Erden verbunden.

Er hatte sich so klein wie möglich gemacht, Knie an die Brust gezogen, Stirn auf die Knie gedrückt, die letzte Lebenswärme in der Höhle seines Körpers gehortet.

Ich zog nicht in Betracht, dass er noch leben könnte. Ließ mir Zeit, als ich mir durch den Schnee einen Weg zu ihm bahnte. Hörte eine Art Grunzen, als ich begann, den Schnee wegzuschlagen. Da wurde ich vorsichtiger. Schälte den zum Schutz drumherum gewickelten Lumpen sacht vom Gesicht. Barthaare aus Eis. Gefrorener Atem, Spucke, Tränen, Rotz. Der Mann hatte mehr Farbe als erwartet. Afrikanische Farbe wie ich selbst. Hatte er ein Meer überquert, nur um hier eines eisigen Todes zu sterben.

Ein schwacher Abglanz der Sonne auf seiner Haut, daher setzte ich darauf, dass er sich im Innern einen Funken ihrer Glut bewahrt haben könnte. Seine Hautfarbe ausnahmsweise seine Rettung.

Berührungen gaben wenig Aufschluss. Meine bloßen Hände fühllos in der eisigen Luft. Ich biege seinen Kopf zurück. Beuge mich über ihn. Mein Atem dampft. Aus dem schwarzen Spalt seiner Lippen nichts. Ich zwinge sie weiter auseinander, lege ihm die Handrücken an die Wangen. Blase, Reibe. Berühre seine Haut mit den eigenen Lippen. Bin mir nicht sicher. Mein Auge ruht fast an seinem

Mund. Ich warte auf den Hauch, der meine Wimpern streift.

Da. Und wieder … da weiß ich's. Beeile mich. Klopf die Schneekruste ab. Knete kalte Haut. Der Körper des Mannes ist leblose Last. Schließlich schiebe ich die Hände unter seine Achseln. Rückwärts wühle ich mich in der Minuten zuvor gegrabenen Spur zurück, schleife den Mann ins Haus.

Sie hatte fest geschlafen, als ich aufstand, aber ich rufe trotzdem zur Tür hinein. *Er lebt. Der tote Mann lebt.* Sein schwerster Teil glättet die frische Schneeschicht wie eine Kelle zwischen Ziegeln den Mörtel.

Vorm Feuer entkleide ich ihn. Er wankt wie trunken. Ich muss ihn stützen, während ich ihm die Kleider vom Leib zerre. Schmelzender Schnee bildet Lachen, macht den Fußboden rutschig. Seine Sachen steif wie Rinde. Ich bin nicht sicher, ob sich Haut beim Abziehen mit löst. Zu dicht vor dem prasselnden Feuer, und der Mann würde geröstet. Zu fern, und die Glut kann ihm nicht nutzen. Da ich ihn schlecht wie ein Brathuhn am Spieß drehen kann, wickele ich ihn in eine Decke und wanke mit ihm ans Bett.

Zieh dich aus.

Ich warte, bis sie nackt ist unter den Decken. Dann schlage ich dem Mann die Wolldecke von den Schultern, hebe das Bettzeug, schiebe ihn darunter zu ihr hin. Entkleide mich selbst rasch und schlüpfe dazu. Sie liegt auf dem Bauch, nur ein Arm stößt an den Fremden. Steif wie ein Staketenzaun. Ich greife über den Mann hinweg. Stupse, ziehe sie näher heran. Wir umklammern einander, Arme über und unter dem Mann, halten uns aneinander fest, umarmen die Kälte zwischen uns.

Vor Morgengrauen weckt sie ein Zittern. Sie ist in den Schlaf gezittert worden. Zitternd erwacht sie. Sie erinnert sich an ihr Schaudern, als ihren wärmsten Stellen – Brüsten, Bauch – die Berührung mit dem steif gefrorenen Fremden aufgezwungen wurde. Schlechter Schlaf, wirre Träume. Des Mannes Schlottern, Stöhnen wie die Bergbäche und -flüsse, wenn sie sich im Frühjahr aus dem Griff des Winters wanden. Kalte Notzucht. Gewalt, ihr Körper genötigt von eisigem Fleisch, das ihre geheimsten Körperstellen bedrängt. Gewalt und Schmerz. In ihrem eigenen Bett überwältigt, sich selbst genommen, aus friedlichem Schlummer gerissen von der schlotternden Gier seiner Not, von ihrer eigenen Wehrlosigkeit und bebenden Wut.

Sie greift unter die Bettdecke nach wirren Gliedern. Trotz des Widerscheins von der Feuerstelle ist es dunkel in dieser Zimmerecke. Noch dunkler, wo ihre Hand sich hinabtastet. *Zieh dich aus*, hatte er gezischt, und sie hatte gehorcht. Nackt liegt sie nun da und friert. Der Körper des Fremden so kalt, dass er ihr alle Wärme abgesogen hat. Verlören sie im Versuch, das Leben des Fremden zu retten, die ihren. Ließen sich alle Hitze aus dem Blut laugen. Drei Kadaver als Fraß für die Raubtiere, wenn im Frühjahr die tauenden Körper zu stinken begannen.

Vermutlich hatte ihr Bein sie geweckt, die kälteste Stelle. Unter der Last der anderen Beine hatte ihr Bein geschwitzt. Und als sie es im Halbschlaf befreite, verwandelte sich Schweiß in eine eisige Hand auf ihrem Schenkel. Sie regt sich nochmals. Wirft ihr kaltes Bein über ein anderes.

Zieh dich aus. Die einzigen Worte bisher. Heiseres Zischen aus Liams Kehle. Laut genug, sie aus dem Schlaf aufzuschrecken. Sie im Dunkeln nach den Geräuschen über sich horchen zu lassen – Füßescharren, Ächzen, Stöhnen. Mehr als eine Person doch gewiss. Raschelnde Kleidung und Bettzeug. Ihr schaudert beim Anschlag frostiger Zugluft. Druck eines ins Bett sinkenden Körpers. Der Berührung mit eiskalter Haut. Der Wucht und dem Wühlen weiteren Körpergewichts. Händen, die ihre Schultern packen. Feuer und Eis. Hände, die sie drehen, sie auf eine Grabplatte aus Eis und Feuer zerren.

Jetzt unter der Decke im Dunkeln die nackten Beine eines Fremden. Zwei Beine nicht unähnlich jenen, neben denen sie schon so lange schläft, dass sie aufgehört hat, die Jahre zu zählen. Liam auf ihr, neben ihr, hinter ihr, seine Beine von ihren ununterscheidbar in vielen Nächten des Beischlafs, Umschlingens, Ringens. Ein Tier mit vier Beinen, das sie hierher geritten hatten, in diese Nacht, dieses Bett, zu diesen zwei neuen Beinen, die Liams seltsam ähnlich sind, aber nicht seine, gleich und nicht gleich. Jüngere Beine. Die Schenkel fleischiger, Hüften runder und doch lang und kräftig wie Liams, Beine, die bald genug zähsehnig würden.

Hand dient als Auge, studiert die Männer. Diesen rücklings hingestreckten Fremden, Liam dahinter, einen Arm über die fremde Brust geworfen, als griffe er selbst im Schlaf noch nach ihr. Sie stützt sich auf, reckt sich mit schlaff baumelnder Brust über den Mann hinweg, um Liam den Rücken zu reiben. Ihre Hand gleitet am höckrigen Bogen der Wirbelsäule hinunter zum Spalt von Liams schmalem Gesäß, Landschaft, die ihr so vertraut ist wie die eigenen Gesichtszüge, dann wieder hinauf ins Tal zwischen den spitzen Schulterblättern. Wäre Haut von derselben Beschaffenheit wie Schnee, würde ihr Handballen eine Spur gezogen haben wie die der ins Haus geschleifte Körper. Ihre Finger wandern am Grat der Halswirbel hoch, kraulen den kurz geschorenen, krausen Haarkranz unterhalb des blanken Schädels.

Wie ein Neugeborenes liegt Liam zusammengerollt an der Schulter des Jüngeren, den kahlen Kopf unter dessen Kinn. Liam schläft tief und fest. Schnarcht. Hat nicht einmal gezuckt, als sie ihn berührte. Sie sinkt fröstelnd zurück, wühlt sich tief unters schwere Bettzeug. Nur ihr Scheitel bleibt unbedeckt, der Haarbuschen, schwarz, schwarz im Dunkeln übers Kissen gebreitet. Ihre nackte Haut, kurze Zeit entblößt, kommt ihr kalt vor wie die des Fremden bei der ersten Berührung. Aber ihr wird gleich warm werden. Wie lange dauert es, fragt sie sich, bis ein Körper so kalt wird wie seiner. Fragt sich, ob ihm je wieder warm wird.

Trüge man draußen nichts als seine nackte Haut, würde einen dann das blaue Mondlicht wärmen. Wenn sie jetzt die Decke abwürfe und nackt in den Schnee hinausliefe, könnte sie sich voll Mondlicht saugen und es mit zurück unter die Decke bringen, wo die Männer hingestreckt liegen. Ihr Leib im Dunkeln hell schimmernd. Mondgetränkt, die blasse, blaue Hitze des Mondes verströmend.

Sie wirft sich auf den Rücken, schiebt ihre Hüfte gegen die des Fremden. An der kalten Luft haben sich ihre Brustwarzen aufgerichtet. Sie zwickt sie abermals wach, bis sie stolz vorstehen wie früher, als ihr Busen noch reif und voll war. Warzen, die jetzt über Brüsten aufragen, die sich flach hinbreiten, zwei Schöpfkellen Teig in der Pfanne.

Der Fremde rührt sich nicht, als sie mit der Fingerspitze auf seiner Brust eine winzige Knospe ertastet, sie umkreist, dann ihren Zwilling. Sein Nabel ist von der verschlossenen, inwendigen Sorte. Sie versucht nicht, ihn aufzusperren. Ihre Hand gleitet tiefer. Sie lässt das volle Gewicht des Arms auf ihm ruhen, während sie Mulde und Höcker von Liams Hüfte streichelt.

Der Unterbauch des Jüngeren ist prall. Nicht feist, nicht weich, sondern spack mit dem Gepränge festen Fleisches gepolstert, das das Alter tilgt. Ein Körper, der Liams sein könnte. Nicht Liams heutiger. Einer der vielen in Liams heutigem Körper aufgehobenen, die sie einst hatte erwecken und befreien können. Überraschend für sie beide, der Liebesakt ein Tanz rückwärts und vorwärts durch die Zeit.

Die Wange des Mannes und Liams berühren sich beinahe. Liams Schnarchen, die Säure seines Atems dringen aus einer anderen Welt zu ihr. Einer Welt, in der er ein anderer, anders geworden ist. Ihre zarte Wange teilt des Mannes Brust mit Liams bärtiger. Ob an Liams Lippe auch heute Nacht die weiße Spur Spucke klebt.

Sie gräbt sich tiefer. Ihr Finger fährt im Bogen von Hüftknochen zu Hüftknochen hin und her, über die Bauchwölbung des Fremden, die Mulde seines Nabels, das krause Haar seiner Scham. Sie denkt an das Staunen auf Liams Gesicht, als sie seinen Hahn das erste Mal an die Lippen gesetzt.

Da sitzt die Hitze des Mannes. Sein kleiner Sieder. Sie streicht über das krause Haar. Fischt mit den Fingern darin, kämmt, krault die griesige Haut an den Wurzeln. Schiebt eine Hand zwischen seine Schenkel, schafft Platz, damit sie an der Leiste entlang am weichen Haar nach hinten um die Gesäßbacken fahren kann. Biegt das Handgelenk und umfängt den runzligen Hautbeutel, hebt ihn an, wägt sein weiches, tumbes Gewicht.

Seine Beine spreizen sich. Sein Knüppel wird dick. Sie reibt sanft am sattelrunden Ende. Fährt das Rund mit dem Finger nach, erst in die eine Richtung, dann, langsam, in die andere, einmal ganz herum und zurück, so wie sie erst die eigenen, dann seine Brustwarzen, umzirkelt und gezupft hat. Blut wallt. Sie ist ein Mond und zieht die Flut an. Die in ihrer Faust schwillt. Die sie zurückdämmt.

Wird er sterben. Wird alle gestaute Hitze, wenn sie von ihm lässt, verströmt werden, oder wird die Wärme inwendig durch alle Adern bis in die letzten zitternden Winkel geschwemmt.

Als er wieder still liegt, schiebt sie sich im Bett hoch, greift mit einem Arm hinter sich nach dem Betthemd, das sie unter ihr Kissen gestopft hat, damit es über Nacht warm bleibt. Er hatte gezuckt, dass sie fest damit rechnete, er müsste erwachen. Oder sterben. Ihr war es gleich. Ob der eine oder der andere Mann aufwachte oder nicht. Lebte oder starb. Nahm es lächelnd hin. Alles recht, alle und jeder, Fremder wie Weggefährte waren dem Leben wiedergegeben. Sie auch. Einen flüchtigen Augenblick. Alle Zeit, die wir haben.

Beim letzten Zucken waren seine Knie hochgeschnellt. Sie hatte ihn erst losgelassen, als seine Beine schwer aufs Bett zurückfielen. Jetzt wischt sie mit ihrem Hemd seinen Schenkel, ihr Knie, ihre Hand ab und reibt eine Stelle im Laken. Als sie gegen Liams Knie stößt, entdeckt sie auch dort noch einen kleistrigen Tropfen. Stupft ihn sich auf die Fingerkuppe und hebt ihn empor. Wäre er an ihren Lippen heiß oder kalt.

Sie hört Liam umhergehen. Er ist unweigerlich vor ihr wach. Sie lauscht dem Lärm seines Bemühens, leise zu sein. Sie weiß, dass er sie schlafen lassen will, aber hinter seiner Verstohlenheit steckt noch anderes. Etwas Heimliches und Getriebenes, als hinge der Rest des Tages, der Rest seines Lebens von den gedämpften, immer gleichen Verrichtungen ab, denen er allmorgendlich nachgeht.

Sie lauscht seinen Morgengeräuschen. Bäte sie jemand, sie alle der Reihe nach aufzusagen, könnte sie das wohl nicht oder wollte es nicht, doch sie kennt den Ablauf so genau, wie sie alte Lieder kennt, die sie trotzdem nicht ganz vorsingen könnte. Hat aber ein Lied erst begonnen, kann sie mitsingen, egal wo sie einsetzt.

Holz ächzt. Schürhaken zerstößt und verteilt alte Glut. Neue Scheite knistern und zischen. Rinde ringelt sich, Funken krachen von kohlenden Rändern. Ein Stuhl begehrt knarzend gegen Liams Gewicht auf, als er sich setzt, um in die Stiefel zu steigen. Wasser wird geschöpft und gegossen. Kessel scheppert und quietscht am Haken, an dem er über das Feuer geschwenkt wird. Zählt sie wahrhaftig die Schritte. *Drei, vier, fünf, sechs* bis zum Fenster, misst sie wirklich die Stille, kaum dass der Laden hochgedrückt und eingehakt ist und er hinausblickt *eins ... zwei ... drei ...* Die Zeitspanne am Fenster ebenso voraussagbar wie die Anzahl der Schritte, die Zahl loser Fußbodenbretter, die knarren, wenn er sich vom Fenster ans Feuer zurückstiehlt.

Und so weiter und so fort, jedes erwartete Geräusch scheint sie aufzusuchen. Morgen für Morgen weckt sie dieses Geläut hier draußen in der weiten Wildnis von den Toten. Mit winzigen Abweichungen, die wiederum unveränderlich, je nach Wetter. Besteht vielleicht seine Aufgabe darin, einen neuen Tag abzuhandeln – für sich selbst, für sie, für die Welt –, einen Bund mit Mächten zu erneuern, die die tägliche Treue gegen diese Pflichten verlangen.

Er richtet für sie beide die Tage ein, schindet ihnen Zeit heraus, schleicht umher, öffnet eine Schranktür, erhitzt Wasser im Kessel, lässt sich schließlich schwerfällig am Tisch nieder, als habe ihn sein pflichtschuldiger Rundgang ermüdet. Zehn Minuten zum Teetrinken – *hört sie ihn wirk-*

lich schlürfen, den Tee durch seine Kehle rinnen, in den Magen klatschen –, dann wird der Stuhl vom Tisch zurückschrappen, wird er die erforderliche Anzahl von Schritten an die Tür tun – *Fallen, heute geht er, nach den Fallen zu sehen* –, den Riegel zurückschieben, sie aufschrammen und fest hinter sich zuschrammen.

Ist er erst fort, kostet sie den Morgen allein für sich aus, die Leere des Bettes, die verheißungsvolle Aufwartung des Tages, einem Freier gleich, der noch der erhofften Gunstbezeigung harrt. Sie verweilt im Bett. Ebenso vorhersagbar. So lange schon mit der eigentümlichen Einteilung seiner Tage vertraut, dass ihre Schritte seinem Takt angepasst sind, ob er da ist, den Tanz anzuführen, oder nicht. Sie genießt die Geräumigkeit der Heimstatt, unverstellt ohne ihn und seinen Ablauf, obgleich sie argwöhnt, dass auch das Gefühl der Freiheit von ihm abhängt, von dem Muster, das er ihren Tagen auferlegt. Diese ungebundenen Momente sind die Schnörkel der strengen Komposition, die ihnen Halt gibt, sie bindet.

An manchen Morgen rechnet sie damit, dass er zu ihr ins Bett zurückkehren werde. Sie kann sich nicht helfen. Sie meint, eine solche Umkehr sei vorgekommen und werde sich wiederholen. Sie muss an die Erinnerung glauben können, wie er zur Tür hereinplatzt und sich über sie wirft. Beide dümmlich übers ganze Gesicht grinsend. Hellauf lachend, weil das, was sie tun, so wohl tut, und weil sie es wieder tun können, wann immer sie wollen. Es ist traurig, vergessen zu haben, dass sie es können, vergessen zu haben, wie einfach es ist, aber eben darum lohnt das Warten als Wissen darum, dass sie diese köstliche Macht über ihr Leben ausüben und was sie einander Gutes tun können, wenn sie eine Grenze überschreiten. Zurückerobern, was sie verlegt haben, vernachlässigt, sich selbst, wie wohl ihnen ist, wenn sie diese anderen werden, die sie immer noch sein können und wieder sein werden, wenn er eines Morgens zu ihr zurückgeeilt kommt.

Auf ihn warten, sich fragen, warum die Erinnerung an seine Umkehr so zweifelhaft erscheint. Ob sie jemals wirklich stattgefunden hat. Und wenn nicht, weshalb sie dann immer noch wartet. Allerdings nur eine vorhersagbare, kurzlebige Frist, denn jeden Morgen erlahmt ihre Geduld. Folgt einem Muster wie alles andere auch.

Wen also haben wir hier. Schläft wie ein Neugeborenes. Haut weniger dunkel als Liams. Muskelstränge am Rücken noch dicker. Aber die gleichen knochigen Schulterblätter. War sie im Warten eingeschlafen. Hatte sie die Geräusche von Liams Umkehr überhört. Wusste sie überhaupt noch, welche Geräusche das wären. Gab es im Gleichmaß ihrer beider Tage überhaupt noch Raum für sein herrliches Hereinplatzen. Sie starrt. Besinnt sich darauf, dass dies hier ein Fremder ist. Sie ist neugierig, wagt jedoch nicht, ihn zu berühren. Lebt er.

Sie hatte ihn abgewischt und ihr Hemd dann zu Boden fallen lassen. Jetzt angelt sie danach. Ihre Finger schließen sich um steif geballten Stoff. Sie zieht sich das Hemd trotzdem über den Kopf. Und schon ist sie auf den Beinen, nackte Sohlen patschen über kalten Fußboden, Zehen tasten nach Fellmokassins. Sie fröstelt. Der geknautschte Fleck am Saum des Hemds kratzt am Bein. Sie hört Liam an der Tür. Wirft ein Gewand über das Hemd. Fragt sich, wieso er ausgerechnet an diesem Morgen umkehren muss. Sie ist doch nicht allein, nicht bereit. Und just diesen Morgen wählt er.

Dicht vor der Herdstelle dreht sie den Rücken zum Feuer. Schlägt Röcke und Hemd hoch, fächelt sich Hitze an die Beine. Er sieht sie nicht an. Verlegenheit im Blick, als er die Kapuze seiner Schneejacke zurückschiebt. Kälte umweht ihn, seinen Bart, die Brauen, die kleinen Wintergeräusche seiner Kleider.

Die Fallen. Heute ist doch der Tag für die Fallen.

Ich war schon auf dem Weg ... dann fiel mir der Mann ein.

Du kannst ganz ruhig sein. Sieh nur nach deinen Fallen.

Ich dachte ... vielleicht fürchtest du dich.

Fürchten. Vor einem kalten, toten Jungen.

Tot. Nein. Das Herz schlug doch und dann ... ich dachte, es ginge ihm besser.

Wenn am Leben sein besser ist, dann geht es ihm besser.

Ein schlimmer Sturm. Ich muss nach den Tieren sehen. Dann fiel er mir ein. Hier bei dir ... wer weiß, was das für einer ist ...

Einer mit zwei Beinen, wie alle anderen.

Wollte dich nicht wecken. Oder ihn.

Nun, ich bin wach. Es ist gut. Er hat die Nacht überlebt, und ich möchte doch meinen, dass er auch den Tag überlebt. Noch viele Tage, wenn es sein soll. Möchtest du frischen Tee, ehe du wieder hinausgehst. Das Wasser ist heiß.

Er schüttelt den Kopf.

Er ...

Er verstummt nach dem einen Wort und mustert sie eindringlich. Als prüfe er ihre Antwort auf Unausgesprochenes. Er weicht ihrem Blick aus und sucht ihn gleich wieder. Der Mund steht ihm offen, dann presst er zwischen Schnurr- und Kinnbart die Lippen grimmig zusammen. Eine Pause so lang, dass viele Wörter darin Platz hätten, wenn er sich nur überwinden könnte, sie zu äußern. Sie hat lernen müssen, diese Pausen als Unterhaltung zu betrachten. Entnimmt der Leere das, was sie braucht, denn er spricht immer weniger.

Soll ich nach ihm sehen.

Geh nur. Zu den Tieren. Ich kümmere mich schon.

Da schluckt die Kapuze seinen blanken Schädel. Das zottelige Futter gleicht seinem grauscheckigen Bart. Sie sieht ihm die Erleichterung an, nun aufbrechen zu können. Damit sich das gewohnte Muster wiederherstellen kann.

Bevor er sich abwendet, betrachtet er sie noch einmal eindringlich, mit vorgeschobenem Unterkiefer, die dunklen Lippen gespitzt, das Gesicht ganz verspannt. Vielleicht ein *Danke*, das unhörbar aufsteigt und verklingt.

Ewiger Wettlauf. Heißes Wasser nachgießen, ehe das, was bereits im Zuber ist, kalt wird. Genug, um wenigstens Hüften und Knöchel zu bedecken, wenn sie sich in den Bottich kauert. Genug, um dem Boden des Bottichs die klamme Kälte zu nehmen, ehe sie sich setzt, genug für warme Güsse, damit sie beim Baden nicht unentwegt klappert. Genug, dass sie sich wenigstens sauberer fühlt, wenn sie sich beim Abtrocknen aufrecht der bitteren Zugluft ausliefert. Einfacher ist die Übung zu zweit. Einer im Zuber, der andere zum Schleppen, Erhitzen, Zugießen. Liam ist ihr behilflich und lässt sich manchmal auch helfen in der zum Baden abgegeizten Frist. Alle zwei Wochen als Abendpflicht. In der kalten Zeit kaum die Mühe wert, brummt er. Heute Morgen hatte sie vom Deckel der Regentonne draußen neben der Tür erst den Schnee fegen müssen, die dünne Eisdecke aufschlagen, um den ersten Eimer zu schöpfen.

Sie stiehlt Bäder. Stiehlt kostbares Wasser, kostbare Zeit. Badet in dem dickbäuchigen Bottich, den er als Überraschung durchgesägt und abgedichtet hat, ihre letzte eitle Schwelgerei. Im Gedenken an England, an ihr Leben in dem vornehmen Haus in Liverpool. An die gewaltige Badewanne der Herrin, die prunkvollen Wandmalereien, steinernen Amoretten, Satyrn und Nymphen, die Bank, auf der Milady thronte, während Dienstmägde sie umschwirrten, Tücher am gewaltigen Kaminfeuer wärmten, das dampfende, fast kochende Badewasser den Wünschen ihrer Ladyship gemäß gewissenhaft temperierten. Einmal war sie, nachdem Milady, von Kopf bis Fuß in Badetücher gehüllt, die runden Wangen gerötet, ins Ankleidezimmer geführt worden war, geblieben, hatte Strümpfe und Schuhe abgestreift, dann Röcke, Hemd und Gewand bis zum Kinn hochgerafft, war auf den Alabastertritt und von dort in Miladys Wanne gestiegen und hatte sich hüfttief ins himmlisch laue Wasser gehockt.

Jetzt ist alles ein Wettlauf, das Wasser, das ihre Hüften umspült, halbwegs warm zu halten, die Laune eines Bades in Abläufe zu zwängen, die zu ernst und zu kräftezehrend sind für Launen. Sie taucht den befleckten Hemdsaum in den Zuber. Rubbelt kurz und spült nach. Hängt das Hemd über den Schemel, den sie vors Feuer gezogen hat. Dann steigt sie ins knöcheltiefe Wasser und kauert sich hin, Knie an die Brust gezogen, Zehen gegen eine Seite des Zubers gestemmt, den Rand der anderen im Rücken.

Einseifen, abspülen. Schwimmt sein Seim bei ihr im Wasser. Wie mochten sie aussehen, die klitzekleinen Kreaturen, die der Seim enthielt, Wesen, die mit bloßem Auge nicht zu erkennen waren, die in ihrem Badewasser trieben. Waren es viele oder nur eines. Ein staubkorngroßes Männchen oder Weiblein in einem Ei. Einem Ei, das so klein war wie die Engel, von denen man sagt, sie könnten auf einer Nadelspitze tanzen.

Vermochte ein solches Ei mit seiner versiegelten Fracht außerhalb des Körpers zu überleben. Wie bald würde es ein geschütztes weibliches Nest benötigen. Wo es schlummern, ruhen, reifen konnte. Ein einziges Ei oder eine Armada von Eiern, die den einen Körper verließen und einen anderen suchten. Eines, gewiss eines nur. Warum viele, wenn doch alle bis auf eines umkamen. Da genügte doch eines. Doch ob nun eines oder viele, ein Wettlauf bliebe es immer. Ewiger Wettlauf. Um warm zu bleiben, am Leben zu bleiben.

Ein Wettlauf, der längst verloren ist. Das Wasser, das zwischen ihren Schenkeln schwappt, wird schon kalt. Zu spät. Die Kälte würde die vielen oder das eine in der Nacht getötet haben. Selbst wenn die Samentierchen wie durch ein Wunder im Hemdfleck überlebt hatten, gab es ja doch keine Nestwärme in ihr. Müssten sie einen kalten Irrgarten von Höhlen und Gängen durchschwimmen, bis sie ertranken.

Ihr Gewand vor dem Feuer neben dem Hocker. Eine neue warme Haut für den Tag. Ein langer Schritt aus dem Zuber, mit beiden Händen abstützen, damit er nicht kippen, damit sie bei der ungelenken Wendung halb drinnen, halb draußen das Gleichgewicht wahren kann. Und genau in diesem wehrlosen Moment spürt sie den Blick des Fremden auf sich ruhen, auf dem vom angehobenen Bein gebildeten Winkel.

Später wird er gestehen, dass er die ganze Zeit zugesehen hat. Ihr einerlei. Über den Luxus der Scham war sie längst hinaus. Wusste genau, dass ihr Altfrauenkörper niemandem zu irgendwas nütze oder wichtig sein konnte. War nur froh um seine Widerstandskraft. Hoffte, er werde sie die paar verbleibenden Jahre nicht im Stich lassen. Sie wusste, dass sie in den Augen der anderen einmal schön gewesen war. Jedes noch so dumme Ding, selbst eine Unschuld wie sie damals, vermochte die Botschaft in den Blicken der Männer zu lesen. Und den Glotzaugen der Frauen, wenn diese sich unbeobachtet wähnten. Ungnädiger Frauen, die ihren Blick mieden, aus Angst, ihren Neid nicht verhehlen zu können, ihren Zorn, ihre Enttäuschung über sich, die sie als Verachtung für sie auszugeben suchten. Jugend und Schönheit waren abtrünnig geworden wie erwachsene Kinder, deren Mütter den Undank der Brut beklagten. Etwas Inwendiges, so lange Teil ihrer selbst, bis sie die Eigenmächtigkeit und die Beine vergaß, auf denen diese Vorzüge eines Tages enteilten.

Sie wusste, dass sie schön gewesen war, und wusste, es machte jetzt keinen Unterschied mehr. Welchen Unterschied aber damals. Sie dachte selten an die andere, die Schöne. Wenn doch, erinnerte sie sich vor allem an Ärger. Augen von Männern, die erst an ihr nagten und dann das ins Gesicht zurückspieen, worauf sie kauten, ohne es schlucken zu können. Angst, die als Warzen in den Gesichtern der Frauen aufspross. Wäre ihr Körper nicht schön gewesen, hätte es nicht weniger Ärger gegeben, nur anderen.

Ich schlage die Augen auf und bin verloren. Friere unter einem Berg Decken in einem fremden Bett. Traumgleiche Fetzen fliegen zu schnell auf mich zu, als dass ich mehr festhalten könnte als ihre flatternde Hast. Verloren, ob ich die Augen öffne oder schließe. Fast möchte ich schreien. Mir ist, als wäre ein Schrei hilfreich, vielleicht ein Anfang.

Dann du. Du am Feuer aus einem Gewand, dann aus dem Hemd steigend. Ich versenke mich in den Anblick einer

Frau, die ich nie zuvor gesehen habe, die sich in einem Raum entkleidet, den betreten zu haben ich mich nicht besinnen kann. Ich fühle mich schwach und verkühlt und krank und halb verhungert, alles zugleich. Ein Brausen im Kopf. Nein. Es ist das Feuer. Nein, beides, drinnen im Kopf ein Brausen und draußen im Raum das Brausen des Feuers. Ununterscheidbar. Haut weg. Geräusche treffen das, was sonst Haut schützt. Eine Schicht unter der Haut, die Empfindungen nicht kennt. Was um mich im Raum ist, dringt in mich ein. Kälte. Feuergeräusche. Du. Deine blasse Haut, die schlecht sitzt. An Knien und Hals Falten wirft, über Bauch und Brüsten anliegt. Ich blinzele, aber du bleibst. Haut schattenfleckig, Haar im Feuerschein wie Fell. Der nackte Körper vor dem Feuer ist mein Anker. Ich füge deine tanzenden Teile ineinander, setze mir langsam wieder eine Welt zusammen.

Nur einen Augenblick wendest du dich mir zu, dann drehst du dich zum Waschzuber hin. Tauchst das soeben abgelegte Hemd hinein. Du beugst dich mit durchgestreckten Armen über den Zuber, tust etwas mit Händen und Hemd, was ich nicht sehen kann. Aber warum erzähle ich dir das alles. Du weißt es. Du warst es.

Was ich in Wirklichkeit beschreiben will, ist, wie wunderlich mir zumute war, eine Fremde von ihrem fremden Bett aus in ihrem fremden Heim zu belauern. Wie dein Körper mich dieser Welt wiedergab, ein Körper, der mir an diesem Morgen nicht minder vertraut und gewöhnlich erschien als mein eigener. Nicht minder unerwartet und intim.

Fast hätte ich weggesehen. In deiner schlecht sitzenden Haut warst du alt genug, meine Mutter zu sein, und dir gebührte, wie meiner Mutter, Takt und Abstand. Nur warst du nicht meine Mutter, also sah ich hin.

Als ich Kind war, schien der Körper meiner Mutter mir zu gehören. Bis ich ihn ihr zurückgab, weil ich mich ihrer Blöße schämte. Mich schämte, sie zu belauern. Mich auch ihrethalben schämte. Mich von dem Sterben abwandte, von dem sie inwendig gezeichnet war und das langsam hervordrang, sie veränderte, sie holte. Mich schämte, sie an diese andere zu verlieren, die ich vorgab nicht zu sehen. Die runzelige andere, zu der sie unaufhaltsam wurde.

Eine alte Frau, die sich vorm Feuer entkleidete, und fast wandte ich den Kopf ab, aber diesmal wollte ich ganz genau sehen, was die Zeit kostet. Was sie nimmt, was sie lässt.

Woher sollte ich wissen, ob ich nicht selbst alt war und in einem unbekannten Bett starb. Restlos verwirrt. Ohne den leisesten Schimmer, was eben noch gewesen. Ein Greis, Invalide, der nicht wusste, wo er war. Wer er war.

Da vollzog sich deine Verwandlung. Du begannst dich zu drehen und wenden, beugen, strecken. Mit erhobenen Armen. Bewegungen einer Frau, Gesten alt wie die Zeit. Zeit verdunstet wie das Badewasser auf der Haut, die du vorm Feuer trocknest.

Vielleicht hatte ich mich kurz abgewandt. Vielleicht hatte eine andere Frau, Mädchen vielmehr, während dieses Wimpernschlags deinen Platz eingenommen. Ein geschmeidiges, glattes junges Ding, das seinen sommersprossigen Rücken abrieb. Einen Fuß hob, um die Zehenzwischenräume zu trocknen. Mit festem Fleisch. Flinken Bewegungen. Das Gesicht faltenlos, als sie zum Bett herübersieht. Haut schimmernd im Feuerschein. In der schwarzen Röte ihres Haars lodern Lichter, als sie sich hastig die Kleider überwirft. Das Feuer fängt Farbe an ihrem Haar.

War denn der Raum voller Frauen. Frauen, die in den Zuber hinein, aus dem Zuber herausstiegen. Jede anders. Oder sich wandelnd. Verschiedene Frauen, verschiedene Alter. Durch den Zauber von Wasser, Feuer, Luft verändert.

Du bemerktest meinen bohrenden Blick, als du ans Fußende des Bettes tratst. Mein Warten darauf, von dir zu hören, wer ich war. Wo wir waren. Du verstandst und lächeltest. Ein gütiges Lächeln, das mir die Bangigkeit nachsah. Den lastenden Blick. Eine klare Botschaft. Du versichertest mir, dass ich nicht sterben müsste. Sagtest es ohne Worte, und ich glaubte dir. Sagtest nicht, dass du mir das Leben gerettet hattest, aber ich wusste, du warst es.

Tee, Sir. Könnt Ihr Euch zum Trinken wohl aufrichten.

Erst, als er sich im Bett aufsetzen will, merkt er, dass er keinen Faden am Leib trägt. Ohne die Arme unter dem Bettzeug hervorzunehmen, rafft er die obere Lage unterm Kinn zusammen und schiebt sich langsam hoch. Seine Füße gleichen Eisklumpen. Ihr taubes Gewicht brennt, als er sich regt. Die Botschaft des Schmerzes ist mehr stumpf als scharf, verrät, dass er schwer getroffen wurde und ihm das Ausmaß des Schadens eben erst dämmert. Er möchte die Decken wegtreten und die Fremde anflehen, den Tee auf seine Beine zu gießen. Er glaubt, sie würde tun, worum er bäte. Die Vorstellung lindert. Wenn er darum bäte, würde sie den Raum mit weichen, warmen, rieselnden Blüten füllen.

Eine Schale Tee. Aus einem einzigen Holzstück gehöhlt. Er umfängt sie mit beiden Händen. Die Decke gleitet von seinen Schultern. Zarter Dampf ringelt sich vom schwarzen Boden der Schale. Da fällt ihm der Sturm ein, Atemwolken, die ihm vorm Gesicht zu spröden Spinnweben zerfielen. Gewaltige Schneeflocken, die in Strichen so lotrecht herabfielen wie die dunklen, drohend aufragenden Kiefern, auf die einst die Handelsgesellschaften im Auftrag der Krone für ihre Schiffsmasten Anspruch erhoben. Die weißen Flocken nehmen kein Ende, sie durchschlagen die Erde, jede vollkommen, ein Sternenschauer, der im blauschwarzen Äther entschwindet, in dem die Erde schwimmt.

Du bist ja ein halbes Kind. Kannst du sprechen, junger Mann. Hast du einen Namen.

Wie der Tee verbrennt ihm sein Name den Rachen. Er schluckt, holt tief Luft, nennt den Namen noch einmal, und da schreckt er schon weniger, ist kühler, wie der zweite Schluck Tee, nachdem er in die Schale geblasen hat.

Ihre Hände knotig vor Adern, knochig, grobknöchelig. Die Haut papiern und sommersprossig, Hände, die rastlos sind wie die eines Kindes, kaum dass sie ihm die Schale Tee gereicht hat. Große Hände, und er wünschte, sie würde ihnen eine Beschäftigung finden, gleich welche, damit sie nicht untätig, damit sie nicht so nackt und ungelenk aus den Ärmeln ihres Kleides baumelten.

Hände an Handgelenken an einer der vorhin beobachteten Frauen. Welche war nur aus dem Zuber in diese Haut gestiegen, diese Hände, diese umförmigen Lagen Wolle und Leinen.

Liam hat dich gestern im Schnee gefunden. Mehr tot als lebend, muss man sagen. Oder vielleicht hast du uns gefunden. Müssen dringliche Angelegenheiten gewesen sein, die dich bewogen haben, einem solchen Unwetter zu trotzen. Stürme sind in dieser Gegend keine Seltenheit, und gefährlich. Zu dieser Jahreszeit. Die Gegend ist wenig besiedelt. Du bist wohl fremd hier.

Er könnte erklären, dass er die Gegend recht gut kennt, wenngleich nicht namentlich diese Landstrecke. Füllhorn wie Falschheit kennt. Landkunde, die durchs Leben in der

Wildnis erworben war, auf einsamen Wanderungen wie vor ihm Jäger und Trapper und Indianer, die nach Westen und Norden immer tiefer in die Wälder gedrungen, in die Berge hinter die umliegenden Täler und Hügel, weit jenseits der mit Axt, Säge und Pflug gerodeten Felder. Aber die Gegend gut kennen hieß lange nicht, sie überleben. Er könnte sagen, dass er gelernt hat, dem Land mit größter Achtsamkeit zu begegnen. Wie das Wild am Wasser. Und dennoch blieb der Waldboden mit Hirschschädeln übersät. Er war einer seiner selbst ausgekundschafteten Routen weiter gefolgt als sonst, das Gelände blieb sich gleich. Sein Vorankommen stetig. Er hatte übergenug Zeit für den Weg nach Radnor veranschlagt. Bei seinem Aufbruch war es klar und kalt gewesen. Um die Mittagsstunde dräuender, tief hängender Himmel, schwacher Wind. Nichts indes ließ einen Blizzard erwarten.

Er könnte sagen, dass er keineswegs einen Wettlauf mit dem Wetter gewagt hatte noch leichtsinnig einem Horizont entgegengeeilt war, an dem sich Sturmwolken brauten. Er könnte dartun, wie der Sturm ihm übel mitgespielt hatte. Sich listig zuwartend verborgen, um dann zum Sprung anzusetzen. Überall unerwartete weiße Flocken groß wie Eichblätter. Zu groß um zu bestehen, zerklatschten die Schneeflocken still auf seiner Haut, seiner Kleidung. Bis er seine Mütze aus dem Bündel hatte zerren und sie sich unter dem Kinn mit einem Streifen Stoff hatte festbinden können, waren aus Schneetreiben schwingende Fäuste geworden, eine schneewirbelnde Schlägerei. Weiß allenthalben. Die ganze Landschaft plötzlich ausgelöscht.

Du weißt nicht mehr, wo du bist, hätte er sagen können. Es gibt buchstäblich kein Land mehr, das du kennen könntest, gut oder leidlich. Nur wütendes, prügelndes Weiß. Es tobt inwendig in dir, treibt dich vor sich her, trommelt auf dich ein. Es wirft dich hierhin und dorthin und nirgendwohin, wenn es kurzen Prozess mit dir macht.

Statt so manchem, was er hätte sagen können, dankt er dem Herrn für seine Errettung. Dankt ihr und jenem Liam, *Eurem Mann, nehme ich an, Madam,* für ihren Beistand.

Auf ewig dankbar, Madam. Gottes schützende Hand, wahrlich. Und dann hier in so guten Händen. Gott hat eine Herberge unter diesem Dach. Offenbart sich in Eurer Güte gegen einen Fremden. Ein gnädiger Gott, fürwahr.

Ja, sagt sie. Ja ja ja. Dessen heulende Wölfe heute Nacht hart auf deinen Fersen waren, junger Mann. Hätte dich Liam nicht geborgen, würden sie heute Morgen deine Markknochen zernagen.

Der Herr gibt. Und der Herr nimmt. Ich kenne nur den Wunsch, ihm zu dienen. Seine frohe Botschaft zu verkünden. Wenn seinem unerforschlichen Ratschluss zufolge wilde Tiere sich an meinem Fleische weiden sollen, möge es geschehen. Der Tag wird kommen, bald schon, so es dem Schöpfer beliebt, da Wolf und Löwe und Lamm beieinander liegen.

Amen. Und möge es am Lamm sein, den Löwen zu verspeisen. Trink deinen Tee, solange er heiß ist. Reinster Eisklumpen, als dich Liam ins Bett schleppte.

Meine Kleider, Madam.

Nass. Ich habe sie eingesammelt und sie vors Feuer gebreitet. Du würdest sie gewiss noch nicht anlegen wollen, Junge, glaub mir. Da. Nimm das für deine Schultern. Du bist gottlob jung und kräftig. In ein, zwei Tagen wirst du das alles vergessen haben, vergessen, wie nahe du dem Tod warst.

Mit Verlaub, Madam. Doch nicht meine Erretter. Euch könnte ich niemals vergessen.

Du predigst also. Bist Enthusiast.

Ich bin ein bescheidener Diener des Herrn. Ich diene ihm, wo und wie ich kann.

Ein Kinderprediger.

Der Herr gibt keinem den Vorzug. Er ruft, wen er zu rufen für richtig hält. Vorm Herrn sind wir alle Kinder.

Ein stolzer Kinderprediger.

Verzeiht, Madam. Es lag nicht in meiner Absicht, über Gebühr würdig erscheinen zu wollen. Wohl bin ich jung und Novize im Glauben. Meine Begeisterung übersteigt zuweilen mein Urteilsvermögen. Ich beschwöre Euch. Haltet nicht meinen Eifer für Dünkel.

Wohlgesetzte Worte. Genug jetzt, trink deinen Tee, Kinderprediger. Deine Entschuldigungen sind sehr artig. Allein, sie sind hier nicht vonnöten. Ich necke dich bloß. Verzeih einer alten Frau ihre Neugier und Torheit. Wir sehen hier selten Fremde. Ich habe die Kunst der höflichen Konversation verlernt. Und ich nötige dich zum Reden, wo ich dich vielmehr ruhen lassen sollte. Außerdem habe ich zu tun.

Trocken nimmt ihr langes Haar wieder seine wahren Farben an. Gleich viele Strähnen Grau und Weiß wie von stumpfem Rot. Oktobergras. Es muss herrliches Haar gewesen sein, ehe es zu der fadenscheinigen, verschossenen Kapuze auf ihren Schultern welkte. Grüne Augen in einem von den Jahren gezeichneten Gesicht, Geisterporträts, die um das trefflichste Gleichnis wetteifern. Nur die grünen Augen ein einziges Mal wiedergegeben. Original, bleibend, alles beherrschend in ihren dunkel umrandeten Höhlen. Sie heißen die unschlüssigen Züge schweigen, versöhnen widerstreitende Versionen ihres Ebenbilds.

Derart der Auftakt zu meinem Verbleib bei den Stubbs. In einer Landschaft weit verstreuter Farmen lag die ihre abgelegener noch als alle anderen. Mrs. Stubbs hatte wahr gesprochen, es verirrten sich wenige Besucher hierher. Vor ihre Tür führte kein befahrener Weg. Nur wer sein Ziel kannte oder wer wie ich in einer Sturmnacht vom Weg abirrte, konnte sie aufstöbern. Ganz eigentlich eine Art Einsiedelei. Sie hatten, aus verschiedenerlei Gründen, die Einsamkeit gesucht, und die Einsamkeit hatte sie bereitwillig umfangen, hatte ihre Leben, wie es schien, in fast vollkommene Vergessenheit gehüllt.

Um dem Irrsinn zu entfliehen, versetzte Liam heftig. Wer Bekanntschaft mit dem Irrsinn gemacht hat, wird bei klarem Verstand so weit und schnell laufen, wie ihn seine Beine tragen. Der Irrsinn behauptet, ich wäre kein Mann. Doch was die Weißen am meisten fürchten, ist gerade meine Manneskraft. Diese alte Frau, die uns das Essen von der Herdstelle bringt, es hat Zeiten gegeben, da sie in jedem Mann Feuer legte. Blitzgrüne Augen, milchweiße Haut. Wenn sie ihr Haar löste, stürzte eine rote Flut als Siegespreis bis hinab unter die schlanke Taille. Das gleiche Feuer, das sie in deren Lenden entfachte, entfachte sie in meinen, und schon dafür verdiente ich aus ihrer Sicht den Tod. Irrsinn. Irrsinn, dem nur Irre nicht zu entfliehen versuchen würden.

Sie gestand mir, es habe ihr zunächst Angst gemacht. Wie sehr mein Kommen Liam veränderte. Mehr Wörter in einer Stunde, als sie von ihm in einem Jahr gehört habe. Du hast ihn aufgetaut, sagte sie mir, aufgetaut, wie wir dich aufgetaut haben. Mich ängstigte diese plötzliche und grundlegende Veränderung, sagte sie. Auch eine Kerze flackert und lodert ein letztes Mal auf, ehe sie erlöscht, ist es nicht so. Der

Mann war zu einer Wüste des Schweigens geworden, und dann, plötzlich, ergießen sich eines Tages eimerweis, in Güssen, Sturzbächen Wörter aus ihm. Was mochte ihn diese Anstrengung kosten. Warum jetzt die vielen Geschichten.

Jahrelang, Jahre, die ich gar nicht mehr zählen mochte, habe ich an der Seite eines Mann gelebt, dessen Schweigen ihn zum Fremden werden ließ. Ich habe mich dreingeschickt. Immerhin ein vertrauter Fremder. Mein Fremder. Was immer ich mir vom Leben an der Seite eines Mannes versprochen haben mochte, war lange vergessen. Die Geschichte meines Lebens eine traurige Ballade der Ergebenheit und begrabenen Hoffnungen. Meine Erwartungen bedeuteten mit der Zeit immer weniger, ich lebte das Leben, das mir bestimmt war, einem Manne verbunden, der unpersönlich und unmittelbar wurde wie das Wetter. Zwar konnte ich mir nicht vormachen, dass ich zufrieden sei, das nicht, aber Zufriedenheit ist ein fernes Land, und ich fügte mich darein, hier zu leben, in dieser Eingezogenheit, an die ich mich gewöhnt habe.

Dann kamst du. Den einen Fremden verlor ich, gewann dafür zwei. Liam begann wieder zu reden. Reden, reden, reden. Alte Geschichten zu erzählen von England, von Afrika, Geschichten, die ich vergessen, Geschichten, die ich nie gehört hatte. Wieder Meister einer Beredsamkeit, mit der er mich einst in einem anderen Leben betört hatte. Mein Ohr erhörte ihn zuerst. Endlose Tage, an denen ich bis zur Erschöpfung daraufwartete, seinen leichten Tritt auf der Hintertreppe des Hauses der Herrschaft in Liverpool zu vernehmen. Ausgehungert nach dem Festmahl seiner Stimme, den Liedchen, die er pfiff oder summte.

Ich war einfache Dienstmagd, ich besaß nichts als den Fluch jugendlicher Schönheit. Nichts im Kopf, nichts in den Händen, keine Familie, nur die Gewissheit, dass Männer meine einzige Hoffnung und mein Schutz wären, die Gewissheit, dass sie mich benutzen, verletzen, wegwerfen würden. Hübsche Kurzweil zu ihrer Ergötzung. Dankbar für jeden Krumen Freundlichkeit und Güte. Die ich gar nicht erwartete. Denn ich hielt mich für unwürdig. War überrascht, wenn man freundlich gegen mich war, denn viele gar vornehme Herren gaben sich große Mühe, mir darzutun, wie unwürdig ich sei. Wenn sie ihre Lust erst an mir gestillt hatten, setzten sie mit Zähnen, Fäusten, Füßen, Reitgerten ihr Zeichen. Den Zehnten, den ich zu entrichten hatte, als wäre ich es gewesen, die sie bedrängte und Schande über sie brächte, als hätte ich ihnen etwas Kostbares gestohlen.

Wenn ich Liam auf der Hintertreppe im Hause der Herrschaft hörte, wusste ich, er kommt nicht ohne Gabe. So begierig darauf, mir zu erzählen, wie ich zu hören. Die Gabe seiner Rede entwarf für mich Welten. Er hatte den Erdball umsegelt, große Seeschlachten gesehen, war Ketten und Qual eines Kerkers entkommen, hatte unter Wilden in fernen Ländern gelebt. Ob ich allein war oder sich emsige Mägde in der Küche drängelten, um für die Herrschaften oben ein Bankett zu bereiten, immer gab er mir mit Blicken und Gesten, einer angedeuteten Verbeugung zu verstehen, dass die Fabeln, die hervorsprudelten, ganz allein mir galten.

Keine Frage, dass ich mein Herz an ihn verlor. Keine Frage, dass seine Geschichten Köder und Haken waren.

Wir brannten durch. Aber welche Hoffnung hatten wir schon, weiße Frau, schwarzer Mann, irgendwo ein Leben anzufangen. Ich an einen langjährigen Dienstvertrag gebunden, er durch seine schwarze Haut in Banden geschlagen. Nirgends willkommen, es sei denn als Gesinde.

Wir flohen über einen Ozean. Ließen uns endlich hier am Rande der Wildnis nieder. Unsere Flucht hatte uns die Kraft genommen. Uns verändert. Hier wurden wir andere. Wir logen, um geduldet zu werden. Begannen schließlich, diese Lüge zu leben. Und Liam schwand ähnlich wie meine Erinnerungen an andere, bessere Zeiten – an Geschichten, die mein Herz frei machten, an gestohlene Küsse, an schwindelnde, aufwallende Hitze, wenn unsere Körper sich im Gedränge streiften. Er sprach immer seltener. Ich glaubte schon, er wüsste nicht mehr, wie. Oder, wenn er der Gabe der Rede doch nicht ganz verlustig gegangen war, beschlossen haben musste, alles Reden sei eitel. Nicht der Zeit und der Mühe wert. Ich nicht der Mühe wert.

Und nun beginnt er mit dir, einem Fremden, zu schwatzen. Eine Wortflut in diesem trockenen, trockenen Haus, in dem ich oft wachgelegen, wenn er schon längst schnarchte, und mich fragte, ob er noch von den alten Fabeltagen träumte und mir im Traum wieder vorsang. Lag im Dunkeln an seiner Seite und hoffte, aus seiner Traumwelt möge der eine oder andere Klang herüberschweben.

Jetzt spricht er wieder. Und du, wer immer du sein magst, hörst zu. Zwei Fremde in meinem Haus.

Wir wurden unseren afrikanischen Familien abgelistet und von den Engländern aufgenommen, die uns im Geiste des Herrn unterweisen und zu seinen Dienern machen wollten. Zehn waren wir. Ihrer Berechnung nach würde kaum die Hälfte die Entbehrungen der Schiffsreise überstehen, das erste Jahr übler englischer Krankheiten und noch übleren Klimas, die geistigen Anforderungen der Belehrungen. Unsere Gastgeber schienen überrascht, als nach Ablauf eines Jahres der denkbar schimpflichsten Behandlung immer noch achte von uns aufrecht standen. Oder besser gebeugt, müsste man von manchen meiner dunklen Brüder sagen, denen Seele und Mut unter der Misshandlung brachen. Von den fünfen, mit deren Überleben man gerechnet hatte, glaubte man einen weiteren an das Heimweh, die Ibo-Melancholie, wie sie sie nannten, verloren geben zu müssen, daher Unterbringung und Vorbildung nur für viere vorgesehen worden waren. Ein ganzes Zurichtungsjahr lang mussten wir, um unseren Gastgebern keine Umstände zu bereiten, zu zweit eine Pritsche teilen, die nur für einen gedacht war, zu viert in einer Kammer ausharren, die kaum Platz für zwei bot, mit halben Essensrationen ebenso auskommen wie der Hälfte an Decken und Kleidern.

Ich müsste lügen, wollte ich behaupten, ich wäre unglücklich gewesen, als einer von vieren ausgesandt zu werden, ein Handwerk zu erlernen. Das heißt eigentlich nicht *ausgesandt*. Dienstverpflichtet. Verschleppt. Bei Kaufleuten, die uns der Kirche abkauften, zu lebenslanger Fron verurteilt.

Was sage ich. Natürlich *kauften* sie uns nicht ab. Vielmehr hatten wir die Kosten zu ersetzen, die der Kirche durch unseren Abtransport aus Afrika entstanden waren.

Vor die Wahl gestellt, auf dem Seminarium zu bleiben oder zu gehen, würde ich mich ganz gewiss gegen einen weiteren Verbleib entschieden haben. Das Leben dort war mir verhasst. Aber die Geschichten, die über die Welt außerhalb unseres heiligen Gefängnisses kursierten, boten kaum Anlass zu Jubel über die Entlassung. Die Beschwer der Wahl blieb mir natürlich erspart. Wie mir die Wahl erspart worden war, im Schoß unserer Mutter Afrika zu bleiben oder fortzugehen.

Dabei hätte ich, Ironie des Schicksals, wenn man mich nicht entführt hätte, in der afrikanischen Heimat den Geistern als Seher gedient, als Heiler von Körper und Seelen. Mein Vater war ein weithin bekannter Zauberer. Ich, als sein Nachfolger, wäre beizeiten eingeweiht worden. Geformt, bis ich würdig wäre, seinen Mantel zu tragen. Die eigentlichen Riten hatten noch nicht begonnen. Ich erinnere mich nur an einen gewaltigen gefleckten Umhang, an die Angst und Ehrfurcht vor den Kräften meines Vaters. Der seine Gestalt verändern oder urplötzlich verschwinden konnte. An vielen Orten zugleich sein.

Kompensation für die kirchlichen Auslagen leistete in meinem Falle Mr. Stubbs, der im Gegenzug das Recht erwarb, mich zu Tode zu schinden. Schließlich wurde ich Faktotum von Stubbs' Sohn George. Von diesem George Stubbs lernte ich viel. Seinem Einfluss ist zuzuschreiben, dass ich zu malen begann und mich in gewisser Weise als Künstler betrachte. Was vermuten lässt, dass ich irgendwann im Verlauf dieser Jahre in beträchtlichem Maße wieder Vertrauen in meine Person und mein Können gewann. Mich neu erschuf, darf ich wohl mit Fug und Recht sagen.

Liam fügt zwei Hälften eines zerbrochenen Tellers zusammen.

Ha. Siehst du. Wie neu, fast. Hätte ich selbst nur die Jahre ähnlich gut überstanden. Ein sauberer Riss mittendurch. Kein übertrieben hoher Preis fürs Überleben, oder.

Ich besitze keine seiner Zeichnungen. Aber George Stubbs war zweifellos Künstler. Ein großer Künstler, glaub mir. Diesen Teller habe ich aufgehoben. Er hat uns auf die Schiffspassage von England begleitet, weil er mich an das Leben dort erinnert. Im Guten wie im Schlechten.

Nein. Auch wenn eine gewisse Ähnlichkeit besteht, für das Negerporträt auf diesem Teller habe nicht ich Modell gestanden. Wiewohl man heute in den Londonder Tavernen gewiss vielen begegnen mag, die für sich in Anspruch nehmen, als Vorbild gedient zu haben.

George Stubbs hat mir diesen Teller geschenkt. Zusammen mit einigen feierlichen Worten zu Freiheit, Würde und Schlechtigkeit des Menschen überreicht, genuschelte Präambel, die wir beide aus Höflichkeit hinnahmen. Er selbst hatte den Teller aus der Hand seines berühmten Schöpfers erhalten, Mr. Josiah Wedgewood persönlich. Denn just, als Stubbs mich freiließ, war er kommissioniert, Josiah Wedgewood und einige Familienangehörige zu porträtieren. Wedgewood hätte für diese Arbeit jeden Künstler gewinnen können. Indem er George Stubbs förderte, zollte er dessen künstlerischem Format und Können seinen Respekt.

Dieser Teller ist ein Gedenkstück, von Wedgewood als Mittel im Kampf gegen die Sklaverei entworfen und gefertigt. Sieh hier, den knienden, in Ketten geschlagenen Neger in der Mitte zieren am Rande die Mahnworte: *Bin ich nicht Mensch wie ihr und ein Bruder*. Wenn ich den Entwurf heute betrachte, erscheint mir der Ring aus Wörtern wie eine weitere Kette.

Im Guten wie im Schlechten. Stubbs war einer meiner Gönner. Und, möchte ich sagen, ein Freund. Der Umstände halber, unter denen mir dieser Teller zum Geschenk gemacht wurde, steht weniger der Neger im Mittelpunkt als Stubbs selbst. Ich sehe dort Stubbs mit Aschehaupt knien, Bittsteller in eigener Sache. Sehe ihn mich, der ich einst sein Besitz gewesen, anflehen, ihm seine Zugehörigkeit zur menschlichen Gemeinschaft zu bestätigen.

Dein Gott, Prediger. Du behauptest, ihn zu lieben. Wie kannst du einen grausamen Gott lieben.

Mit Verlaub, Madam. Der Vater im Himmel ist gütig, gnädig.

Am grausamsten seine Güte. In seiner Welt muss zum Überleben die eine Kreatur die andere verschlingen. Ein solches Gesetz, eine solche Welt kann ich verstehen. Ob es mir behagt oder nicht, sie besitzt Sinn und Ordnung. Sie behandelt alle gleich. Ein oberstes Gesetz – fressen oder gefressen werden. Und alle Geschöpfe ihm unterworfen. Doch dann fügt dein Gott als neue Regel die Lüge der Güte hinzu. Führt die Menschen mit dem Glauben in die Irre, es gebe einen anderen Weg, eine Möglichkeit, das eherne Gesetz zu umgehen.

Träufelt dir Gift ins Ohr. Will dir weismachen, du seist besser als seine anderen Geschöpfe. Eine Ausnahme weit droben auf einem luftigen Sockel. Er säuselt dir zu, du seist sein Lieblingsgeschöpf, ausgenommen vom Gesetz, das für alle Lebewesen gilt.

Er bestrickt dich mit dem falschen Versprechen einer anderen Welt, anderen Geboten. Verwirrt dich, lässt dir keine Ruhe. Du prüfst dich, quälst dich. Du vergisst das Wesen der wirklichen Welt, in der du lebst. Du sehnst dich nach einer unmöglichen, in der Güte herrscht. Gottes Güte, die dich und deinesgleichen auszeichnet.

Gott beschwindelt dich. Streut dir Sand in die Augen. Verschlägt dir mit unerwarteten Bezeigungen seiner Güte die Sprache. Einer besonders reichen Ernte. Einem Sonnenuntergang. Mutterliebe. Dann und wann seltene Kostproben der Güte. Weitere als ewiges Versprechen.

Wozu. Du *solltest* und er *muss* es besser wissen. Die Wahrheit kennen. Das Gesetz. Den Kreislauf, aus dem kein Geschöpf ausbrechen darf. Keine Ausnahmen. Keine Begünstigungen. Nur einige wenige, die er vor dem Schlachtfest mästet. Einige wenige, mit denen er spielt.

Ihr seid zu streng, Madam.

Viele, die sich von Gott abwenden, zürnen ihm ob seiner Grausamkeit gegen die Menschen. Zeigen mit dem Finger auf unschuldige Kinder, die im Schlaf hingemeuchelt werden. Ich hingegen verüble ihm seine Güte. In der Welt, die er erschaffen hat, ist für Güte kein Platz. Güte ist ein später Einfall. Oder mutwilliger Unfug.

Wolltet Ihr denn eine Welt bar aller Güte, Mrs. Stubbs. Eine Welt ohne Hoffnung oder Glaube. In der wir den Blick dumpf auf die Erde gerichtet hielten, während wir uns durch die Welt schleppten und immer das Schlimmste erwarteten.

Du meinst, ich sei undankbar.

Nein, Madam. Vielmehr ungerecht. Wie ein habgieriger Händler schiebt Ihr die Hand unter die Waagschale und schummelt. Wozu in diesem Tal der Tränen Gott anlasten, dass er uns ein wenig Güte und Gnade auf die armen gesenkten Häupter streut.

Nicht Gott ist der Missetäter, Madam. Trotzdem wir so tief gefallen sind und es nicht verdienen, wird uns hienieden schon ein Vorgeschmack auf die bessere Welt zuteil, die uns erwartet. Ihr werdet doch nicht darum beten wollen, dass uns diese schlichten Freuden vorenthalten werden mögen.

Du meinst, mir bieten zu können, was dein Gott nie geboten hat. Entrichtest du mir das gütige Geschenk der Wahl.

Wahl.

Ja. Die Wahl, etwas anderes zu sein als eine bloße Marionette, eine Sklavin, und für immer in Gottes Schuld zu stehen. Auf seinen Handel lasse ich mich nicht ein. Da ziehe ich es vor, an einem anderen Markttisch zu feilschen. Ich pfeife auf Sünde und Schuld, ewiges Leben und ewige Verdammnis. Ich will keinen Gott mit Antworten noch einen, dem ich Rechenschaft schuldig bin. Keinen Gott mit einem Gesicht, mit Händen, Wörtern, Füßen. Zügen, die mich an mich selbst oder sonst irgendwen erinnern.

Aus Euren Worten spricht großer Zorn. Habe ich Euch verletzt. Dann, Madam, bitte ich um Verzeihung.

Ich bin nicht gefragt worden. Ich hatte nie die Wahl. Wir glauben allenfalls, wir träfen eine Wahl. Am Ende jedoch sind die Wahl, die du getroffen zu haben glaubst, und meine, von der ich weiß, dass sie gar keine ist, ein und dasselbe. Sie führen an denselben Punkt. Hierher.

Ich fürchte, ich verstehe Euch nicht.

Ja. Ich dich ebenso wenig. Ein Segen, vermutlich. Gütiger Segen.

Wenn er arbeitet, ist der alte Mann unermüdlich. Ob beim Holzhacken, Sägen, Graben, Pflügen, Pflanzen, Säen, der magere Körper vollführt die immer gleichen Bewegungen beharrlich, ausdauernd, in einem Zeitmaß, das nicht schnell ist, aber stetig, stetig, sodass ich nur unter Aufbietung aller Kräfte nachkommen kann. Kein Aufseher mit seiner Peitsche, seinen Flüchen und Drohungen hätte mich härter antreiben können. Das Vorbild des alten Mannes, sein Beharrungsvermögen, seine Unbeirrbarkeit, sie bewirken, dass ich mich an seiner Seite placke. Er ist gut doppelt oder gar dreimal so alt wie ich. Vom gleichen mittleren Wuchs, aber eher mager. Auf den ersten Blick hielt ich ihn für schmächtig. Da er fast kaum je sein Hemd ablegte, dieses langärmelige, braune, schweißgetränkte Gebilde, ebenso grob und unverwüstlich wie sein Träger, sah ich seinen bloßen Rücken und die Arme erst, als sie ihn eines Nachmittages hinter der Blockhütte auf einen Baumstumpf setzte, um ihn mit einer beißenden, hausgemachten Salbe aus Wurzeln und Kräutern einzureiben. Ein Massiv dunkler Stränge, geflochten, gedreht, verknotet, glänzte unter ihren geschäftigen Fingern.

Er behauptete, einst auf den Schultern ein ganzes Pferd eine Stiege hochgetragen zu haben. In England, als er George Stubbs diente. Meinte, andere schrieben die Tat Stubbs selbst zu, aber nein nein. George Stubbs habe das ausgeschlachtete Tier nach vollbrachter Tat wieder hinuntergetragen. Da sei der Pferdekadaver schon viel leichter gewesen.

Sein Herr ein recht kräftiger Bursche. Kräftiger als so manch einer. George Stubbs hatte sich erboten, mit anzupacken und das Tier die Stiege hinaufzuschaffen, aber die Wendeltreppe war zu eng. Kein Platz für ein totes Pferd und zwei lebende Männer.

Als ich mich erst unter dem Pferd befand, das Gewicht mit gebeugten Knien auf die rechte Weise stemmen konnte, war alles bloß eine Frage des Gleichgewichts. Den richtigen Punkt darunter finden, die Last mehr wiegen als wuchten.

Meine einzige Sorge, dass die knarrende Stiege in Stubbs' Cottage dem Gewicht von Mensch und Tier zugleich nicht standhielte. Gottlob tat sie's. Zweifellos trug erheblich zu ihrer Nachsicht bei, dass ich kein schwerer Mann bin, sondern immer schon leichtfüßig.

Als das Pferd droben war und wir es glücklich an den Dachbalken hängen hatten, war Stubbs entzückt. Drückte mir eine Half Crown in die Hand. Nannte mich wochenlang Kentaur. Seinen nubischen Kentaur.

Wenn Liam aufhört zu arbeiten, scheint es dir, für immer. Er sackt ein. Aschgrau, ausgezehrt. Wie tot. Zu viel, denkst du. Diesmal hat sich der alte Krieger zu viel zugemutet.

Nichts übrig. Augen geschlossen. Schweißglänzend der Schädel, es sickert durch alle Gesichtsfurchen, sammelt sich im Bart, blutet ins Hemd. Er fällt noch weiter in sich zusammen. Ob er schrumpft. Ob er sich verstecken will, oder ist er vom fieberhaften Schaffen geschmolzen. Wenn er eine weitere Stunde reglos dasitzt, wird von ihm alles in der Erde versickern. Dann muss ich ins Haus laufen und sie herbeiholen. Sie zu ihm hinführen. Tut mir Leid. Tut mir so furchtbar Leid. Nichts mehr übrig. Nur der dunkle, feuchte Kreis, den Ihr hier seht.

Du meinst, nichts auf Erden kann ihn je aus seiner Erstarrung aufrütteln. Dann beginnt er zu sprechen. Ich liege wie ein Schluck Wasser an seiner Seite und bin fast so erschöpft, wie er aussieht. Er weiß, wo ich bin. Weiß, dass ich zuhöre, mit dem Zuhören nie aufhöre.

Und kaum ist eine Geschichte zu Ende, sind wir wieder auf den Beinen. Erhitzen uns, bis die Arbeit und wir eins sind. Im Einklang. Nur Arbeit. Das Taktmaß ist in uns, wir werden zum Takt.

Ich war aus meiner Heimat geraubt und nach England geschifft worden, damit ich dort das Handwerk eines Hirten unsterblicher Seelen erlerne. Stattdessen fand ich mich, kaum ein Jahr nach der Landung, als Schlächter wieder, dazu gepresst, Tiere zu töten, zu häuten und ihre Felle zu gerben.

Über Nacht aus dem beklemmenden Schweigen und der Eingezogenheit des Seminariums, wo man uns festhielt – jammervolle Kolonne kleiner Afrikaner in Ketten, die in den Dienst des Herrn gepeitscht, gehungert, geschubst und gestoßen werden sollte –, abtransportiert in die Schlachtschuppen und grausen Pferche der Gerberei von Stubbs Senior, Vater von George.

Nach diesem Jahr im ländlichen Predigerseminar wäre schon der brodelnde Hafen von Liverpool ein Schrecknis gewesen. Stell dir also die Erschütterung vor, die nebst diesem städtischen Anschlag auf meine Sinne Gestank und Aufruhr bedeuteten, die in der Gerberei auf mich einstürmten. Hatten wir doch vor unserem Raub aus unserer afrikanischen Heimat die Geschichten von Menschenfressern jenseits des großen Wassers gehört. An meinem ersten Tag in den Hallen, überwältigt vom Lärm, Gestank und den Strömen von Blut, fürchtete ich, mich an ebenjene Stätte verirrt zu haben, wo die rosa Menschenfresser ihr widernatürliches Festmahl anrichteten.

Ich lausche Liam und versuche mir das Schreckensbild zu gegenwärtigen, das sich den Augen des afrikanischen Jungen darbietet, eines Jungen, der einige Jahre jünger ist noch als ich selbst, eines Jungen in jenem fremden englischen Land, diesem ihm und mir unbekannten Land, sodann die Heimat des Jungen in dem noch ferneren Land, einem Land, das ihm so vertraut wäre wie mir unser Pennsylvania, durch das ich neben Liam dahinrolle, unter blauem Himmel auf dem rumpelndem Bock eines Fuhrwerks voll Holz, das wir in Wäldern geschlagen und gespalten haben, die für mich so anheimelnd sind wie die unendlichen Wälder eines anderen Landes jenseits des Ozeans für den Jungen, der nun das Schlachthaus betritt, das Stöhnen und Gebrüll hört, die angstvollen Schreie gefangener Tiere, die Blut riechen, die von allen Seiten das Wehklagen ihrer todgeweihten Stammesgenossen vernehmen. Er sieht, wie frische Kadaver an Haken gehoben und unter die Decke gezogen werden, sieht Eingeweide sich ergießen und zu seinen Füßen dampfende Pfuhle im Sägemehl bilden. Eine seiner Pflichten wird darin bestehen, dieses üble, glitschige Gekröse zur Tür hinauszuschaben, durch die er soeben eintritt, es in die Rinnen vor den Schuppen zu schieben, wo gärende Abfälle die Gräben füllen.

Die Schreie sterbender Tiere, das Brüllen und Fluchen von Männern, die ächzend Holzhämmer, Beile und Äxte schwingen, Männer, die mit scharfen Klingen tief stoßen, tief schneiden, sodass sie manches Mal auf Knochen treffen, welche splittern und jene verwunden, die die Messer führen. Tierblut, Menschenblut auf den Messern vermengt, Lärm von Mensch und Tier ununterscheidbar im Getöse, das dem Jungen in den Ohren gellt.

Ich lerne schnell. Ob als Hirte Seelen auf Gottes Weiden zu treiben oder im Beinhaus die Leiber armer Kreaturen zu häuten und zu zerhacken. Bei den Predigern hatte ich binnen Jahresfrist recht ordentlich lesen, schreiben und rechnen gelernt, hatte mir unzählige Seiten der Heiligen Schrift eingeprägt, oftmals ohne im Geringsten zu wissen, was die verwaisten Wörter bedeuteten, die ich papageiengleich für meine Lehrer nachbetete. Weit weniger Zeit kostete es mich zu lernen, wie man lebende Tiere in Leder verwandelt, den blutigen Zauber wirkt, der Stubbs dem Älteren sein Auskommen als Zurichter erlaubte. Ein lückenhaftes Wissen, gewiss, aber doch viel umfassender als das meiner Arbeitsgenossen, die es zufrieden schienen, nur einen der vielen Handgriffe zu beherrschen, die zur Lederherstellung erforderlich waren.

Meine Sorgfalt, Anhaltsamkeit und Ausdauer fielen auf. Sie gestatteten mir ein zügiges Fortkommen, will sagen, mehr Pflichten und natürlich mehr Prügel. Meine Werksgenossen, untätige, tumbe, sauertöpfische Gesellen, sahen es nicht gern, dass ein halbwüchsiger Mohr sie überflügelte, obschon sie selbst zu ihrer Förderung weder den Verstand noch die Mühe aufwendeten. Das Einzige, was sie mit Bravour taten: den vorwitzigen Äthiopier züchtigen. Dennoch war ich gefragt, gewann das widerwillige Zutrauen meiner Vorgesetzten, indem ich mich viermal so abplagte wie meine raubeinigen Genossen. Während ich nicht halb so viel Wertschätzung erfuhr als die anderen, betrug mein Wert für die Kompagnie das zweifache dessen eines weißen Arbeiters.

Aberwitzige Rechenkunst, nicht wahr. Merk es dir gut. Die gleiche Rechenart wirst du noch heute am Werk sehen, wenn wir unser Holz verkaufen.

Als wir vor rund zwanzig Jahren in diesem Landstrich eintrafen, verließen wir uns auf den Schutz eines Toten. Der Name, den ich dem Toten gab, lautete Stubbs. Sie wurde Mrs. Stubbs. Ich wählte den Namen mit Bedacht, George Stubbs hätte an der Finte seine Freude gehabt. Wie oft hatte er mich mit Scherznamen geneckt. Taufte mich Kentaur. Othello. Hannibal. Äsop. Nannte mein Gesicht seine Karte von Afrika. Die Entwendung des Namens Stubbs eine List zu unserem Schutz. Weiße Frau und schwarzer Mann mit gemeinsamem Hausstand, in diesen Breiten damals so bedenklich wie heute. Folglich gab sie sich als Mrs. Stubbs aus, eine englische Dame, des seligen George Stubbs' Witwe, mit dessen ergebenem Sklaven Liam sie reiste.

Sie nahm sich in Trauer ungemein gut aus. Und wurde, als sie hier auftauchte, von allen hofiert, doch ließ sie die Landbesitzer, die vorsprachen, unmissverständlich wissen, dass sie nicht die Absicht habe, sich wieder zu verheiraten.

Wir vergruben uns fern aller neugierigen Nachbarn. Die untröstliche Witwe, die gelobt hat, zeitlebens allein zu bleiben, ihrem geliebten Gatten treu bis ins Grab. Der nicht minder treue Sklave, devot und wortkarg, wenn er sich unter die Leute begab, was selten geschah, nämlich allenfalls, um Vorräte zu besorgen oder die Ackerfrüchte der trauernden Witwe loszuschlagen.

Und so verkaufen wir auch dieses Holz in Mrs. Stubbs' Namen, als ihre Diener. Der Preis, den wir erzielen werden, wird mindestens noch einmal das betragen, was zwei schwarze Freimänner bekämen. Ob in England, diesen Vereinigten Staaten oder in Westindien – wo immer man uns versklavt hat, blutet uns die weiße Rechenkunst aus. Wenn der Wert unserer Arbeit unentwegt halbiert und so gemindert wird, bis wir selbst nicht das Geringste mehr davon haben, dann sind wir, die wir uns frei nennen, so ohnmächtig wie unsere Brüder in Ketten. Ich nenne die Haltung der Weißen gegen uns Irrsinn. Doch seien wir ehrlich: In dem Irrsinn verbirgt sich Kalkül. Kalkül. Böse, verschlagene Rechenkunst.

Obwohl ich noch für die ungehobeltsten, einfachsten Gerbereiarbeiter der *Boy* oder *Kaffir* blieb und mir noch die übelsten Aufgaben beim Hacken und Hieven oblagen, wurde ich Stubbs dem Älteren als Laufbursche und Tausendsasa doch zunehmend Augen und Ohren, sein pechschwarzer Merkur. Meine mannigfaltigen Pflichten boten einen gewissen Schutz. Immerzu von einem Ende des Geländes zum anderen gehetzt, aus den nach Dung und Todesangst stinkenden Pferchen in die holzgetäfelten Comptoirs, wo Schreiber in feinem Tuch flüsternd umherhuschten, um ja nicht den Schlaf des Tyrannen, seine Schäferstündchen mit hungerleidenden Landmägden und den Dirnen zu stören, die ihm Mittler aus dem Gassengewirr am Liverpooler Hafen zuführten.

Weil er um meinen Wert wusste und um meine fest geschmiedete Treue durch seine absolute Macht über mein Schicksal, stellte mich der ältere Stubbs frei, damit ich seinem Sohn dienen und ihn zugleich bespitzeln könne. Dessen geringes Interesse an der Gerberei missfiel dem Vater und verursachte zwischen beiden viel Verdruss. Zugleich verband sie eine erstaunliche, beiderseits zuerkannte und geachtete Störrigkeit. Der junge Stubbs hatte sich in den Kopf gesetzt, Künstler zu werden, und zwar ein Künstler ganz besonderer Art, denn was er zu zeichnen und malen begehrte, war nachhaltig von seinen frühesten Jahren im Hause und in den Werkstätten des Vaters geprägt.

Nach einer wenig befriedigenden Lehre bei einem Porträtmaler am Orte war der junge Stubbs nach York verzogen, hatte dort ein eigenes Atelier eröffnet und sich geschworen, nie wieder mit den Augen eines anderen Künstlers nach der Natur zeichnen zu wollen, sondern den Blick allein an ihr selbst zu schulen. Er beschloss, die Natur direkt zu beobachten und abzubilden. Die Natur zu studieren, indem er ihr unter die Röcke schaute.

Sein ganz besonderes Interesse galt demnach anatomischen Studien. Mir schilderte der Vater einmal in einem Ton, in dem sich Stolz und Abscheu vermengten, mit sechs habe sein Junge eine Katze aufgeschlitzt, mit acht einen Welpen, und in beiden Fällen habe er sehr ordentliche Skizzen der Eingeweide verfertigt. Stubbs würde nicht nur stieläugig unter die Röcke der Natur lugen, nein, er würde ihr das Fell über die Ohren ziehen, ihrem Geheimnis nachspüren, bis auf die Knochen. Wenn möglich, weiter.

Sein Vorhaben verschlug ihn in die fragwürdige Gesellschaft von Anatomen und Naturforschern, die den unguten Drang zur Zergliederung von Leichen mit ihm teilten. Darunter »Meisterhebammen«, wie man sie in York spöttelnd nannte, aufgrund ihrer kuriosen chirurgischen Instrumente und ihrer mehr als kuriosen Besessenheit von der Scham der Damen.

Obgleich sich für den Außenstehenden in der Faszination, welche Abziehen und Ausweiden auf den Sohn ausübten, eine etwas zweifelhafte Hommage ans Gewerke des Vaters offenbarte, an ein Geburtshaus in der unmittelbaren Nachbarschaft zum Tode, dem brüllenden Vieh, dem Todesblöken der Schafe jenseits der Kinderzimmertüre, war der Vater nicht angetan. Umso weniger, als nicht allein anständige Bürger, sondern das Gesetz die grause Praxis der Sektion menschlicher Körper verdammte. Wer sich an einem Leichnam zu schaffen machte und dabei erwischt wurde, musste mit empfindlichen Geldbußen oder seiner Verhaftung rechnen, ganz zu schweigen von dem üblen Ruch, der jedem anhaftete, der solch gotteslästerlicher Übertretungen auch nur verdächtigt wurde.

Dennoch fesselten anatomische Lehre und Sezierkunde, mit denen man hoffte, die Geheimnisse des menschlichen Körpers zu entschlüsseln, die Menschen in York und vielen anderen englischen Städten. Ärzte, vereinzelte Schwärmer oder Künstler wie Stubbs scheuten keine Mühe, sich für ihre Studien Vergleichsmaterial zu beschaffen. Der Handel mit Cadavera jedoch war gesetzeswidrig und daher äußerst gewinnträchtig. Er blühte im Verborgenen. Die Leichenbeschaffer, die solche Ware feilboten, wurden als Wiedererwecker bezeichnet, und es war ein ruchloses, verkommenes Volk. Für ihre Forschungen auf solche Gauner angewiesen zu sein, setzte wohlmeinende Ehrenmänner ernsten Gefahren aus.

Der alte Stubbs machte mich dem Sohn anlässlich eines Geburtstags zum Geschenk. Er pries mein Geschick als Kammerpage, obschon ich in meinem ganzen Leben für niemanden auch nur einen Augenblick solche Dienste verrichtet hatte. Zugleich verpflichtete er mich insgeheim zu gewissen Diensten, deren Nichterfüllung, wie er mir versicherte, mich den damals krauswolligen Kopf kosten könne. Er erwartete, dass ich seinen Sohn vor den schurkischen Grabräubern schützte, verhinderte, dass er mit dem Gesetz in Konflikt geriet und darüber hinaus ihm, dem Vater, regelmäßig über Tun und Treiben seines Sohnes Bericht erstattete.

Du kannst dir vorstellen, dass mich meine Aufgaben in Atem hielten. Mir kam indes das Glück zu Hilfe, dass mich der junge Stubbs bei seinen Eskapaden und Abenteuern eher als Gefährten denn als Leibdiener betrachtete. Gemeinsam durchstreiften wir die Straßen von York, waren in den feinen Häusern wohl situierter Chirurgi gern gesehen und wurden nicht minder freudig in den üblen Spelunken, in denen die dunklen Geschäfte mit den Wiedererweckern getätigt wurden, mit derben Trinksprüchen begrüßt.

Während der Zeit in York begleitete ich Stubbs zu unzähligen Niederkünften. Ich hatte, könnte man sagen, Anteil am Beginn so manch guter Seele, die vielleicht heute noch durch die Straßen von York wandelt.

In Sir John Burton hatte der junge Stubbs einen besonderen Freund und Förderer. Sir John hatte ihn mit der Illustration seines Tafelwerks zur Geburtshilfe betraut. Beeindruckt von Stubbs' wachsender Meisterschaft, führte er ihm außerdem Privatschüler zu, die bei ihm anatomische Studien betrieben. Die beiden Herren teilten, wenn man so will, Tisch und Leichen, und daraus erwuchs ein besonderer Bund. Sie wurden die dicksten Freunde, Freunde zum Pferde stehlen. Oder eben Leichen, auch wenn sie es den Wiedererweckern überließen, sie mit dem anatomischen Material zu beliefern, das sie für ihre Naturbetrachtungen brauchten. Verschwörungen, Gefahren, Neuland erkunden, das reizte das Klima dieser Yorker Jahre auf.

Eines verregneten Abends im späten Frühjahr bestiegen wir mit Burton und Smellie, einem weiteren unerschrockenen Anatom, der sich in den Kopf gesetzt hatte, die Yorker Hebammen in der Hebammenkunst zu übertreffen, eine Kutsche. Wir wurden in einem vornehmen Haus in einem eleganten Bezirk der Stadt erwartet. Man ließ uns zum Lieferanteneingang am Ende eines Hofes ein, scheuchte uns ohne viel Federlesens eine Treppe hinab und in eine schlecht beleuchtete Kammer neben der Küche, wo wir Hauskleider und -schürzen überwarfen und diese Toilette schließlich mit bebänderten Hauben krönten. Der Übermut der Kutschfahrt, befördert noch durch den Genuss einer Flasche Madeira zur Stärkung auch gegen die Schmach der Bedingungen, in die Burton und Smellie hatten einwilligen müssen, um die Niederkunft besorgen zu dürfen, wich nun, nach der albernen Maskerade, einem beklommenen Ernst. Als wären wir zur Beerdigung gerufen worden, nicht einer Entbindung.

Im Gänsemarsch stiegen wir wieder nach oben, so würdevoll wie in unseren Hauskleidern, Schürzen und Hauben eben möglich. Zum Schweigen hatte uns niemand verpflichtet, und doch folgten wir der Bediensteten ohne einen Mucks ins Schlafgemach ihrer Herrin. Das Schweigen wurde lediglich von Burtons Husten gebrochen und der verräterischen Instrumententasche in Smellies Hand, die schepperte, als wir die enge, unbeleuchtete Wendeltreppe hinaufstolperten.

Die Dame selbst, auf einem Meer leuchtend bunter, gemusterter Seidenkissen treibend, lag gegen das gepolsterte Kopfteil ihres Bettes gelehnt. Vier doppelarmige Leuchter erhellten die Szene von den Ecken des Himmelbettes her. Neben jedem Leuchter hatte eine Bedienstete Position bezogen.

Die Schwangere war Lage um Lage in edle Stoffe gehüllt. Um ihr Haupt wallte ein indigoblauer Turban. In ihren Augen meinte ich in dem flüchtigen Moment, ehe sie sie niederschlug, wirkliche oder kunstvoll vorgespiegelte Furcht zu erkennen, Scheu und Staunen.

Sir John verbeugte sich, oder sagen wir knickste, vor unserer Gastgeberin, denn die Spielregeln für unseren Auftritt als Frauenspersonen galten offenbar noch für jeden kleinsten Aspekt. Das Ganze war zudem als Pantomime gedacht, da das barsche, tiefe Brummen männlicher Stimmen, wie man uns eingeschärft hatte, das Anstandsgefühl der Dame ebenso verletzen musste wie Blick oder Berührung von Vertretern des anderen Geschlechts.

Ein kurzes Flattern der falschen Wimpern, ferner eine knappe Neigung des Kinns gegen den vollen Busen waren die einzigen Zeichen, dass Sir Johns Knicks-Diener oder Diener-Knicks zur Kenntnis genommen worden war, und das schien ihm ganz recht, denn er nickte seinerseits seinem Kollegen zu, und man machte sich an die Arbeit.

Ich fragte mich, wie viel von dem schaumgebäckgleichen Hügel auf dem Lager wohl Bettzeug und wie viel Bauch sein mochte. In den Kaffeehäusern kursierte die seltsame Mär von einer jungen Schwangeren, Mary Tolf aus Godalming, die, so erzählte man sich, Kaninchen geworfen habe, zwei Dutzend, lebende und tote. Im Geiste sah ich Burton einen ganzen Strang Kindlein aus dem Füllhorn unter den schillernden Stofflagen hervorziehen, dralle, kleine Würste oder eine lange Girlande Papierkinder.

Wie um alles in der Welt wollten die Chirurgi die Dame aus ihren Polsterungen befreien, ohne ihr Schamgefühl zu verletzen. Als die guten Doktoren ans Bett traten, rechnete ich fest damit, die bediensteten Frauen sich gleich einer Amazonenphalanx den Herren entgegenstellen zu sehen. Das ganze Unterfangen nähme wohl hier und jetzt ein Ende. Wie konnte die Dame zugleich sittsam und nackt sein. Es wären zwei Entbindungen erforderlich. Madam müsste ihres Bettzeugs entbunden werden, ehe das im Mutterleib verschlossene Ungeborene befreit werden konnte. Die erste Entbindung eine weit delikatere Angelegenheit, die mehr diplomatisches Geschick erforderte als die zweite.

Obwohl beide von eher bescheidener Statur, gaben Burton und Smellie recht stattliche Weibspersonen ab, die eine klein und gedrungen, die andere lang und dürr. Ihre weiten Hausschürzen warfen unförmige, flackernde Schatten an Wände und Decke, als sie nun ans Fußende des Bettes traten – nein, wallten. Die weiblichen Bediensteten schienen auf ihren Part gut vorbereitet, sie halfen den Doktoren nun, überflüssige Kissen, Decken und Laken zu entfernen und andere gegen das Kopfteil des Bettes zurückzuschlagen. Von meiner Warte an Stubbs' Seite aus bedeckte bald ein Berg Linnen das Gesicht der Gebärenden. Stubbs trat näher, desgleichen ich, dem keine andere Rolle zufiele als die Befriedigung meiner eigenen Neugier und Bewachung meines Herrn.

In dem Haufen Wäsche hatte sich eine Art Höhle oder Gang gebildet, dessen höchsten Punkt der Leibesumfang der Dame bildete. Die Wände des Höhlenganges fielen zu den Matratzenrändern gleichmäßig ab. Von dem Kerzenschein drang in diese Höhle kaum etwas, ihre rückwärtigen Winkel lagen vollkommen im Dunkeln, wenn die Schatten der Geburtshelfer über den Eingang fielen.

Aus größerer Nähe stieg der überwältigende Duft eines Parfüms vom Bettzeug auf. Eine französische Essenz ohne Zweifel, um den unzivilisierten angelsächsischen Geburtsodeur zu kaschieren.

Smellie verscheuchte nun die Frauen vom Fußende des Bettes. Die älteste der Bedienten beugte sich hinab, berührte sacht die Hand ihrer Herrin und schenkte ihr ein grimmig mitfühlendes Lächeln. Die anderen kehrten auf ihre Posten zurück und wandten, blinde Zeugen, den Blick von allem Übel züchtig ab ins Leere, unangefochten von dem unerhörten Geschehen, diesen kostümierten Männern, die sich weibliche Vorrechte anmaßten.

Lila Bettschuhe aus Samt an den Füßen der Dame, mit einem Zug aus goldener Litze um die Fesseln geschnürt. Erstmals sah ich in ihr mehr als ein Behältnis, in dem ein Bündel steckte, das zu holen wir gekommen waren. Schlanke, wohlgeformte Fesseln. Die Schühchen durch eine lose Schlinge nachlässig gesichert. Wären die Umstände andere, könnte es mir wohl gefallen, langsam den Goldfaden zu lösen. An dem weichen Flor zu nesteln, meine Wange daran zu reiben, die Litze zwischen Daumen und Zeigefinger zu fassen, mit den kleinen Quasten an ihren Enden zu spielen.

Alles ging jetzt langsamer vonstatten. Die beiden Geburtshelfer in ihren Hauben und Gewändern fixierten sich ratlos, als hätten sie sich verrannt, als erkennten sie einander nicht in ihrem albernen Aufzug. Am Höhleneingang konnte ich knapp oberhalb der Samtschuhe die Säume von mindestens zwei Gewändern ausmachen. Bis auf ein Stirnrunzeln hatte sich die Dame seit unserem wortlosen Einzug nicht gerührt. Sie lag nach wie vor halb aufgerichtet gegen Kissen und Kopfteil, die Beine lang, zwar nicht über Kreuz, aber doch fest geschlossen. Sofern sie nicht die Absicht hatte, das Kind auszuspucken, und das schien in Anbetracht der zusammengepressten Lippen unwahrscheinlich, blieb dem Ungeborenen kein Weg in die Welt offen.

Da stöhnte sie. Jammervoll unwillkürliches Ächzen, das sich tief aus dem Leib in Brust und Hals hinaufklaubt und mit seinen Krallen Teile der Eingeweide mitzureißen scheint. Dreimal schöpft sie Luft, mit jedemmal keuchender, eine Welle huckepack auf der nächsten verdoppelt, verdreifacht die anbrandende Wucht.

Barmherziger. Ah. Ahhh. Ahhhhh.

Eine zweite Dienstmagd ergreift der Herrin freie Hand. Die mütterliche Seele beugt sich über die Notleidende, spricht ihr säuselnd und gurrend Mut zu. Ihre Schatten verdunkeln das Kopfteil des Bettes, scheuchen flügelschlagend durch die Kammer.

Gestrampel. Hörbar zusammengebissene Zähne. Im Krampf hochschnellende Beine. Haus-, Unterkleid und Hemd rutschen von entblößten Hüften. Dann legt Burton ruhige Hände auf steile Knie, führt sie, bändigt Bäumen zu sanftem Wiegen, vor und zurück, vor und zurück. Begütigend zwingt er die nackten Schenkel langsam auseinander.

Danach ganz einfach. Schmerz. Händeauflegen. Heilen.

Einfach, aber langwierig, blutig und laut. Gewiss hörte Stubbs ebenso wie ich den Lärm des Schlachthauses. Ein Schwall Blut, Haut malt sich rot. Auch bei diesem Geschäft also gab es Grunzen und Röcheln und Schreie. Sie kann unmöglich gesehen haben, wie Smellie seine Tasche scheppernder Instrumente öffnete, doch offenbar gehört und die

Kälte, die grausamen Formen von Haken und Zange, Wendestab, Löffel und Entenschnabel erahnt. Smellie holte sie während einer Wehenpause aus seiner Tasche, aber ich weiß, dass sie es gehört haben muss, denn es entrang sich ihr nun der drangvoll gellendste Schrei von allen.

Unterdessen sah ich Stubbs' Blick hierhin und dorthin irren. Was suchte er bloß. War das Schauspiel des Lebenseintritts mit seinem verhuschten Gezappel weniger ergiebig als Totes, das er in einer Ecke oder still an der Wand erspähte, ein Präparat, das sich nicht vom Fleck rühren konnte, während sein geduldiger, genauer Blick, seine scharfen Messer ihm alle Geheimnisse entrissen.

Oder genierte sich Stubbs. Dünkte ihn der vollends entkleidete Körper natürlich, partielle Blöße hingegen, aufreizende Hausgewänder von Damen in Privatgemächern, eine von der Bordellwirtin kokett dargebotene Schenkelpartie oder Brust, Gemälde mit Feigenblättern, züchtig verhüllte Plastiken, anstößig. Eigentümlich prüde Anmutung bei einem, der keinerlei Glauben oder herkömmlichen Wertungen anhing als einer Achtung und Bewunderung für die planvolle Ordnung der Natur, wie sie sich in allen lebenden und abgelebten Wesen offenbarte. Vielleicht waren es die nackten Beine. Dieselben bleichen Beine hätten abgezogen, auf Sehnen und Bänder heruntergeschält, Stubbs' ungeteilte Aufmerksamkeit gefunden. Getrennt jedoch vom Frauenrumpf, springlebendig, mochten die Beine ihm sehr wohl obszön erscheinen. Tot, gevierteilt war ganz etwas anderes.

Der Name der Kreißenden ist mir entfallen. Nun, sie starb wenig später. Von dem Kind, den lila Samtschuhen erreichte uns keine Nachricht mehr.

Eine Einladung zu einer weiteren Niederkunft erhielten Stubbs und ich nach langwierigen Verhandlungen zwischen Burton und einem gewissen italienischen Herrn, einem erklärten Bewunderer der Bemühungen Burtons, altem Aberglauben und gefährlichen Praktiken in der Hebammenkunst mit Wissenschaft und Vernunft beizukommen.

Der gleiche Tanz – nächtliche Kutschfahrt, verstohlenes Schlüpfen durch Hintereingänge, Frauengewänder und so fort. Diesmal keine weibliche Dienerschaft, sondern in einer kargen Kammer nur die rücklings lagernde Patientin, Decke bis unters Kinn hochgezogen, und in der Mitte des Bettzeugs eine Beule, als hätte man ein Polster daruntergeschoben.

Auch keineswegs die schlichten, grob gewirkten Hausschürzen wie bei der vorigen Unternehmung. Nein, diesmal vornehme Gewänder, in die wir uns nur entkleidet zu zwängen vermochten. Frivole Toiletten, bebändert, hochbunt, gerüscht, gefältelt. Trotz der üblichen Portweinstärkung zierte sich Smellie.

Burton. Das lasse ich mir nicht mehr bieten. Ich bin doch kein Affe. Oder Harlekin. Ich bin ein Mann der Wissenschaft und gekommen, das Leben eines albernen Frauenzimmers zu schützen, wie auch das ihrer Frucht. Und nun sehen Sie sich das an. Wie sehen Sie aus, Sir. Und die anderen. Mein Gott, wir alle: ein Haufen entlaufener Irrer aus Bedlam. Warum können wir nicht wenigstens in unseren eigenen Röcken auftreten.

Unser Gastgeber hat darauf bestanden, dass wir dem Wunsch seiner Frau gemäß in einer Aufmachung erscheinen, die ihr vertraut ist.

Die Pest soll sie holen.

Aber, aber. Nicht das Kleid macht den Mann.

Nein, das Kleid macht aus Männern Weiber. Die sich durchs Dunkel schleichen. Sich vor ihren eigenen Schatten fürchten.

Pscht, Smellie. Wir haben uns aus freien Stücken dazu entschieden. Wir haben abgewägt und beschlossen, die Nachteile in Kauf zu nehmen.

Schlimm genug, dass wir uns durch die endlosen Lagen Stoff graben müssen, in die sich die Weiber hüllen. Als gelte es, ägyptische Mumien auszuwickeln. Und dann dieser Mummenschanz.

Ha. Mumienschanz. Sie sind nicht schlecht in Form heute Abend, Smellie.

Hüten Sie bloß Ihre Zunge, Stubbs.

Verzeihen Sie, meine Teure.

Herrgott, Stubbs.

Pscht. Genug jetzt. Zur Sache. Alles andere später. Dann köpfen wir noch eine Flasche. Viele Flaschen, wenn Sie wollen, Smellie, von meinen bestem Madeira. Aber jetzt kommen Sie.

Wieder die Knicks-Diener. Das verabredete Schweigen, sobald wir der Dame des Hauses vor die Augen getreten.

Die Kammer hell erleuchtet. Klein, kärglich, schon mit dem einen Bett und zwei Tischen übervoll. Direkt hinter dem Bett ein schwerer, bodenlanger Vorhang. Der eine Tisch für Smellies Instrumente dicht gegen das Lager gerückt. Das unvermeidliche metallene Klirren. Auf dem anderen Tisch Schüsseln mit Wasser und saubere Tuchstreifen. Alles sehr ordentlich.

Unter einem Turban, wie sie unter Wöchnerinnen offenbar Mode waren, wirkte die wenig liebreizende Patientin nur halb wach. Ich stellte mich auf Gezeter ein. Den Veitstanz der Schmerzen. Sah mich als Veteranen. Vorbereitet diesmal auf die verunstaltenden Qualen der Niederkunft. Ich zog mich mit Stubbs so weit vom Bett zurück, wie es die Größe der Kammer erlaubte. Erst wenn die durchschneidenden Wehen einsetzten, würden wir näher heranpirschen. Die Patientin, ganz von dem Ziehen und Reißen der Schmerzen zwischen ihren Beinen eingenommen, würde es weder bemerken noch beachten.

Smellie hob das untere Ende des Lakens. Ich entsinne mich, Samtschuhe und eine hübsche Fessel gesehen zu haben. Sein Arm schlängelte sich unter das Bettzeug. Da, plötzlich, wurde das Bettzeug zur Schlange und fraß Zoll für Zoll seinen Arm. Es zeigte sich wahres Natterngezücht.

Smellie hielt mit der einen Hand noch eine haarige Fessel umklammert, da trat das zweite Männerbein die Laken weg.

Oho. Was haben wir denn da.

Verrat. Eine Falle.

Im Nu barst die Kammer vor Menschen. Eine Männergesellschaft platzte hinter dem Wandbehang hervor. Lärmend und johlend klopften sie sich gegenseitig auf die Schultern, bogen sich vor Lachen. Keuchten, Prusteten. Schnalzten mit der Zunge, schüttelten neckisch die Zeigefinger. Ein beleibter Bursche ging halb in die Knie.

Ein gelungener Scherz. Die ganze Gesellschaft sehr mit sich zufrieden. Flaschen und Gläser rasch zur Hand. Einer schreit Ia wie ein Esel, der Nächste ahmt Smellies Fistelstimme nach. Was haben wir denn da. *Was haben wir denn da*, fasst sich ans Gemächt und schüttelt so wie der behaarte, splitternackte Flegel im Bett auf die Frage des guten Doktors seine Rute.

Was haben wir denn da. Was haben wir denn da.

Sind sie nicht bezaubernd, die Hübschen. Hört, hört. Reizend, die Nymphen, die Niaden. Ahhh. Was haben wir denn da. Eine äthiopische Schöne. Und seht euch diesen prächtigen Steiß an. Allesamt Koketten, und so immer weiter und weiter, die »Wehemütter« Zielscheibe nicht enden wollender Spitzen, Spötteleien und ärgerer Späße.

Gottlob wollten sie nur ihren Spott treiben. Es hätte schlimmer kommen können, weit schlimmer. Wohl war der Streich mit Bedacht und in boshafter Absicht geheckt worden, aber nicht um die Geleimten zu schädigen, geschweige denn die Hüter des Gesetzes aufzuhetzen. Unter den Tätern waren viele, die Burton und Smellie als Freunde und Kollegen galten. Statt jedoch gute Miene zum bösen Spiel zu machen, brachen die gestrengen Doktoren beleidigt auf. Stubbs und ich hingegen, dickhäutiger und zudem natürlich nicht eigentliche Zielscheibe des Schabernacks, blieben in dieser Nacht Frauen und tranken und feierten bis zum ersten Hahnenschrei.

Indem ich sie an Stubbs verheiratete, vergriff ich mich auch an seinem Namen. Sie war nun Mrs. George Stubbs. Und ich selbst trug, als Diener und Besitz der Familie, ebenfalls diesen Namen. Ein dunkler Bruder. Ich sah Stubbs das eisgraue Haupt wiegen. Ihm eine Frau zu wählen, ihn sodann aus dem Weg zu räumen, ehe er in deren Genuss kam, und mir selbst seinen Namen und seine Frau anzueignen. Hatte ich unser Spiel zu weit getrieben. Würde Stubbs auch darüber noch lachen können.

Es ist mir nie gelungen, ihr Stubbs' Wesen nahe zu bringen. Wenn ich seine Gewohnheiten schilderte, hob sie ungläubig die Achseln. Je genauer meine Darstellung, desto schlechter schien sie aus den vielen Details eine einzige, glaubwürdige Person zusammenfügen zu können. Seine ausgedehnten

Spaziergänge in der Gegend um Horkstow, seine Enthaltsamkeit nach der Übersiedlung aus York. Kein starker Trank. Spärliche Kost von der schlichtesten Sorte, wenig oder keinerlei Abwechslung in den Speisen. Seine Gehilfin Mrs. Morgan war als guter Geist im Haus immer um ihn und gelegentlich als Komplizin bei seinen seltsamen Unternehmungen geduldet. Die beiden verständigten sich ohne Worte. Ich kannte die Geschichte dieser Frau nicht, noch wusste ich, was sie und Stubbs zusammengeführt hatte. Ich war erneut in die Gerberei verbannt worden, dort diente ich meine Lebenszeit ab. Als der Vater verschied und der Sohn erneut meine Dienste beanspruchte, hatte ich George Stubbs Jahre nicht gesehen.

Ich kann nicht sagen, warum ich meiner Freundin Stubbs' Marotten beschreiben zu müssen glaubte. Ich pries aber auch seine zeichnerische Meisterschaft, seine unermüdliche Hingabe an die selbst gesetzten Aufgaben. Lebte er mir nicht vor, was es hieß, Künstler zu sein, nämlich mit einer unwiderstehlichen Besessenheit geschlagen. Das Verzehrende der Besessenheit Stubbs' verlieh ihr eine Art Reinheit. Wie wenn Licht sich in einem Prisma bricht und seine ganze Regenbogenpracht entfaltet, brachte Stubbs' Hingabe beim Zergliedern und Zeichnen Züge seines Wesens zum Vorschein, die sonst ungesehen, unerkannt geblieben wären. Wenn ich ihn mit Geschick und unendlicher Geduld Studien des menschlichen Gerippes verfertigen sah, der bloßgelegten Muskelatur, des verästelten Geflechts der Adern, in denen das Blut kreist, der Organe, die er aus den verborgenen Kammern eines Menschenkörpers hob, dann wurden auch Stubbs' verborgene Farben sichtbar, zeigten sich erst in diesem seinem Werk. Ich beneidete ihn. Wollte gleich ihm eine Aufgabe, eine Kunst, die meine Kräfte in ähnlicher Weise zu bündeln imstande wäre wie diejenigen Stubbs'.

Heute vermute ich, dass ich mich Stubbs' bediente, um ihr meine Geschichte zu erzählen. Meine Gefühle gegen ihn waren geteilt. Ich bewunderte an ihm, was ihn zum Künstler machte. Indes schreckte mich, dass seine Besessenheit zu einem mönchischen Dasein führte, einer widernatürlichen Abkehr von den Menschen. Er führte mir meinen eigenen doppelten Mangel vor. Meinen doppelten Hunger.

Keine Geschichte jedoch bot eine Erklärung für meinen Hader wider mich selbst. Etwas Entscheidendes fehlte. Ich hatte für die Sache keinen Namen, doch indem ich Stubbs diente und zusah, dämmerte mir, dass sein Leben, wie wunderlich auch immer, von Gewicht und Geltung war, meines hingegen nur ein Schatten. Lag der Grund darin, dass ich weder über eine Kunst verfügte noch die Skrupellosigkeit, eine solche zu erlangen und auszuüben.

Stubbs' Zeichnungen waren trotz des Dargestellten schön. Doch selbst wären sie hässlich gewesen, würde ich ihn um das Namenlose in seinem Innern beneidet haben, das ihn trieb, sie zu erschaffen. Das Licht, das durch ihn hindurch in seine Werke drang, war ein Licht, das ich verzweifelt in mir selbst zu entdecken wünschte. Ich beneidete ihn um seine Unabhängigkeit, den Beschluss, sein Leben zu ergreifen und nach Belieben mit ihm zu verfahren. Beneidete ihn um die Freiheit zu solcher Besessenheit.

Ich wollte sein Geheimnis ergründen. Wie konnte er sein Leben behandeln, als wäre es einer der Kadaver, durch die wir Eisenstangen trieben, an denen wir Haken befestigten, die wir am Seilzug hochhievten, damit er sie häuten, halbieren und aushöhlen könne und Schritt für Schritt alles festhalten, was sein unerschrockenes Auge sah. Gleichermaßen

Protocoll des Verschwindens wie Porträt des Vorhandenen, des greifbaren Fleisch und Blut und Gebeins am Haken, das unentwegt Neuem und Anderem wich.

Leben konnte man das kaum nennen, was Stubbs blieb, als er sich ausschließlich seiner Kunst weihte. Oder mannigfaltige Leben, ein jedes so flüchtig, dass er sie lassen, sich ihrer entledigen konnte, ohne oder doch fast ohne Ansehung der Lebensgepflogenheiten anderer. Stubbs als präzises Intrument – ein Metallstift, ein Zobelhaarpinsel – und sein Leben lediglich das Futteral zu dessen Aufbewahrung. Sein ganzes Bestreben lag darin, sich frei zu machen für die Erfüllung der Aufgabe, der das Instrument zugedacht war. Jedes Leben recht oder keines, gleichviel, solange das Instrument geschützt bliebe, solange es allezeit gezückt und benutzt werden konnte.

Von Stubbs lernte ich Unzufriedenheit. Lernte, was mir fehlte. Meine Geschichten über Stubbs waren mehr als bloße Reminiszenzen. Ich wollte sie warnen. Was die Zukunft betraf, unsere Aussichten auf ein gemeinsames Leben hier in dieser Neuen Welt. Wenn wir den Ozean überquerten, dachte ich, würden die Farben in mir frei. Ich wollte mich nie wieder mit weniger zufrieden geben, als sich Stubbs zugestand. Nicht nur das eine Leben, nicht schwarzer Mann und weiße Frau in einem von anderen errichteten Käfig, sondern was unentwegt Neuem und Anderem wich.

Als wir uns hier niedergelassen hatten, suchte ich eine Zeit lang nach dem Licht. Es sollte nicht sein. Ich verstummte. Als Bestimmung blieb mir einzig zuzusehen, wie das Licht in mir immer schwächer wurde, flackerte, verlosch. Eine Bestimmung, der ich so unerbittlich folgte, dass ich sie zu meiner Kunst erhob, diese schreckliche Leugnung des Lichts.

Die Neue Welt, uns Afrikanern ein Friedhof. Wir wurden hergebracht, um zu dienen und sterben. Dienen oder sterben.

Stubbs zeichnete, was Menschen für gewöhnlich nicht sehen. Seine Studien zergliederter Körper legen eine blutige Welt unter der Haut bloß. Blutig, aber wohl geordnet. Einmal freigelegt, ließ sie sich nicht leugnen. Er hat die Natur abgebildet, die Wahrheit in uns allen. Welche Kunst müsste ich erfinden, um die Lüge des Irrsinns bloßzulegen. Welches Vergleichsmaterial aufhängen und häuten. Wie viele Schichten von einem weißen Leib schälen, um den schwarzen zu befreien, wie viele von einem schwarzen, um den weißen freizulegen.

Natürlich ist das, was ich dir sage, schneller gesagt als erkannt. Jetzt erst, nach Jahren des Schweigens, begreife ich langsam, weshalb es mich nicht mehr drängte zu malen, zu sprechen. Weshalb ich das Leben führte, das ich führte. Wie der Irrsinn unser Bestes erstickt.

Was mich an Stubbs fesselte, was mich mit mir selbst hadern, an mir selbst zweifeln ließ, konnte nicht befriedet werden in einem Land, wo der Irrsinn herrscht. Der Irrsinn, der Menschen dazu treibt, mit Menschen zu handeln, ihresgleichen zu kaufen und verkaufen wie Holz oder Vieh. Wie konnte ich in einem Land Künstler sein, das sich an solchem Handel bereicherte. Wir flohen aus England und fanden hier nichts anderes. Mehr Weite, das wohl, mehr Schlupfwinkel, aber die gleiche, blutgetränkte, brüllende Luft. Wir waren schon bei der Landung gezwungen zu lügen. Gezwungen, in Quarantäne zu leben.

Da begriff ich allmählich, dass der Keim des Irrsinns auch der Keim von Stubbs' Kunst war. Seine Besessenheit Teil dessen, was den Irrsinn nährte.

In London hatte mich Stubbs einmal auf ein Spielzeug im Laden eines Augenheilkundlers aufmerksam gemacht. Es war ein kunstvoll mit Spiegeln und buntem Glas bestücktes Rohr. Man blickt durch ein Guckloch, dreht das Rohr und sieht bunte, immer neu verquickte Muster. Und nun stelle ich mir gern vor, ich betrachtete Stubbs durch ein solches Gerät. Stubbs mit seinem Freibrief und seinem Zwang, seiner Selbstsucht und Selbstvergessenkeit. Wenn ich weiterdrehe, habe ich plötzlich Stubbs den Älteren mit seiner Gerberei, seinem auf Leichen gegründeten Imperium im Blick. Wieder wenige Strich weiter, und aus Handel mit Tieren wird Handel mit Menschen.

Eine Welt ohne Stubbs' Werke wäre ärmer. Aber der Preis. Der schreckliche, aberwitzige Preis. Was suchte der Mann. Wie viel war er zu zerstören bereit, um das Gesuchte zu finden. Wie viel von dem, was am Menschen menschlich ist, war er bereit oder getrieben, außer Acht zu lassen, während er forschte, wonach er forschte. Als er Schicht um Schicht von toten Tieren zog.

Mein Leben und die Verschränkung mit anderen Leben hinter mir zu lassen, hat mir hier kein neues Leben eingebracht. In den Tod habe ich mich nicht verlieben können, die Liebe aber habe ich sterben lassen. Meine Liebste verloren. Hätten schöne Bilder das Leid gelindert.

Vorsichtig gießt er am Rande des aus einem Fass gefertigten Bottichs fast kochendes Wasser zu. Sie fröstelt, während die Hitze sich durch den Pfuhl um ihre Knöchel frisst. Kauert, setzt sich schließlich.

Heiß. Heiß.

Zu heiß.

Nein, genau richtig. Danke. Mehr brauche ich nicht. Lass mich jetzt.

Ihre Augen blitzen ihn von unten an. Sie hat seinen langen Reden zu Stubbs bisher wortlos gelauscht.

Wie konnte sich Stubbs Tag für Tag in einen Raum einsperren, die Nase wenige Zoll vom stinkenden Kadaver eines Kleppers. Wie hat die gute Frau den Gestank unter ihrem Dach ertragen. Wie konntest du ihm zur Hand gehen, ohne zu speien. Warum hast du das ekle Tier nicht gekappt.

Herrliche Zeichnungen, sagst du. Natur ohne Hüllen, sagst du. Die Wissenschaft der Anatomie vorangetrieben. Wozu.

Wo sind diese Zeichnungen. Wer sieht sie. Diese Doktoren, die der Natur ihre Geheimnisse entrissen, behandeln sie denn dich oder mich. Und wenn sie heute mit ihrer ganzen Wissenschaft an die Türe klopften, würde unser Leben davon besser. Würden sie wiederherstellen können, was entzweiging.

Ihre Fragen gab ich vor nicht zu hören. Beschuldigte sie, das Wesentliche zu verkennen. Ich habe diese ganzen Jahre gebraucht, ihre Fragen zu bedenken. Erst jetzt, da ich meine Stimme wieder finde, da ich mit dir spreche, bin ich imstande, das Gespräch wieder aufzunehmen, vor dem ich floh.

Nicht der Regen hatte ihnen Einhalt geboten; sie hatten innegehalten, um in den Regen zu sehen. Er lehnt unterm Scheunentor an einem Heubündel, die Beine lang ausgestreckt, Füße schlammbesudelt wie die blutigen Klauen einer Sumpfechse. Liam daneben, zusammengefaltet in der afrikanischen Hockstellung, die er bis ans Ende aller Zeiten einnehmen konnte.

Der Regen hatte am Vortag eingesetzt und die ganze Nacht angedauert. Ein sanfter, sättigender Mairegen, der erste in diesem angebrochenem Monat, Regen, der das Land mit Grün überzog, dieser besondere, anhaltende Frühjahrsregen, der jedes Jahr kam und die Wälder über Nacht in ein Meer von Grün verwandelte. Man sah das Grün schon im Regen. Ein lichter Schimmer fiel auf alles, was wuchs. Geblendet, bildete er sich ein, das Grün durch Blätter und Grashalme strömen zu hören.

Gegen Morgen war der Himmel heller geworden. Weiße Dunstschwaden verpuppten die Niederungen. Im Gras zwinkerten Diamanten. Tränen knospten an Zweigen und Sträuchern. Eine irreführende Aufhellung, ehe sich Wolken verdunkelten und erneut Regen fiel. Beim Arbeiten weniger Regen als schwitzende Luft, rass triefender Schweiß, der sie grün machte, während sie die Erde umgruben und hackten.

Ihn fröstelte. Sobald er stillstand, lastete das nasse Hemd auf der Haut. Eben noch war ihm der Niesel warm erschienen wie Pisse, jetzt wurde ihm kalt. Etwa drei Stunden seit Sonnenaufgang, und die Hitze nahm zu. Auch das spürte er. Sobald sie die Arbeit wieder aufnahmen, würde ihm das Frösteln fehlen, zartes Rieseln wie von eisigen Fingern, das ihn durchlief.

Was meinst du, alter Mann. Hört es heute noch auf.

Um Mittag. Regnet schon ebenso rauf, links und rechts wie runter. Kaum noch mit Fug und Recht Regen zu nennen. Den ganzen Nachmittag sengende Sonne, möchte ich wetten. Ein bisschen Backhitze, wenn der Teig schön feucht und verrührt ist.

Selbst wenn ich fürs Wetten was übrig hätte, würde ich keine Gegenwette wagen. Du kennst das Land zu gut.

Kennen. Was heißt kennen. Gewöhnt habe ich mich. Weiter nichts. Auch ich, Reverend Sir, musste mich, um zu überleben, mit seinen unersprießlichen Seiten vertraut machen. Kennen wäre mehr als bloß lange genug hier sein, um mit so mancher Tücke zu rechnen.

Und wenn ich im Grab faule, wenn ich Schlamm bin wie die Klumpen an deinen Fersen, werde ich dieses Land doch nicht kennen. Und ich rechne auch dann nicht darauf, in Frieden ruhen zu dürfen. Meine toten Knochen nicht willkommener als die lebenden.

Und dennoch seid ihr geblieben. Habt mit Erfolg diese Farm bewirtschaftet.

Ja. Ich bin alt. Ich sitze hier fest. Werde hier sterben. Aber kennen werde ich das Land nie. Seit zwanzig Jahren liege ich mit ihm in einem Bett, und doch kenne ich es nicht. Sieh dich um. Überall Leben. Fruchtbare Erde. Blühendes Leben. Heute Morgen riecht man die reichen Erträge. Das Land trinkt wie ein durstiges Tier. Hier könnte alles gedeihen. Außer meinem Samen. Ich habe gesehen, wie mein afrikanischer Samen hier verkümmert. Krumm und verkrüppelt aufgeht, wenn überhaupt. Stämme aus allen Teilen der Erde gedeihen hier, aber nicht meiner. Nicht so wie die anderen.

Also habe ich aufs Säen verzichtet, und nun ernte ich bittere Leere. An meiner Seite muss ein Fremder eines Alten Klagen ertragen, während ich in einer anderen, besseren Welt von kräftigen Söhnen umgeben wäre, wohlgereiften Töchtern, fruchtbar wie diese berstende Erde. Mir graut vor dieser Jahreszeit. Für mich ist der sanfte Regen ein Weinen.

Du hast Recht. Ich bin geblieben. Wo sollten wir auch hin. Und ja. Sie hätte mir Kinder gebären können. Prächtige Kinder, mein ich. Ich habe sie in meinen Träumen gesehen.

Das Beste von uns beiden in ihnen vereint. Und doch so viel stärker, viel tüchtiger und mutiger und lebensfreudiger. Aber ich wusste, meine Kinder würden nicht in der sicheren Welt meiner Träume aufwachsen. Allein der Gedanke, zusehen zu müssen, wie sie in dieser Kopf stehenden Welt, in der wir uns wieder finden, erdrückt würden. Ich könnte es nicht ertragen, sie die Notwendigkeit einer Lebenslüge lehren zu müssen. Der Lüge, der wir uns beugen müssen, wenn wir hier nach den Lügengesetzen anderer leben sollen.

Ich sollte mich schämen. Man höre sich das an. Klage einem Jungen mein Leid, der sich in finsterer Nacht herverirrt hat.

Nein. Nein, deshalb brauchst du dich nicht abzuwenden. Verstehe mich nicht falsch, du bist für mich kein Fremder geblieben. Du bist viel mehr. Du erduldest meine Klagen. Bis du kamst, ahnte ich nicht, wie sehr mir einer von meiner Art gefehlt hat. So viel noch zu erzählen. Zu lange schon zu bitteres Schweigen. Zu viel verloren. Ich konnte nicht mit dem Reden beginnen, mein Sohn, bis ich begriff, dass du bereit warst zu hören.

Ha. Da haben wir es. Das Eingeständnis in einem einzigen Wort. *Sohn.* Wunsch Vater des Gedankens. Du kennst die Geschichte. Hochbetagtes Paar, das die Hoffnung auf Nachkommen begraben hat, und da findet der Mann eines Tages ein Menschenkind im Wolfsbau oder Melonenbeet und trägt es heim.

Ich verdanke dir mein Leben.

Nicht mir. Sie hat dich gesäugt. Ich lehre dich bloß den Mond anzuheulen.

Ich bin nicht mehr der, den der Sturm hergeweht hat. Die Welt ist eine andere geworden. Und ich mit ihr ein anderer. Du hast mich die Gestalt dieser anderen Welt gelehrt.

Sie besitzt keine Gestalt. Bloß Gezeiten. Gierig strömt es herein, dann wieder heraus und reißt alles mit fort, was du errichtet hast, als Ruhe herrschte und du glaubtest, die Flut ließe dich in Frieden, kehrte nicht wieder.

Aber ihr seid da. Ihr besteht.

Wir verstecken uns.

Nein. Ihr seid stark. Ihr habt euch einen Platz errungen. Ihr habt Liebe. Einander. All das, was ich noch suche.

Lausche dem Regen. Hör gut hin, mein Freund. Die Stürme, die er birgt, die reißende Flut. Man hört sie deutlich in jedem leisen, trippelnden Schritt.

Birgt viele Geschichten, der Regen, bestimmt. Deine so, meine anders. Auch wenn du sagst, Regen erinnert dich an Tränen, ist es dennoch ein sanfter, Leben spendender Regen.

Einmal stand ich in Stubbs' Landhaus in Horkstow und habe in den Regen hinausgesehen. Am Fenster auf dem Absatz einer Stiege, über die ich ein Pferd hinaufgeschleppt hatte. Man sah auf wogendes Weideland hinaus, am Horizont eine Kette geduckter grauer Kuppen. Weiden grün wie diese hier heute Morgen. Und mittendrin einige gewaltige, regenschwarze Eichen.

Und während ich hinaussah, begannen die Bäume aufzusteigen. Geradewegs in den Himmel. Ganz langsam. Majestätisch. Verließen die grüne Erde. Wie der Mastenwald einer gewaltigen Galeere, die an unsichtbaren Tauen aus dem Meer gezogen wird. Ich traute meinen Augen lange genug, um zu glauben, was ich sah. Segelnde Bäume, die festen Boden hinter sich ließen. Bis mir der Regen einfiel. Und ich seine schrägen Strichfelder wieder sah. Mein Auge hatte Unbewegtes für Bewegtes gehalten. Die natürliche Ordnung der Dinge verkehrt. Abwärts zu aufwärts gemacht. Was verwurzelt war, sah ich frei. Was sich bewegte, sah ich reglos. Eine andere Welt hinter der eigentlichen. Eine Welt, die nicht sein konnte und doch ganz einfach in aller Pracht war, was sie nicht sein konnte. Mein Fehler kein Fehler. Wenn ich heute hinaussehe auf Bäume, weiß ich, dass es in ihrer Macht steht zu fliegen.

Weißt du um die Schwierigkeit, Regen zu malen. Wir sehen hindurch, und zugleich sehen wir Tropfen, Schauer und Schnüre. Da und nicht da. Wie die Jahre, die ich in diesem Land verbracht habe. Wimpernschlag, Ewigkeit. Da und nicht da.

Ich sehe mich in dir. Wie alles wieder von vorne beginnt. Ungeduldig aufs Ziel losstürmt. Keine Zeit. Allezeit. Regen so durchsichtig wie die Jahre. Nirgends, überall, mit dem Pinsel nicht festzuhalten.

Ich dachte, ich könnte dir die letzte Geburtsfabel ersparen. Mir selbst das schmerzliche Erzählen. Aber wie du schon sagtest, birgt der Regen viele Geschichten. Heute Morgen nun diese.

Ich befinde mich in einem Raum, der einer Höhle gleicht und von vielen flackernden Kerzen erhellt wird. Etliche Männer drängen sich mit mir in dieser engen, niederen, unterirdischen Kammer. Im zuckenden Dunkel werden Gesichter zu Teufelsfratzen. Stubbs steht gegenüber neben einem tief an der Wand befestigten Leuchter. Als er sich etwas weiter zum tuchverhüllten Tisch zwischen uns vorbeugt, wird seine Stirn zum geblähten Segel, zerfließen die übrigen Züge im Schatten des Barts. Bröckelnder Kopf einer aus antiken Ruinen gescharrten Statue.

Meine Herren, meine Herren. Wenn ich um Ihre Aufmerksamkeit bitten darf. Willkommen in meinem bescheidenen Etablissement. Wiewohl wenig ansprechend, so eignet es sich doch hervorragend für dieses Gewerbe. Sie alle sind gelehrte Herren. Ein jeder ein Meister auf seinem Gebiet. Und Sie alle werden zweifellos Ihre Verwendung haben für das Präparat, das ich Ihnen heute Abend anbieten darf. Ich versichere Ihnen, dass das, was Sie sogleich bestaunen dürfen, Ihre Erwartungen weit übertreffen wird. Und deshalb, meine Herren, wollen wir ohne Umschweife zur Sache schreiten.

Sie sind ein Lump, Krebs.

Etablissement sagen Sie, Krebs. Dieses Verlies, dieses Schlachthaus nennen Sie Etablissement.

Bitte, meine Herren. Ihr ergebener Diener. Ich selbst erhebe keinerlei Anspruch auf vornehme Herkunft noch Gelehrsamkeit, keinen der Vorzüge, welche die anwesenden Herren in so überreichem Maß auszeichnen. Ich muss leben. Bitte, meine hohen Herren. Nicht so gestrenge. Ich weiß wohl, dass diese illustre Runde sich nicht um meiner werten Gesellschaft willen hier eingefunden hat. Und doch verbinden uns gemeinsame Interessen, nicht wahr. Sonst wären Sie kaum erschienen, um für die offerierte Partie ein Gebot abzugeben.

Mit Krebs hatten wir nicht das erste Mal zu tun. Einem der ruchlosesten und erfolgreichsten Wiedererwecker. Der Modergeruch des Grabes umwehte seinen schlecht sitzenden Frack. Zugleich gab er sich Allüren wie ein Stutzer. Katzbuckelnd, schmeichelnd, äffte er Manieren und Rede der vornehmen Kreise nach, und das mit unverhohlener Verachtung. Er traktierte die im Keller Versammelten in einem Tonfall, der Schmeichel- und Spottbild in sich vereinigte.

Da sehen Sie. Sehen Sie.

Mit theatralischer Geste schlug dieser pockennasige, schmalschultrige Grabräuber das Leichentuch zurück.

Unüberhörbar ging beim Anblick des nun Dargebotenen ein Raunen durch die Reihen. Denn dort, auf einer langen, hochbeinigen Bank, lag der dunkle, nackte Leichnam einer Frau. Einer schwangeren Afrikanerin mit geschwollenem Leib.

Ein Prachtexemplar, da werden Sie mir zustimmen. Bemerken Sie nur das Ebenmaß der Glieder. Die makellose Haut. Ein Meisterwerk, meine Herren. Eva. Schöne Helena. Sinnbild weiblicher Vollkommenheit, aus Ebenholz geschnitzt.

Ja. Ja. Erstaunlich lebenswahr, und doch anderthalb Tage verschieden. Wünschten Sie nicht auch, Sie könnten diesem herrlichen Geschöpf neues Leben einhauchen. Vielleicht besitzt ja einer von Ihnen diese Macht, meine Herren. Vielleicht ist das Prachtweib nicht tot, sondern lediglich Opfer von Hexerei. Und wartet nur auf das eine Wort, die eine Berührung, den Kuss, der sie zu wecken vermöchte. Vielleicht kennt einer der anwesenden gelehrten Herren das Geheimnis, wie der Lebensfunke bei diesem Weibe neu entfacht werden kann.

Und beneiden nicht auch Sie den Burschen, der ihr eins zugesteckt hat. Beachten Sie, wie die Wölbung des Leibs sanft zur gelockten Liebesgrotte hin abfällt. In wenigen Monaten würde seine Unförmigkeit ihrer Schönheit abträglich gewesen sein, doch so, gebannt, steigert die Rundung die Wirkung. Eine prallreife Frucht.

Erstehen Sie die eine, meine Herren, und Sie erwerben zweie. Das herrliche Weib, das Sie hier sehen, und den unsichtbaren Schatz unter ihrem Herzen. Eine Occasion, ein besonderer Genuss, ganz nach Belieben auszukosten. Ob Sie zeichnen oder zergliedern, ob Sie Gelehrter sind oder neugieriger Zeitgenosse, der den Geheimnissen der Natur nachspürt. In den ganzen langen Jahren in diesem Gewerbe habe ich nie zuvor das Vergnügen gehabt, einen so einzigartigen Cadavere offerieren zu können. Dessen Vorzüge offenkundig sind. Sodass ich nicht weitere kostbare Zeit damit verschwenden muss, Ihnen, meine Herren, die Sie Kenner der Materie sind, darzutun, wie einmalig und wertvoll dieser Fund ist.

Sie sind meine vorzüglichsten Kunden. Ihnen allen fühle ich mich in Dankbarkeit und Treue verbunden. Dieses Wunder nur einem von Ihnen anzubieten, hieße, alle übrigen berauben. Lasse Gerechtigkeit walten, habe ich also bei mir gesagt. Mögen die Herren selbst entscheiden, wer sie haben soll. Und so habe ich Sie, werte Freunde, im Namen der Gerechtigkeit alle hergebeten, anstatt wie es meiner sonstigen Gepflogenheit entspricht, mit Ihnen gesondert zu verhandeln. Der Höchstbietende erhält den Zuschlag.

Stubbs weicht schaudernd vor dem Tisch zurück. Vor der schamlosen Widerwärtigkeit des Mannes. Er verabscheut ihn. Verabscheut das Feilschen, ich weiß es. Und doch kenne ich Stubbs gut genug, um jede Wette eingehen zu können, dass er die Augen nicht vom Tisch wenden kann. Er wird im Schatten lungern, gewiss. Wird Auktionator und Versteigerung verabscheuungswürdig finden, gewiss. Aber bieten wird er doch. Die Beute unwiderstehlich. Seine Einbildungskraft längst erhitzt, von den endlosen Möglichkeiten träumend, welche die afrikanische Frau und das Ungeborene seiner Kunst eröffnen.

Unruhe und Geraune unter den Anwesenden. Schmähungen werden Krebs entgegengeschleudert. Einige Herren drängen sich, weniger schüchtern als ihre Kollegen, um den Tisch. Begutachten, berühren. Beraten sich, seufzen, lachen zu laut, es fallen derbe Scherze.

Anderes Schmerzempfinden. Schmerz wohl. Wie alle zu Sinnesempfindungen fähigen Geschöpfe Schmerz fühlen. Aber doch anders als wir, Stubbs. Wären es dieselben Schmerzen, wären wir Ungeheuer, oder nicht. Und wir sind doch kein Volk von Ungeheuern.

Sehen Sie nur. Das grobe Haar, die wulstigen Lippen. Schon diese Verschiedenheit belegt das andersartige Empfinden. Ich wurde einmal zu einer Negerhure gerufen. Unter englischen Frauenspersonen gäbe es keine, die stillhalten und über sich ergehen lassen könnte, was sie über sich ergehen ließ.

Eine durch ihr Gewerbe bedingte Abhärtung, Sir. Bedenken Sie, wie viele Herren sich schon vor Ihnen eine Gefügigkeit gesichert haben mögen. Gewohnheit, Sir.

Verzeihung, da bin ich anderer Meinung. Eine Stumpfheit. Ein Unterschied. Bei ihnen wimmern und winden sich die Kreißenden nicht wie üblicherweise die englischen Weiber. Die eine oder andere vielleicht, durch den ständigen Umgang mit ihren Herrschaften verdorben. Sonst aber gleichen sie eher den indianischen Wilden Nordamerikas, die sich, wie ich hörte, zum Werfen ihrer Jungen in die Wildnis zurückziehen. Keine Tränen. Kein Händeringen und Himmel anflehen.

Mit Verlaub, Sir, Sie irren. Vollkommen. Vollkommen. Ich habe etliche zergliedert, habe ein ums andere Organ entnommen. Es gibt keinerlei Unterschied unter der Haut.

Aber wie können Sie leugnen, was Ihnen Ihre Augen vermelden. Die dunkle Falte. Die Schwere des Gesäßes. Bei den Hottentotten lagern die Frauen dort Nahrung wie die Kamele Wasser. Ziehen wochenlang durch die Steppe, ohne zu essen. Und hier. So lose. Ein hängendes Vordach, auf dass das Junge mühelos hervorgleite, ohne Schmerzen.

Dieses eine Exemplar beweist gar nichts. Wäre der einzige Ire, den ein Hottentotte zu Gesicht bekäme, ein rothaariger Hüne, ginge der Kaffir deshalb etwa recht in der Annahme, dass alle Iren groß gewachsen seien und fuchsig.

Ich wich vor den Stimmen zurück, bis ich Spinnweben am Kopf spürte, kaltes Gemäuer im Rücken. Wünschte mir, Stein werden zu können. Wünschte, auf der Bank ihren Platz einnehmen zu können. Ihr meinen warmen Leib, mein Blut lassen.

Mir schlotterten die Knie. Ich presste die Hände gegen die Mauer. Suchte Halt an den Steinen. Brauchte Schroffes, das mir in die Haut schnitt. Die Afrikanerin auf dem Tisch war mir Schwester, Mutter, Tochter. Ich schlummerte in ihrem dunklen Schoß. Ich hielt ihr Herz mit beiden Händen umklammert, und es war das Herz der Welt, hart, kalt wie Eis. Sie war mir entwendet worden, und nun sollte ich sie abermals verlieren. Messer würden sie aufschlitzen, sie in Stücke hacken. Sie würden mich wieder in der dunklen Höhle ihres Leibs kauern sehen, tot und lebendig, lebendig und tot. Ich wünschte mir den feuerbrünstigen Atem eines Drachens, dass Flammen aus meinem Rachen schlagen und diese schreckliche Gruft verschlingen möchten, in dem der Auktionator jetzt zu seinem obszönen Singsang anhob.

Auch an jenem Oktobermorgen war Liam als Erster auf den Beinen. Oktobertage neigen keiner Jahreszeit eindeutig zu, können innerhalb von vierundzwanzig Stunden alle vier durcheilen. Sommersonne und Herbstfrost. Ein Hauch Winter vor Sonnenaufgang und zur Abenddämmerung oder beim Übergang aus scharfem Sonnenlicht in tiefsten Schatten. Im böigen Wind aus Westen winterliche Vorboten. Frühling in den bunten, drangvollen Vorbereitungen alles Wachsenden auf seine Verwandlung. Letztes Auflodern sterbender Blätter. Das Trompeten der Wildgänse, ein Getöse, das ihren geordneten Rückzug am Himmel Lügen straft.

Liam erhebt sich stets als Erster. Wie ein Geist huscht er umher und schafft Ordnung. Ich habe gelernt zu warten, bis er aufbricht, dann darf ich meine Hände an seinem Feuer wärmen, den Tee genießen, den er aufgebrüht, die Arbeiten verrichten, die er mir zugedacht, die Werkzeuge ergreifen, die er bereitgelegt, ihm an die Arbeitsstätte folgen, die er für diesen Tag ausgewählt hat.

Und sie rührt sich ihrerseits nicht, bis ich die Hütte verlasse. Ich glaube kaum, dass sie noch schläft, wenn ich herumtappe. Ich höre geradezu, wie sie horcht, horcht. Doch solange wir in unseren Betten liegen, können wir nicht wissen, ob wir wirklich leben, wir brauchen zur Vergewisserung Liams Geräusche.

An jenem Morgen war ich im Begriff, zu den Feldern aufzubrechen, als sie rief. Ich schrak zusammen. Zu dieser dämmrigen Stunde, weder ganz Nacht noch ganz Morgen, war ich Stille gewohnt. Zwar hatte sie längst Einzug in meine Gedanken gehalten, als ich die Stimme vernahm. Jeden Morgen lausche ich ihrem Lauschen. Bringe mir die Gestalt, die Beschaffenheit ihres Lauschens bei und die Art, wie es die Stille verändert. Ich frage mich, was sie zuallererst denkt. Fallen jede Nacht die Jahre von ihr ab. Wird sie wieder Kind und rollt sich um ihr dunkles Innerstes zusammen. Wie viele Frauen in ihrem Bett. Als welche wird sie die Augen aufschlagen.

Ob sie sich jemals fragt, was ich gerade denke. Hört sie mich ihrem Lauschen lauschen. Hört meine stumme Zwiesprache mit Liam. Fragen über Fragen in der morgendlichen Stille. Fragen zu diesen beiden, Mann und Frau, die mich bei sich aufgenommen hatten. Mich auf ihre sonderliche Weise zum Freunde erkoren. Beide sprachen mit mir, erzählten mir von ihrem Leben, aber würde ich jemals wirklich mehr sein als ein Fremder auf der Durchreise.

Komm her zu mir ans Bett, bitte, und bring die Salbe …

Wochen zuvor war ich damit beschäftigt gewesen, hinter der Hütte Unkraut zu hacken, als sie Liam auf einen Baumstumpf setzte und ihm mit der scharfen, nach Moschuskorn riechenden Salbe den Rücken einrieb. Mit den Fingern der einen Hand hatte sie eine kleine Menge abgeschöpft, den Topf zugepfropft, beiseite gesetzt, sich die Hände gerieben, bis beide Handflächen glänzten, und das Mittel dann mit langen, kräftigen Bewegungen verteilt, als wäre sie in ein Bad eingetaucht.

Am Schluss hatte sie die Ärmel ihrer Hausschürze hochgeschoben und die Finger an ihren entblößten Unterarmen abgewischt. An jenem warmen Frühjahrstag hatte sie während der Behandlung einmal kurz zu mir hochgeblickt. Vielleicht war ihr der Gedanken durch den Kopf gehuscht, mich ebenfalls auf dem Baumstumpf Platz nehmen zu heißen. Wenn ja, so wurde daraus nichts. Ich hackte und rechte weiter, sie knetete Liam den muskulösen Rücken, die Schultern, den Nacken.

Die Salbe zum Einreiben vom Küchenbord.

Guten Morgen, Madam. Gott segne Euch an diesem wunderschönen Morgen.

Ihre Augen blicken ihm aus dem Bett entgegen. Seit Stunden schon wach, sagen die Augen. Wir schlafen nie, sagen sie. Sie sagen, dass sie alles über ihn wissen, von der Geburt bis zum Tode.

Ah, du hast sie. Danke und einen guten Morgen.

Darf ich Euch einen Tee bringen, ehe ich aufbreche.

Nein. Ich möchte, dass du bleibst. Ich brauche an diesem Morgen deinen Segen, Kinderprediger. Ein Gebet für den wehen Rücken eines alten Weibes. Hier, bete und tauche die Finger in den Topf. Bete und lege die Hände gegen die Pein auf, die mir heute Morgen noch älter und nachtragender erscheint, als ich selbst es bin.

Verteile die Salbe in den Händen. Nicht viel. Sie ist stark. Und dann reibe sie ein. Nicht zu sanft. Beginne im Nacken. Lege dein ganzes Gewicht hinein. Alte Schmerzen. Alte Knochen. Alte Sünden tief unter der Haut, sie bedürfen zur Linderung schon eines nachdrücklichen Gebets.

Verzeihung Madam, aber ich werde erwartet. Auf der Südweide. Wir wollen heuen.

Liam wird nicht warten. Er wird ohne dich anfangen, und wenn er erst angefangen hat, wird er dich kaum entbehren. Heute Morgen behalte ich deine Hände einige Zeit für mich. Dann mag er dich für den Rest des Tages antreiben.

Sie setzt sich im Bett auf. Kurz entschlossen streift sie das Hemd über den Kopf, schleudert es von sich. Blasses Aufblitzen dickwarziger Brüste. Ihre Hüften wenden sich unter der Decke, sie wirft sich herum auf den Bauch. Schiebt das Deckbett bis unter die Taille hinab, dann greift sie mit dünnen Armen hinauf, packt ihr Haar und teilt es. Je eine Garbe wird links und rechts von den Schultern gehoben, fällt neben den bloßen Nacken.

Du siehst, welch armseligen Lehm es zu kneten gilt. Bete nur fleißig, dann darfst du gehen.

Warum wiederholt er immer noch Ausreden, sagt sich nein, wo doch seine Finger bereits den Propfen aus dem irdenen Topf ziehen, wo er doch die freie Hand schon für das hinhält, was die Finger entnehmen. Aus dem Topf steigt ein

Geruch, streng könnte man sagen, viele Gerüche in einem, die er eher angenehm denn unangenehm findet, als er sich, statt zurückzuschrecken, gestattet, sie einzuatmen, sie zu suchen. Er bestreicht seine Finger, hebt sie an die Nase. Erde riecht er und Bratfett, Honig, nasse Nadelpolster im Kiefernwald, Salbei, schwarze, faulige, zuunterst im Haufen wieder zu Erde werdende Blätter, Minze, blaue Ärmel, faule Äpfel, die Gerüche dieser Frau, die sich in den Höhlungen und Mulden ihres Körpers sammeln, während sie schläft, den die ganze Nacht unter der Bettdecke erhaltenen warmen Brotduft ihrer Haut.

Weißer Saum oben am Nacken unter dem geteilten Haar erschüttert ihn. Wäre nicht dieser noch weißere, nacktere Streifen am Schädel gewesen, aus dem dunkel die Haarwurzeln sprießen, hätte er den Rücken als nackten Rücken einer weißen Frau betrachtet. Er mochte den Saum nicht berühren. Setzte die Daumen darunter, ließ seine Finger kreisend an der Halssäule hinabwandern. Berührte, drückte. Knetete sanft.

Zu zaghaft, Kinderprediger. Lege dein Gewicht hinein. Ja. Mehr Gewicht. Schon besser.

Da hatte er sie endlich in Händen. Liams weiße Frau mit dem feuerroten Haar. Ihre Haut weiß, seine schwarz. Verkleidungen. So zur Gewohnheit geworden, dass niemand darin mehr die Verkleidung erkennt. Maskerade. Kostümiert zählt nichts von dem, was sie einander tun. Schwarz oder weiß. Beides gleich unwirklich. Weiß und schwarz. Böse Traumgesichte von Macht. Kann er diese weiße Frau unter seinen Händen erdrücken, ohne Tränen, ohne Blut. Sagt denn irgendjemand die Wahrheit.

Zählt denn nur das, womit man ungestraft davonkommt. Weiß oder schwarz. Stehlen, lügen, verstellen.

Sie hält still. Er betrachtet sie. Nein, nicht der Rücken einer weißen Frau. Weiß war die Farblosigkeit ihres bloßgelegten Schädels, des Saumes, der nie die Sonne gesehen hat. Im Vergleich zu ihrer blassen Haut sind seine Finger dunkler, ein Dunkel, das so wenig schwarz ist wie ihre Haut weiß. Wer hat den Unterschied schwarzweiß genannt. Sie ist keine weiße Frau. Die Haut überall verschieden gefärbt und genarbt. Die Schultern mit Blütensprossen berieselt. Im frühen Morgenlicht milde Töne, zartes Rot, Gold und Blau. Erinnern an das perlmuttschimmernde Innere eines Talismans, den eine alte Sklavin ihm einmal hingehalten hat. Sie trug die Muschel mit der Stimme des Meeres an einem Band um den Hals. Mehrkammrig und gedrechselt wie ein Ohr, das Innere teils außen, auf den ersten Blick eine rosige Wunde, doch bei genauerem Hinsehen wie die Haut dieser Frau, Muschel, eine Flut vieler verwaschener Farben, wirbelnder, verlaufender Nuancen ohne Namen.

Nicht träumen, Kinderprediger. Predigen sollst du. Diese alten Knochen brauchen heute Morgen eine flammende Rede.

Ihr Fleisch ist erstaunlich fest. Muskelfleisch, das Widerstand bietet. Erinnert an Liams sehnigen Körper. Hier gibt es in der Hülle einer Haut, die nicht ganz schnell genug schrumpfen konnte, um noch zu passen, die kleinere, kompaktere Frau zu entdecken.

Indem er ihren Rücken einreibt, schält er sich durch Schichten. Das Frauenhemd liegt weit hinter ihm. Die Nacktheit. Die Weiße. Die feine Muschelschnitzerei der Jahre auf der Haut. Ob seine Finger zu dem vordringen, was Liam so gern malen möchte, was er selbst eines Tages zu predigen hofft.

Hat er schon ihre letzte Schicht erreicht. Wird er darunter auf den Kern stoßen. Weshalb erregt ihn die Frage. Soll er es wagen, weiterzugehen. Sie zu verlieren.

Wenn er noch tiefer dränge, würde er sie dann verändern, und sich selbst. Würde sie es zulassen. Schwarz und weiß fort. Was käme dann. Er stellt sich vor, wie es wäre, sie mit Liams Augen zu sehen. Schon eine leise Ahnung, wohin das führen könnte, nicht einmal wirkliche Vorstellung, droht seine Konturen zu verwischen, gefährdet die Umrisse der Gestalt, die ihm vor Augen steht, wenn er den eigenen Namen ausspricht, wenn er *ich* sagt.

Er sieht Liam in dem ihm eigenen steten, unablässigen Takt daran arbeiten, aus diesem Haar, dem Fleisch, den Knochen eine Frau zu erschaffen. Liams Zutun in dem, was da ist, und dem, was fehlt, den Fenstern ihrer grünen Augen, den Spalten und Furchen und Mulden an ihr, die Veranden sind, Türen, Treppen, Räume, eine von Bäumen umstandene Lichtung, die zerfurchte Erde, in der ihr Fundament versinkt, die Zäune, der Garten, die Weiden, alles aus der Sicht eines heimkehrenden Liam, der ausgelaugt von der Feldarbeit naht, die Sonne im Rücken westlich rot sinkend, seine Müdigkeit, sein Verlangen wie Flickenteppiche, die er auf ihre blanken Dielen werfen wird, alles, was sie gehört und vergessen hat, die Geister, die durch ihre Behausung gleiten, die Liam gezimmert hat, für die er das rohe Holz gespalten, einen Standort gewählt, in die er die kostbaren Nägel geschlagen, die er mit groben Schindeln aus Zedernholz gedeckt hat.

Wenn er auf sie hinabblickt und sie als Ort sieht, wo Liams Mühen von den ihren nicht mehr zu trennen sind, sondern zu dieser Behausung werden, diesem Körper, in dem zwei Menschen leben und langsam sterben, dann bleibt darin für ihn keine Zuflucht, und er schämt sich seiner Übertretung, windet sich ob der Anmaßung, sie mit Liams Augen zu betrachten. Nein, nein, sagt er. Ob sie es hört. Ob er den Gedanken, solange keiner ihn hört, verscheuchen kann. Als hätte es keinen Gedanken gegeben. Keine Geschichte.

Ganz an Liams Blick verloren, verliert er jetzt sie. Verliert die Landkarte von ihr, die er ausbreitet. Ist sie wieder weiß. Warum kann er die Karte, die ihm verraten hat, wo er ist, nicht wieder behutsam entlang der brüchigen Falze zusammenfalten und sie dorthin zurücklegen, wo er sie gefunden hat.

Ist sie eingeschlafen. Er sitzt neben ihr, sein Schatten, eine Hand auf dem Bett, während die andere das Kreuzbein reibt und drückt. Er entsinnt sich eines Feuers, einer alten Frau, die sich davor entkleidete. Gesäßbacken, die traurig zu den Oberschenkeln hin welkten. Einer Frau, die beim Durchqueren des Raums die Jahre abwarf, um als junges Ding in den Badezuber zu steigen. Wenn er jetzt das Deckbett von ihren Hüften schlüge, welche Frau sähe er. Er drückt und knetet und fährt die Knochenhöcker mit den Fingern nach, glaubt, er sähe sie beide, das Rätsel der zwei, zwei und noch mehr in diesem Monat, dessen Tage alle Jahreszeiten vereinen, an diesem frühen Morgen, der ebenso still ist wie jener andere, an den er zurückdenkt, ein Morgen, zu dem sie beide zurückkehren, Fremde, Liebende, während er hinter sich greift, um den nackten Fuß zu berühren, der sich unter den Decken hervorgestohlen hat.

Ich sah hoch, über mir schwarzer, schwarzer Nachthimmel, Sterne so groß und so nah, dass ich wusste, das konnte nur das Afrika aus Liams Geschichten sein. Ich war der Junge, der er gewesen war, bevor er für immer fortgerissen wurde. In seiner Heimat Afrika verschwände England wie in der hohlen Hand, schrumpfte selbst die unendliche Weite dieser rauen neuen Welt, in die Liam mit seinen Träumen geflohen war, seiner weißen Frau mit dem Flammenhaar. Jeder Stern ein wirbelnder Ton, Musik, Trommelschlag, fast nahe genug, ihn zu hören.

Dort im Feld, flach auf dem Rücken, hieß ich meinen Körper steigen. Ich wusste, er konnte es. Ich betete, er täte es. Mein Körper stahl sich zuweilen davon. Eine Schwindelei, eine List des Verstandes. Die Macht des Geistes, sich abzulösen, körperlos voll Neugier aufzusteigen und auf leibhaftiges Fleisch und Bein hinabzublicken.

Während ich darum betete, dass mein Körper aufsteigen möge, befiel mich tiefe Einsamkeit. Eines Tages würde mein Körper mich zurücklassen, als Geist müsste ich, entwurzelt, auf immer umherirren, sofern mein Körper nicht wiederkehrte. Unter dem afrikanischen Himmel richtete ich alles Wollen und Trachten darauf aufzusteigen, der Kraft entgegen, die sich aus den Sternen ringelte und wand, den Kreisen in Kreisen in Kreisen, die fast bis zu mir reichten, fast hörbar waren. Wenn mich mein Körper nur um ein Geringes höher trüge, könnte ich das Lied hören, darin aufgehen, in den Sternen, im endlosen Schwarz über mir.

Während ich noch da lag und mich verwunderte, dass mein Körper nicht zu diesem schlichten Kunststück willens war, das er viele Male mühelos vollbracht hatte, mich wunderte, dass es so viele Dinge auf der Welt und jenseits der Welt gab und ich davon nur eines und niemals ein anderes, einzig und allein das, was ich war, während ich mich sehnsuchtsvoll fragte, welcher Ton zu welchem Stern gehörte, mich fragte, ob sie einen wohltönenden Zusammenklang erzeugten oder ob ein jeder von ihnen am schwarzen Nachthimmel so einsam und für sich allein sang wie die vielen Dinge auf dieser Erde es bis zu jenem Tage müssten, an dem das zerbrochene Reich wieder aufgerichtet wird, fiel mir der Traum ein. Der Traum, den sie mir in jener Nacht zuraunte, in der sie kam. In der sie mich liebte. Alte Frau, junge, schwarze, weiße. Kahlköpfige, feuerhaarige. Der Traum von der jungen Afrikanerin, die ihr Volk beschwor, sein Vieh zu schlachten.

Sie war die Tochter eines Priesters. Vielleicht war ihre Mutter eine der vielen Frauen des Zauberervaters gewesen, den Liam in Afrika zurücklassen musste. Im Traum weint sie. *Ach, Kind. Kind* – endloser Kehrreim, begleitet von Schluchzen. Ich glaube zunächst, sie trauere um ein verlorenes Kind, bis ich ihrem Blick begegne, und da weiß ich: dieses Kind bin ich.

Sie nennt ihren Namen, und er buchstabiert sich vor mir in der Luft, baumelt dort wie ein schief hängendes Ladenschild. *Nongqawuse*. Sie ist diese Buchstaben, die Buchstaben werden sie sein, fortan.

Dann singt sie mich in ihren Traum:

Wir lebten am Meer, aber wir liebten es nicht, und es liebte uns nicht. Wir schwammen nicht im feindseligen Salzwasser. Schuppige, schlüpfrige Meerwesen zu essen war undenkbar. Wir waren ein Volk von Viehhirten. Das Vieh war das Volk, das Volk war das Vieh. Wir tranken die Milch und das Blut unserer Tiere, wir benannten sie mit ebenso viel Bedacht, ebenso viel Hoffnung wie unsere Kinder. Sie waren das Geschenk des Gottes der Herden an uns, sein Segen sicherte uns Vergangenheit und Zukunft.

Am Rande des ewig rastlosen Meeres in tiefen, schwarzen Tümpeln voll süßen Wassers, wo sich nichts regt als das

Schilf, das sich im Wind wiegt, begann einst die Zeit. Die Tümpel, so erzählen es die Alten, sind die schwarzen Schlünde, in die sich die Flüsse ergießen, die von den Bergen herabstürzen. Die Tümpel sind bodenlos, das klare Bergwasser rinnt in den Leib des Gottes, er ist unersättlich. Nährt seine Unendlichkeit, die sich unter dem Land erstreckt. Goldene Sande und grün wogende Ebenen, die reifen Hänge, die blauen Berge, die am Mond ritzen, sie alle ruhen auf ihm. Wenn er rülpst, poltert Donner, wenn er blinzelt, dann blitzt es. Seine Pisse ist Leben spendender Regen, der die Flüsse schwellen lässt, die in den dunklen Mündern der Tümpel verschwinden.

Obwohl wir sein Brüllen fürchteten, sein wildes Gebaren, bot uns das Meer doch auch Schutz. Bis zu jenem Tag, an dem es die Weißen zu uns hertrug.

Wir hießen sie willkommen. Wir ahnten nicht, dass sie gekommen waren, uns zu töten und das Land zu nehmen. Als wir von ihren üblen Plänen erfuhren, bekämpften wir sie, aber ihre Götter waren stärker. Die Weißen vertrieben uns von unserem Land, stahlen unser Vieh, brachten großes Leid und Elend über die Stämme. Eine schreckliche Krankheit wütete in weiten Landstrecken, minderte die Herden. Wir, die wir einst übers Land geherrscht hatten, wurden zu hungerleidenden Bettlern. Unsere Stammesfürsten konnten uns nicht führen, unsere Krieger nicht kämpfen, Frauen verließen ihre Kinder, unsere Jünglinge begannen, fremden Göttern zu dienen. Wir hofften auf die bleichen Wesen, die übers Wasser gekommen waren, auf dass sie uns von dem Leid, das sie uns zugefügt, erlösten.

An einem jener traurigen Tage im Schatten des Todes, Trauer von einer Tiefe, die tiefer ist als Trauer, Trauer, für die wir kein Wort kannten, badete ich mit meiner Schwester in einem Tümpel am Rande des Landes, einem der schwarzen Tümpel, er lag tief und still wie Palmwein in der felsigen Kalebasse, die ihn vorm Meer schützte. Hungergeschwächt hatten wir uns durch Dornenbusch an diesen Zufluchtsort geschleppt, in der Hoffnung, die heiligen Wasser möchten uns Linderung bringen, Erlösung.

Das Meeresbrüllen machte es Fremden möglich, sich zu nähern. Wir hörten sie erst, als hinter uns einer sprach. Meine Schwester hetzte davon wie eine getroffene Antilope. Aus dem Wasser hochspritzend, floh sie hinkend und um Hilfe schreiend ins Dorf.

Ich konnte mich nicht rühren. Ich konnte nicht hochsehen zu den Fremden. Ich starrte ins dunkle Wasser, sah, wie es sich glättete, wieder um meine Knie schloss, mir das Ebenbild eines verschreckten jungen Mädchens darbot, unfähig, sich zu bewegen oder zu sprechen.

Höre, Tochter, und fürchte dich nicht, sagte eine Stimme. Wir sind die Brüder deines Vaters. Du hast unsere Namen gewiss schon gehört.

Er nannte die Namen, und ich kannte sie wohl, und seine Stimme war gütig, aber noch immer wagte ich nicht, die Augen zu heben und ihm ins Gesicht zu sehen.

Höre mit allen Ohren, Kind. Du musst unserem Volk meine Botschaft überbringen. Sage ihm, die Krankheit, die seine Rinder hinrafft, ist der Fluch des Gottes, der alle die trifft, die vergessen, ihn zu ehren. Sage ihm, dass wir zur alten Lebensweise zurückkehren müssen. Dem rituellen Pfad der Ahnen folgen. Doch zuvor muss das Volk sein Vieh töten.

Verkünde meine Botschaft allen Stammesverbänden, Tochter. Sie sollen gut auf meine Worte hören. Diese schlechte Welt geht zugrunde. Es kommt eine neue. Die Weißen werden vertrieben werden. Die Ahnen werden zurückkehren und erneut auf der Erde wandeln, sie werden gewaltige Viehherden mitführen und die Kraals wieder füllen.

Doch nur für die, die alles Vieh töten, wird in dieser neuen Welt Platz sein. Will das Volk nach der Rückkehr der Ahnen auf immer in Frieden leben, muss es jetzt sein Vieh schlachten.

Höre, Kind. Trage deinem Volk auf, sein Vieh zu töten. Darin liegt beim Untergang dieser schlechten Welt seine einzige Rettung.

Es wollte mir niemand glauben. Die Männer unseres Dorfes kamen mit meiner Schwester zum Tümpel geeilt und trafen dort niemanden sonst an als mich. Fanden nur das stumme, schwarze Wasser, die Stille der endlosen Zeit am Beginn aller Zeit.

Sie drohten uns Schläge an. Schimpften uns Lügnerinnen. Törichte Mädchen. Nur wenige erkannten in der Weissagung die Wahrheit, die meisten jedoch höhnten. Das Vieh ist das Volk. Das Volk ist das Vieh, sagten die Ältesten. Das Vieh töten, sagten sie, hieße uns selbst töten. Welcher böse Geist hat diesem Kind diese schreckliche Falschheit eingegeben.

Doch überall regierte der Tod. Kriege, Hunger und Krankheit machten die Überlebenden benommen und mutlos. In den Dörfern begann man der Weissagung zu glauben. Sie fraß sich wie ein Steppenbrand durchs trockene Veld.

Obwohl die Prophezeiung bessere Zeiten verhieß, lauerte in den Worten auch eine schreckliche Zukunft. Sie waren wie ein Maul, das das Volk verschlang. Als wir unsere Herden abschlachteten, stürzten wir unsere Kinder ins Verderben.

Wir waren getäuscht worden. Es war nicht der Schatten des Bruders meines Vaters, der an jenem Tag am Tümpel durch mich sprach. Es war der Geist der Verzweiflung, die sich unserer Herzen bemächtigt hatte, als die Weißen in unserem Land erstarkten, in den langen Jahren der Kämpfe, der Plagen und des Hasses. Ein Geist, der uns die Lügen der Eroberer einflüsterte. Der uns verleitete, das Werk der Feinde zu vollenden. Uns anleitete, unser Vieh zu vernichten, uns selbst.

Wehe, sagte sie. Wehe. Wehe. Hütet euch, eure Rinder zu schlachten. Sprecht nicht mit der Zunge des Feindes. Lasst euch nicht in den Traum des Feindes wiegen.

In ihren Augen stehen Tränen. Ihre Trauer ist die meine. Ich weine mit ihr. Habe Angst, dass sie fort sein wird, wenn ich erwache. Habe Angst, nicht zu erwachen, sondern vor Trauer zu zerfließen.

Sie sieht mich zittern. Ihre Arme umfangen mich. Fürchte dich nicht, sagt sie. Sie versichert, sie sei nur ein Geist im Traum, einem Traum wie dem der Prophezeiung, die sie ihrem Volk überbrachte, einem Traum wie dem des neuen Beginns, den die falsche Prophezeiung verhieß, des Tages, an dem die Weißen aus dem Land gefegt, die toten Ahnen zurückkehren, die Rinder wieder zahlreich sein würden wie die nickenden Gräser der Steppe oberhalb des Meeres, ein Traum, mein Kind, ein Traum.

Schlafe, Kind, Kleines, dann kehre ich in einem anderen Traum wieder, sagt sie. Dieser ist so alt und so traurig. Ich erscheine dir in einem fröhlicheren Traum, in einem neuen Land, in dem das Vieh nicht verendet, die Kinder nicht sterben. Tot sind im neuen Traum nur unsere Feinde, kein Rinderschlachten, kein Kinderschlachten wird unsere Hände mit blutroter Schuld besudeln. Ein Liebestraum. Deiner. Meiner.

Als ich aufwachte, war ich schweißgebadet. Nackt im Gras unter sternfunkelndem, afrikanischem Himmel. Der Duft ihres Körpers mit meinem vermischt. Ein Duft, den ich erkannte und nie vergessen habe. Mein Samen heiß und klebrig auf meinen Lenden. Ein Aufheulen der Sterne. Geschmack von Asche auf den Lippen. Dann der beißende Geruch von Rauch, schmerztränende Augen.

Von meinem Lager hoher, unter mir geknickter Gräser sah ich Liams Haus lichterloh brennen. Eine Fackel auf der Kuppe des Hügels, den ich vor wenigen Stunden hinabgestiegen war, um an diesem schwülen Abend unter den Sternen zu schlafen. Eine Fackel, die fünfzüngig am schwarzen Himmel leckte. Eine Zunge für Liam, eine für sie. Eine für den Schatten meiner Selbst, der mit ihnen starb. Eine für die Kinder, die sie zu zeugen nicht gewagt hatten, die Kinder, die sie nicht dem Irrsinn aussetzen wollten. Die letzte für Liams afrikanische Brüder, entführt mit ihm aus dem Land ihrer Väter, um als Prediger falsche Prophezeiungen zu verbreiten.

Liam irrte. Die Siedler hatten sie keineswegs vergessen. Weiße Frau, schwarzer Mann. Nein. Die Dorfbewohner waren geduldig, verschlagen, unversöhnlich. Die letzte Abrechnung nach der aberwitzigen Rechenkunst.

Wie viele Mitglieder meiner kleinen Gemeinde in Radnor die Schreckensnacht überlebten, sollte ich nie erfahren. Ich selbst muss wohl überlebt haben, ich erzähle doch hier, aber sicher bin ich mir nicht.

Du fragst, weshalb die Weißen ihre schwarzen Nachbarn überfielen. Weshalb diese Nacht der Notzucht, des Mordens und Brandschatzens. Damals hatte ich dafür keine Erklärung, und so ist es bis heute. Nur glaubte ich damals, es müsse eine geben, glaubte, ich könne sie finden und solches Wissen möge beim nächstenmal helfen. Ich brach nach Philadelphia auf, um dort gegen die Plage zu kämpfen, um mich vom Hass zu läutern, um dich zu finden.

In der Stadt der brüderlichen Liebe fand ich das von Krankheit und Sterben verwüstete Land des Traums der afrikanischen Prophetin. Und Philadelphia wiederum würde sich als Prophezeiung weiterer Städte erweisen, die noch kämen, ebenso wie mein Verweilen in Radnor Philadelphia vorwegnahm und wahr werden ließ.

Kreise in Kreisen. Sich ausbreitend und zusammenziehend – grenzenlos und eng wie eine Schlinge. Gottes Schlund, Leib, Rute, Fut, Loch, der immer gleiche schwarze Graben. Die Menschen eine ungebrochene Kette von Würsten, die zum einen Ende hineingestopft und zum anderen wieder herausgezogen werden. Kreis innen und außen, der gewaltige Python, der sich selber verschlingt und den eigenen Schwanz gebiert.

ZWEITER TEIL

Und meine Hand soll kommen
über die Propheten,
so das predigen,
woraus nichts wird,
und Lügen weissagen.
HESEKIEL 13:9

Geradeso wie ich bei dir hier am Bett sitze und zu dir spreche, sprechen die Toten zu mir. Sie ziehen, ziehen mich, wie in dem Lied. Ja, ich fand nach Philadelphia. Focht gegen das Fieber. Begegnete Richard Allen. Dem alten Bischof Allen, er lebt nicht mehr, und doch sehe ich ihn, er sitzt mit gebeugtem Haupt auf der Bettkante, er fragt sich, ob sein Gott ihm und Absalom Jones und ihrer schwarzen Herde auch in die neue Kirche folgen wird, die sie gründen. Ihm benimmt die Kühnheit seines Vorhabens die Ruhe – ja, den Atem. Ihm kann jetzt niemand mehr helfen. Nicht Absalom Jones. Nicht die Männer und Frauen, die ihnen im festen Glauben folgen. Und obgleich sein Gott überall ist, alles sieht, gefällt es Ihm nunmehr, sich in die beklommene Stille dieser Kammer zu hüllen.

Gewicht und Drangsal von Allens schwerem Leib lasten auf der hölzernen Bettstatt. Breit das Gesäß und die Schenkel. Kürbisfarbene Füße lugen vor, wo sein stierer Blick den Saum seines über die Knie gezogenen Nachtgewands streift. Wuchtiges Fleisch voller Säfte und Ausdünstungen, Verderbnis und Stachel seiner Begierden. Er schließt die

Augen, will Zimmer und dem Aufschrei seines alternden Körpers entkommen.

Er atmet langsam, eine Ewigkeit zwischen Atemzügen, Zeit genug, den Körper zunichte werden und rücklings durch seine vielen Geburten stürzen zu lassen, seine Mütter, Erdteile, Meere, zurück bis ins Schweigen der Steine, in den Schlamm darunter, dem nie von dem Licht träumte, vor dem er in dieser Kammer in Philadelphia die Augen verschließt, dem Licht einer einzigen stummeligen Kerze in einer irdenen Schale neben dem Bett.

Vater. Vater. Die Ungeheuerlichkeit dessen, was er ins Werk gesetzt hat, da er mit seinen Brüdern aus der Kirche der Weißen auszog, erstickt ihn. Ein Mantel der Trauer, und bis just in diesem Augenblick hat er das Gewicht der Bürde auf seinen Schultern nicht ermessen. Gott hatte der Kirche der Weißen innegewohnt. Indem er ging, kehrte er Gott den Rücken. Mit dem Stolz und aufwieglerischen Hochmut Satans hatte er Rebellen um sich geschart, hatte seine Sünde vervielfacht, da er sie aus dem Haus Gottes fortführte.

Gottes Haus, selbst wenn die Weißen es entweiht hatten. Nie hatte er die Anwesenheit Gottes in ihrem Tempel deutlicher gespürt als an dem Morgen, da die Kirchenmänner von St. Georg ihm befohlen, sich von den Knien zu erheben und in die hinterste Ecke der Galerie zu begeben, die vorgesehen war für ihn und seinesgleichen, deren Haut, sagten die Kirchenmänner, das Kainsmal trage. Ihn hatten die Kirchenältesten gedauert. Vor seinen Augen hatten sie eine andere Gestalt angenommen, verwandelt infolge der Verfinsterung ihrer Herzen, als sie ihn und seine Brüder mitten im Gebet ergriffen. Er hatte sich ihrethalben geschämt, der Vorsteher der Kirche, seiner Nachbarn, Männer, die er mit Namen kannte, Männer, deren Frauen und Kinder von den vorderen Bänken zusahen, als sie unter uns erschienen, unsere geheiligte Andacht störten, uns in eine Ecke zu drängen, von den Mitgläubigen zu sondern suchten, uns begegneten, als kennten sie uns nicht, nicht unsere Namen, nicht unsere Familien. Als hätten sie nie von Gottes Geboten gegen den Frevel gehört, den sie begingen.

Da hatte er Gott gebraucht. Damit Er ihm zeige, weshalb er nicht zurückschlagen solle, sich nicht nach Leibeskräften dem Übel solcher Mitmenschen widersetzen, die sich zwischen ihn und seinen Glauben zu stellen suchten.

Brauchte Gott als Gegengewicht zu dem Bösen, das in der Kirche geschah. Furcht erblickte er in dunklen Gesichtern, Hass in den weißen. Die Verwirrung bei den Kindern, die Hilflosigkeit auf Gesichtern, die weder schwarz noch weiß zu sein vermochten, wenn ihnen die Farbe nur eine Haltung, ein Handeln erlaubte. Er brauchte irgendwo einen Gott, der das Geschehen im Auge behielte, der die Hässlichkeit dessen, was vorging, in ein größeres Muster einwebte, einen Bildteppich, dessen mannigfaltige Motive er vielleicht niemals würde ergründen können, dessen Gesamtentwurf jedoch, auch hier noch, von Gottes Hand zeugte.

Und was er so bitter nötig gebraucht hatte, widerfuhr ihm. Eine Art Schwindel, eine Leichtigkeit, als er sich von den Kirchendielen erhob. Ein Raunen im Ohr. Ja. Ja. Leichtigkeit, aber auch Eisen. Mit ruhiger Stimme hatte er das Wort an seine Brüder gerichtet. Die Fäuste geöffnet, das Herz. Nun stand *er* zwischen ihnen, aufrecht, berührte Schultern, drängte, drückte, lenkte, versammelte, führte seine Brüder geschlossen nicht in die schändliche Ecke, sondern zum Kirchenportal hinaus, die Häupter höher erhoben als beim Eintritt.

Ja. Gott war zugegen. Fels, der ihm Halt bot. Als sie vom Bösen, von der entfesselten Macht des Bösen, in die Enge gedrängt wurden, erkannte er in Gottes vermeintlichem Fehlen den besten Gottesbeweis. In dem schmerzlichen Rufen nach Gott, der Schreckensvision einer vom Bösen verschatteten Welt ohne seine Güte, ohne Licht, ohne Hoffnung, wie auch in der Gewissheit, in einer solchen Welt, in der das Böse die Macht besaß, einen selbst und die Welt zu verschlingen, nicht bestehen zu können – in diesem schmerzlichen Ruf und der tiefen Not, dem Stich ins Herz offenbarte Er sich.

War etwa Gott nicht gegenwärtig in der Herberge, welche die Weißen ihm errichtet. Seine Liebe nicht ebenso in schlichten, stummen Holzgegenständen, in Talglicht und Tuch verheißen, wie sein Erscheinen Wasser in Wein verwandelte, Wein in Blut und die in der Kirche verbrachten Minuten und Stunden in Zeit ohne Anfang und Ende. Und nun hatte er in seinem starrhalsigen Stolz sein Volk von dieser Stätte göttlicher Gnade fortgeführt. Aus Kanaan zurück in die Wüste, aus der Gott sie einst sicher geleitet. Aus einer Arche der Geborgenheit. Wohin. In ein ungeweihtes, unbezahltes Haus, so hastig zusammengezimmert, dass das grüne Holz seiner Bankreihen Harz tränte.

Allen saß auf der Bettkante und dachte alle diese Dinge, und dort säße er vielleicht noch heute, hätte er nicht eine Stimme gehört, die ihm so etwas wie eine Geschichte erzählte.

Du kannst nicht führen, Allen, ohne dem Haus Gottes den Rücken zu kehren. Ohne zu geloben, für andere zu erringen, wonach du selbst in deinem Stolz zu streben gedachtest – einem Neubeginn, einem neuen Tabernakel, in dem das göttliche Licht, von dem du dich gewandt, wieder aufscheint. Glauben, Allen. Der Schritt hinaus ins Dunkle, der Sprung ins Ungewisse. Die anderen haben dir Glauben geschenkt, ihr Amen gesprochen, gelobt, dir zu folgen, und du, du verschanzst dich in dieser düsteren Kammer, voll des Selbstmitleids, seelenbang in Ansehung einer schlichten Wahrheit. Ist denn die Wahrheit so unerträglich. Zweifelst du jetzt an deinem Ziel. Sprich sie nur aus, Allen, deine größte Angst: Wird Gott auch wahrhaftig in das neue Bethaus mit einziehen, das ihr Ihm errichtet.

Keinen Augenblick hast du, in deinem Zorn, deinem Eifer (oder war es Eitelkeit, Allen, Geschwätz, der Wunsch, gelobt zu werden, wiewohl du weißt, dass du kein Lob verdienst, der Wunsch, als Mann von einem bestimmten Schlage zu gelten, wiewohl du weißt, dass du kein solcher Mann bist) daran gezweifelt, dass euch Unrecht geschah, als man euch wie Ziegen in die hinterste Ecke der Galerie zu pferchen suchte, noch daran, dass Gott dir und den anderen folgen werde, wenn ihr St. Georg verließet. Dein Zorn über das erlittene Unrecht, die Niedertracht und Scheinheiligkeit der Kirchenmänner enthoben dich allem Zweifel. Das Vorgehen der Kirchenältesten höhnte Gott. Du verlangtest ja nur nach Gerechtigkeit, wie sie die Kirche euch zubilligen musste, wollte sie nicht ihren ewigen Bund mit dem Herrn entweihen.

Als du auszogst, fortzogst, Allen, gestehe, hast du im tiefsten Herzen gehofft, die gesamte Gemeinde, schwarz wie weiß, werde sich erheben und im Einklang mit dem Gebot Gottes, der Gemeinschaft am Evangelium, mit dir ausziehen. Dann hätte die Prozession nicht an einem harzig grünen Ort geendet, sondern sich wie ein reinigender Wind durch die Straßen von Philadelphia getummelt. Wäret ihr, vom selben unwiderstehlichen Geiste ergriffen und darob zu einer gewaltigen Schar angeschwollen, wieder am gesegneten Portal angelangt, durch das ihr gezogen, hättet die Kirche gefüllt bis auf die letzte Bank und glückselige Hosannahs hinaufgesandt mit einem Widerhall in allen Teilen des Landes.

Ein Wohlgefallen vielleicht auch Gottes Ohr, seinem Auge, wie ihr Ihm dort auf Knien gedankt hättet, dafür, dass Er euch geschieden, schwarz von weiß, reich von arm, Mann von Frau, alt von jung, auf dass ihr euch schließlich wieder glorreich vereinigtet. Gemäß seinem Willen. Damit Ihm die ganze Schöpfung anhange, ein Fleisch, unter einem Dach.

Die Stimme verklingt, die Vision verblasst, Allen ist wieder allein, ein alter Mann auf den Knien. Gottes Abwesenheit deutlich im Walten des Bösen überall. In der Not.

Allen ist von der Bettkante geglitten wie etwas Unbeseeltes, wie ein Erdrutsch, der sich vom Hang löst. Ja. Seine Schäfchen werden sich im neuen Betsaal versammeln, dem von Pferden auf Ackerland gezogenenen Schuppen eines Schmieds. Aber steht es auch in seiner Macht, Gott dorthin zu rufen. In ihrer Macht. Gott hat ihm nichts versprochen. Und doch hat Allen seine afrikanischen Brüder beschworen, gelockt, gedrängt – als würde Gott sie gewiss, gewiss doch in dem gelobten Land schon erwarten, in das sie zögen.

Im Dunkeln, in der Stille der Kammer (mit dem rasselnden Kürbisatem, der zur Stille gehört, als Motiv, zu der die Stille den Grund bildet), wünscht er sich, weiß zu sein. Kostet den Wunsch lange genug, dass er zum feuchten Innesein wird, dem seine Zunge im gespitzen Mund nachfährt, an der Unterlippe entlang, an den Zähnen, den sauren Lücken, wo Zähne gewesen. Einen geflüsterten Wunsch – *wolltest nicht auch du sein wie sie, wenn du könntest* –, als halb ernste Frage an jemanden in der Kammer gerichtet, gäbe es jemanden, dem er vertrauen könnte, jemanden, der kalt lächelte, verstünde, nickte, nie etwas über des Bischofs Beichte verlauten ließe. Sofern es sich bei dem Gedanken um eine solche handelte.

Der Gedanke gerinnt, Säuernis aus dem Magen, sie brennt in der Kehle. Er stößt sie aus, Zischen, das die Kerzenflamme knickt und beinahe löscht. Er blickt stier auf den runzligen wächsernen Stummel, das Geziere des gelben Flämmchens.

Er verachtet sich für sein doppeltes Spiel. Verachtet die Feigheit, die ihn so tief sinken lässt. In diesen beschämenden Zwiespalt. Wo seine bange Seele um Gewissheit fleht, um himmlische Fingerzeige und Rückversicherungen. Er will Wegbereiter Gottes sein. Er will Krieger sein im Heere des Herrn, und da scheut er die Schlacht, beschwört Gott, den Sturm anzuführen, mit wehenden Bannern das Feld von den Feinden, von Gefahren zu räumen. Bei aller Bereitschaft, Opfer zu bringen, sich und seine Gefolgschaft in den Kampf zu führen, wartet er doch auf Gottes schallendes Trompetensignal.

In Wahrheit verlangt ihn nicht danach, weiß zu sein, einer von ihnen. Er ist, wie er ist. Nicht anders. Und doch betet er um einen einfacheren Weg als den vorgezeichneten. Warum muss er Waise in diesem fremden Land sein, dieser unvorstellbaren Stadt. Erst von den anderen gespalten, dann in sich selbst. Eine Wunde, die er sich selbst zufügt, eine Wunde, die er nicht aus eigener Kraft heilen kann. Er sehnt sich nicht insgeheim danach, weiß zu sein. Nein. Nein. Er betet, dass die Bürde von ihnen genommen werde, die sie alle drückt, schwarz wie weiß, in ihrem zerquälten, bitteren Umgang. Er kann nicht aus seiner Haut, sie nicht aus der ihren, und wie sollte er Gott anflehen können, die

Weißen vom Angesicht der Erde zu tilgen, und sein Herz zugleich der Gnade Gottes öffnen, der Nächstenliebe Christi, also wünscht er sich gar nicht, weiß zu sein, aber muss es denn, wenn er den Himmel anfleht, in ihm selbst zu tilgen, was die Weißen fürchten und hassen, gleich eine Bitte um die Gunst der Auslöschung sein.

Er hört donnernde Wellen. Zu beiden Seiten bäumt sich das Meer auf, aber und abertausend steigende Rösser, zeigt weiße Bäuche und blitzende grüne Hufe, Brausen und Bedrohung in Zaum gehalten, während er auf dem Trockenen zwischen hohen Mauern aus mahlendem Wasser steht. Gottes Wille hat durchs Meer diesen Weg gebahnt und ihn als Pilger hergestellt, als Zeugen, Kundschafter, Vorposten, und nun muss er seine Brüder aufrufen, ihm durch diese Enge zu folgen und auf den schmalen, trockenen Pfad zu vertrauen; doch die Gischt blendet und das Salzbrennen, dazu das Kreischen der Möwen, der Donner schwerer, gegen den Wall dünner Luft wütender Wellen. Das Tosen verwirrt, erschreckt, betäubt ihn. Obwohl seine Füße auf dem Trockenen stehen und das Wunder seines bisherigen Fortkommens unbestreitbar ist, zögert er, betet um einen flüchtigen Blick auf die neue Welt am entlegenen Ende dieses Schreckensweges – eine wiederhergestellte Welt, zurückgewichene Fluten, Frieden.

Wie Lots Weib ist er verloren, so er zurückblickt. Mit den Augen in seinem Hinterkopf zählt er sein Volk, benennt sie, die Frauen, Männer, Kinder in dem armseligen Zug Afrikaner, der sich durchs Kirchenportal hinauswindet. Er ruft mit lauter Stimme, um das Brausen der zornigen Wellen zu übertönen. Sein Volk steht hinter ihm. Wenn er wankt, wenn er abermals zögert, werden die steinernen Wasser mit Gebirgswucht herabstürzen.

Er kann nicht länger auf Knien liegen. Nicht betteln. Nicht im Staub kriechen. Er wird nicht vergessen, was ihn zu seinem Entschluss bewegt hat. Aus dem lastenden Fleisch, den ächzenden Knochen und knirschenden Gelenken, die vors Bett gesackt sind, muss er den Mann wiedererschaffen. Er ist kein Klumpen Lehm, der darauf wartet, dass ihm Leben eingehaucht werde. Er muss sich auf die eigenen Füße stellen. Sich aufmachen und ziehen. Wohin, Allen. Wohin.

Philadelphia, am 18. Januar 1793

Lieb Herz!

Ein neues Jahr ist angebrochen. Gewiss befindest Du Dich wohl im Kreise Deiner lieben Anverwandten und blühst auf. Bedenke aber, dass ich Dich nur auf Zeit entbehre. Ich zähle die Stunden bis zu Deiner Rückkehr in die Stadt.

Gestern wohnte ich einem großen Ereignis bei. Vom Hofe des Gefängnisses in der Walnut Street stieg der Franzose Blanchard in einem Heißluftballon auf. Eine 40 000 Köpfe zählende Menge, darunter der wackere General Washington, bejubelte das Wagestück.

Auf mein Drängen hin hatte sich Monsieur Blanchard freundlicherweise bereit erklärt, in seinem Luftschiff ein Experiment durchzuführen. Ich konnte ihn bereden, einen Gehilfen in der Gondel mitzunehmen, einen Beiträger, der ihm zur Hand gehe und vermittels eines Pulszählers erkunden könne, wie sich das Blut verhalte, wenn es der reinen, dünnen Luft dieser großen Höhe ausgesetzt wird. Da auch Du, wie ich, mit dieser misskannten Rasse fühlst, wirst Du mit Freuden vernehmen, dass ein Neger, gleichfalls auf meine Empfehlung, den Franzen auf seiner verwegenen Reise begleitete. Denn wer sollte die Pflichten eines Beiträgers besser erfüllen als einer, dessen Wesen ihn zum Dienen und Gefallen drängt, und wessen Blut besser geeignet, die veränderten Schläge des Herzens beim Aufstieg des Fesselballons zu vermelden, als des Negers mit seiner tropischen, vollblütigen Reizbarkeit.

Der Mensch fliegt wie ein Vogel. Fürwahr Auftakt zu einem *anno mirabili*. Heute noch Spektakel und Verlustierung, doch welch herrliche, ungeahnte Möglichkeiten tun sich für künftige Epochen auf. Dass dem ersten den Menschen auferlegten Gebote: *Machet euch die Erde untertan*, ebenso genügt werde wie allen göttlichen Geboten. Land und Wasser hat der Mensch längst bezwungen, jetzt bleibt ihm nur noch, die Herrschaft über die Lüfte zu erringen.

Ich zweifle nicht, dass dieser Ballon wie auch andere treffliche Erfindungen unserer jungen Nation im kommenden Säkulum Unerhörtes ins Werk setzen werden.

Indessen nimmt sich das neue Jahr auch aus heimischer Warte für uns Erdbehafteten viel versprechend aus. Du kommst wieder zu Kräften, meine Praxis floriert, die Stadt prosperiert, meine politischen, gesellschaftlichen und gelehrten Vorhaben, auch die Kaprice einer eigenständigen Negerkirche, finden täglich mehr Beifall.

Ich hoffe, heute Abend beim Festbankett zu Ehren Monsieur Blanchards vom Ausgang der Sache mit dem Pulszähler zu hören. Bald, bald schon darf ich Dir, Geliebte, diese Neuigkeiten darbieten und noch viel mehr.

Ich sehe die Wörter nicht, die ich diesem Journal einschreiben wollte, noch das Journal, noch sehe ich die Welt, welche die Wörter einzufangen trachten – meine Gedanken muss eine fremde Hand festhalten, ich muss einer anderen mein Innerstes offenbaren – Wünsche, Enttäuschungen, Träume, all das, was nur in stummer Zwiesprache im Kopf gesagt wird – was ich sage, wenn keiner zuhört – was ich sagen wollte, wenn ein mir teurer Mensch nur zuhörte –, was ich sage, wenn nur der liebe Gott hören soll.

Was ich niemandem sonst anvertrauen könnte oder wollte und kaum vor mir selbst zu entdecken wage, diesem Journal muss ich es offen legen, ist es doch die einzige Möglichkeit, Buch zu führen – ich muss meiner Leibdienerin Kathryn Herz und Seele öffnen – es sei.

Ich liebe Kate von ganzem Herzen – *sagt sie* –, ich ergreife ihre freie Hand, heiße sie, mit der anderen munter weiterschreiben – liebe, gute Kate, du musst nun lernen, mir aus dem Herzen zu sprechen – wahrlich die rechte Aufgabe für dich, denn dort wohnst du, Kate – in meinem Herzen – als zweiter zarter Puls.

Während deine Hand eben still auf der Seite verharrte, strich ich darüber – deine dunkle Hand – meine etwas größer und schwerer – und doch lange nicht so stark, obschon die Knochen meiner Kathryn leicht sind wie die eines Vogels – verschwisterte Hände – ähnlich beschaffene Haut, ähnlich kurze, kräftige Finger – und unter der Haut fein gezeichnete Adern und Knochen – schmale Hände – die Ähnlichkeiten zahlreicher als die Unterschiede in dieser immer währenden Nacht, die von keinem Augenlicht mehr erhellt wird – ihre dunkle Farbe und mein Mangel daran für den Tastsinn unkenntlich. *Mein Leib aber stöhnt, warum hörst du es nicht.*

Auf dich vertraue ich, liebe Kate, in der Frage dieser Niederschrift wie in so vielen anderen – dein Arm geleitet, dein Ohr hört, deine Augen sehen – vertraue darauf, dass du meine Worte verzeichnest und sie mir wiederliest, damit ich den Faden auf meinen verschlungenen Gedankenwegen allezeit zu greifen vermag – vertraue auf dich, wie Daidalos auf die Goldkordel vertraute, mit der er sich umgürtete und die ihn aus dem schrecklichen Labyrinth des Minotaurus geleitete, wie des Zauberers Sohn Ikarus auf die Schwingen vertraute, die sein Vater gefertigt hatte, damit sie sich ins Reich der luftbeherrschenden Adler aufschwingen könnten.

Möge die Muse Klio diesen Journalbemühungen ihren Segen spenden – Klios Licht und dein gütiger Arm, liebe Kate, mögen sie mich durch das weite Bilderkabinett führen, in dem Gemälden gleich die Erinnerungen hängen – mögen wir Arm in Arm durch seine Gänge wandeln – gemeinsam in erst den einen Rahmen, dann den anderen treten – wo Erlebtes wiederkehrt und die Bilder sich beleben – ein jedes wie buntes, fernöstliches Bazartreiben – sich entrollend wie die üppigen Wandteppiche, die Händler ausbreiten, um uns Reisende zum Kauf zu verleiten – wir lächeln und ziehen weiter – zu dem Gaukler mit dem Turban und dem gewaltigen Krummsäbel zwischen den Zähnen – dem Wirbel seiner Hände, den hoch über unsere Köpfe hinaufgeschleuderten Fackeln – ein Feuerrad dreht sich am Himmel – jedes der Bilder, die wir im Gemäldekabinett entdecken, enthält eine ganze Welt – eine Fülle unerwarteter Gerüche und Eindrücke und Geräusche – Wunder in jedem Gemälde, das aus der Ferne kaum mehr als starrbunt erschien.

Aber ich lasse meiner Phantasie die Zügel schießen – wer hütet dieses Kabinett, in der unsichtbare Künstler ihr Handwerk blinden Betrachtern vorführen.

Jetzt, da ich mich ans Schreiben begebe, gelobe ich, meine Münzen gewissenhaft abzuzählen wie ein Geizkragen – jeden Morgen, wenn ich den Bedienten ihre Arbeit zugeteilt habe, wenn ich Dr. Thrush, der gewiss schon seit Tagesanbruch in seinem Studierzimmer sitzt und sich den mannigfaltigen Verpflichtungen seiner Heilkunst widmet, einen guten Morgen gewünscht und ihn geküsst habe – ehe ich überhaupt das Frühmal eingenommen, zufrieden mit der Kanne Tee, die du, liebe, gute Kathryn, mir ins Schlafgemach bringst – will ich mich nächstdem meinem Journale zuwenden – und du, kleines Büchlein, ich bitte, sei mir gut wie ein Verehrer oder eine liebende Mutter – dulde mit einem nachsichtigen Lächeln die Unerheblichkeit meiner Gedanken und Geheimnisse.

Auch du, Kathryn, musst dich in Geduld üben, indem ich auf diesen Seiten die ersten, unsicheren Schritte wage, ehe ich das Gehen lerne – Kritzeleien, als geheime Lebensbeichte gedacht, die niemals einer Menschenseele unter die Augen kommen soll als mir – und da meine Augen blind sind, allein dir, Kathryn – deren Augen die meinen sind – du kennst hierin meinen Wunsch – dein Schweigen mein Freibrief.

So viel nur, und nun bitte ich, mir mein Geschwätz nachzusehen, meine Abschweifungen, meine Schamlosigkeit – ich weigere mich, die Worte zu setzen, als blickten mir links und rechts Gelehrte, Kleriker oder Klatschbasen über die Schulter – ich gelobe, hier nichts als die Wahrheit zu sagen – wie ich sie finde – wie dieses Journal mich lehrt, ihrer innezuwerden.

Ich vertraue darauf, liebste Kate, dass du gewissenhaft den Sprüngen meiner Gedanken folgest – zügele mich, sollte ich zu schnell sprechen, bitte mich zu wiederholen, was dir entgangen – aber bitte urteile nicht, übe keine Zensur – gleich, ob du eine Sache anders in Erinnerung hast oder gar nicht oder wünschtest, nichts mehr zu hören, weil du findest, es sei genug oder übergenug gesagt worden, bereits anderswo oder schlecht gesagt – du sollst mir eine gefügige Feder sein – lass mein Herz dich führen.

Hören sollst du, selbst wenn meine Worte nicht süß und wohlklingend sind – nicht fließen wie Honig, sondern schwirren und stechen wie zornige Bienen – Drachenzähne in deinen unschuldigen Acker, liebes Journal.

Was auch kommen mag – wir sind auf dem Wege, kleines Büchlein, du und ich und Kate – euch vertraue ich mein Leben an – komm, Freundin, Schwester, schwöre ein letztes Mal, dass du alles hören und hinnehmen willst, was ich dir in die Feder diktiere – und versprich, davon keiner Menschenseele zu erzählen – wir wollen die Übereinkunft mit einem Kuss besiegeln.

◈◈◈

Philadelphia, am 22. August 1793

Lieb Herz!

Den heutigen Tag verbrachte ich auf Einladung überaus angenehm vor den Toren der Stadt in der Gesellschaft von rund hundert Schreinern und anderer braver Leute, die die Fertigstellung des Dachstuhls der afrikanischen Kirche feierten. Im Schatten einiger gewaltiger Bäume drängte man mich, ganz entgegen meiner Neigung am Kopfe der Tafel Platz zu nehmen. Speise gab es reichlich – und erlesenen Trank –, und als schlichte Nachkost vorzügliche Melonen. Wir, die Tafelnden, wurden von der nämlichen Zahl

Schwarzer bedient. Ich brachte zwei Trinksprüche auf sie aus: »Friede auf Erden und den Menschen ein Wohlgefallen«, und: »Mögen afrikanische Kirchen allenthalben die afrikanische Knechtschaft ablösen«. Dann hoben wir die Tafel auf, und die Afrikaner (Männer und Frauen) nahmen unsere Plätze ein. Sechs der angesehensten weißen Bürger bedienten nun diese schwarze Tischgesellschaft, während Mr. Nicholson, ich selbst und zwei weitere Geladene gebeten wurden, uns wiederum zu ihnen zu gesellen, was wir, zur großen Genugtuung der armen Schwarzen, bereitwillig taten.

Nie zuvor habe ich einen solch unschuldigen – ja reinen und allliebenden Freudentag erlebt. Billy Grey wurde beim Versuch, uns seine Herzensregung darzutun, von Tränen übermannt. Nach dem Festmahl umringten unsere Gastgeber Mr. Nicholson, ergriffen seine Hand und dankten ihm voll Überschwang für seine Geldanleihe. Einer, ein alter Mann, den ich nicht kannte, richtete die folgenden bemerkenswerten Worte an ihn: »Möge Ihnen ein langes Leben beschieden sein, Sir, und mögen Sie, wenn Sie sterben, nicht auf immer sterben.« Sodann löste sich die Gesellschaft auf, und wir gelangten gegen sechse am Abend wohl geordnet in die Stadt zurück, da kaum einer oder gar keiner mehr als drei oder vier Glas Wein getrunken hatte. An diesen Tag werde ich mein Leben lang mit Freuden zurückdenken.

◆◆◆

Wer ist da.

Schlotternd steht er in der getäfelten Halle, zu dünn bekleidet für den scharfen Novemberwind, Hut in der Hand, vielmehr die Mütze, wie sie hier die Städter tragen und die auch er sich seit seiner Ankunft in Philadelphia zu tragen angewöhnt hat, aus Gründen, die er schwerlich angeben könnte. Immer noch auf demselben Parkettfeld, auf dem ihn die junge Dienerin, die ihm geöffnet, stehen gelassen hat. Ringsum dunkles, poliertes, wässrig schimmerndes Holz. Porträts in goldenen Rahmen. Ein kleineres, lackglänzend umrandetes Oval hingegen enthält kein gemaltes Gesicht, sondern einen Spiegel, der sich vorwölbt wie ein Augapfel, ein Bauch, eine Träne. Im Glas der Winkel, in dem er steht, die Halle und darin er selbst, aber so, als wäre alles aus großer Entfernung hineingegossen und über die gewölbte Oberfläche des Glases gelaufen. Sein Gesicht verzerrt wie im rückwärtigen Schöpfteil der Löffel, die er einst für die Tafel seines Herrn geputzt hat. Er lehnt sich gegen das Glas vor, und die Halle verschwindet. Sein unnatürlich vergrößerter Kopf und sein glotzendes Auge nehmen jetzt den ganzen Spiegel ein. Sein zum Riesenfisch gewordenes Auge verschluckt ihn.

Er wähnt sich allein in der Halle, wie genagelt auf das Feld des nach Art eines Schachbretts gemusterten Parketts, bis er ihre Stimme vernimmt: *Wer ist da.*

Mit einer Frau hat er nicht gerechnet. Und dass es bereits zwei sind, verwirrt ihn. Die ansehnliche afrikanische Dienerin, die auf sein Klopfen hin geöffnet hat. Dann das *Wer ist da* dieser anderen, das ihn ereilt, während er noch ganz in den Anblick der narrende Glasblase versunken dasteht. Lautlos ist sie wenige Schritte entfernt in die Halle geglitten. Ihre leicht angehobenen Arme schweben über den grün gestreiften Taschen eines lavendelfarbenen Kleids.

Auch ohne diese Überraschungen ein schwerer Gang. Ohne die Frage einer Weißen nach Anliegen und Namen, die dunklen Schmelzaugen einer Schwarzen. Was zu sagen wäre, sollte der weiße Besitzer dieses vornehmen Hauses das Wort an ihn richten, hatte er einstudiert. Ein Mann, in dessen Hand das Leben aller Afrikaner der Stadt lag. In seiner Kammer über dem Schankraum des Hart & Hare hatte er sich ausgemalt, wie der hochmütige Wortschwall des Mannes ihn überwältigen würde. Er selbst in dessen Anwesenheit kein Wort über die Lippen brächte. Wie sollte er seine eigenen knappen, spärlichen Worte einfügen. Und welch schreckliche Folgenschwere mochte seinen kurzen Antworten auf kurze Fragen anhängen, sofern seinen Worten Bedeutung beigemessen würde.

Er hatte beide Rollen geprobt. Die des distinguierten weißen Doktors, der in den Jahren seit seiner Rückkehr von den Lehranstalten Englands in der Heimatstadt unter seinesgleichen den ersten Rang erstürmt hatte. Ein vorzüglicher Mann, von schönem, gefälligen Ansehen, ein ungeduldiger Mann, den nichts, wie es hieß, schneller reizte als Dummheit, sehr von sich eingenommen, bis hin zur Selbstherrlichkeit, doch im Kern anständig, allem Anschein nach. Den niederen Ständen – Kaufleuten, Handelsagenten, Handwerkern – begegnete er respektvoll, selbst den afrikanischen Stadtbewohnern brachte er Achtung entgegen, wenn den Gerüchten und den Versicherungen zu glauben war, die Bischof Allen seinen hastigen Instruktionen zu diesem dringlichen Gang angefügt hatte. Tadellose Manieren und Haltung, gepflegte Gewandung, ein scharfer, freizügiger Esprit. Ein aufgeklärter Mann von Prinzipien, Nonkonformist, der die Vernunft – nach der Denkweise manchen Klerikers – womöglich gar zu dicht an Gottes Thron rückte. Alles in allem ein Mann dieser seiner neuen Zeit, dieses neuen Landes und des aufdämmernden neuen Jahrhunderts. Diese vielen erklärten Vorzüge seines Gegenübers waren in den vorgestellten und geprobten Dialogen zwischen ihm selbst und diesem mächtigen Weißen vorwegzunehmen, ehe er sich über dessen Schwelle wagte.

Und was war mit der zweiten Stimme, der eigenen. War deren Studium zu kurz gekommen. Von welchem Schlage war er denn selbst. Was verleiht seinen Worten Gewicht. Was besitzt er, was muss *er* verteidigen. Wer ist er. *Wer ist da*, wer ist dieser Afrikaner an der Tür, Hut in der Hand.

Wer ist da, bitte.

Die Frau wiederholt ihre Frage. Wie lange hat er stumm dagestanden, in Gedanken verloren.

Er verneigt sich tief. Guten Tag, Madam. Verzeihen Sie, Madam. Gestatten Sie, dass ich mich vorstelle, Madam. Bischof Allen schickt mich. Bischof Allen von der Bethel African Church. Dr. Thrush hat sich freundlicherweise bereit erklärt, eine Bittschrift zu verlesen, die der Bischof und einige andere Mitglieder der Kirchengemeinde verfasst haben. Ich bin gekommen, um besagte Bittschrift zu überbringen und, so dies angezeigt scheint, auf Antwort zu warten.

Ich hoffe, dass mein Erscheinen Ihnen kein Ungemach bereitet, Madam, und bitte um Verzeihung, sollte das der Fall sein. Es war dies die mit Dr. Thrush vereinbarte Stunde, es tut mir sehr leid, wenn ich störe. Ihre Bedienstete, die mich einließ, bat mich, hier zu warten.

Nein, Sir, ich selbst dränge mich auf. Mein Mädchen Kathryn war unterwegs, Dr. Thrush zu rufen, und sagte mir, es sei Besuch gekommen. Ich bin Dr. Thrushs Frau. Seien Sie willkommen.

Er würde ja einen Schritt zurückweichen, aber er steht bereits direkt vor der Türe. Hut wie ein Felsbrocken in der Hand. Ruhte das Schreiben an Dr. Thrush auch wirklich noch unbeschadet in seinem Umschlag. Erst die abschweifenden Gedanken, jetzt die sprudelnden Umschweife vor dieser Dame, Worte, die wie Gossendreck seine Kleider bespritzten, die das kostbare Schreiben verdarben, das man ihm anvertraut. Seine Haltung in Fetzen, und das, lange bevor er dem Ehrfurcht gebietenden Dr. Thrush unter die Augen getreten. Rechtfertigungen, Schönrederei, Verbeugungen, Kratzfüße, wozu das alles. Sich vor dieser Frau aufzuführen, deren Arme an ihren Seiten schweben, als trüge nicht fester Boden ihre Füße, sondern ein schmaler Balken.

Sind Sie Afrikaner.

Wenn es beliebt, Madam. Die Mutter meiner Mutter wurde aus jenem fernen Land an diese Küste geschifft. Ich selbst, Madam, wurde südwestlich dieser Stadt geboren, auf der Farm, auf der auch meine Mutter das Licht der Welt erblickte.

Sind Sie schwarz, Sir.

Ja, Madam. Und nein. Den einen gelten wir Afrikaner als schwarz. Andere nennen uns farbig. In unseren eigenen Reihen gibt es solche, die es vorziehen, sich als Anglo-Afrikaner zu bezeichnen. Indessen, Amerikaner sind wir wohl.

Aber Ihre Haut, Sir, Ihre Farbe, ist sie nicht schwarz.

Man findet bei unsereins viele Farben. Die wenigsten sind noch vom unverdorbenen Ebenholz unserer Vorfahren. Wie die vielen anderen Einwanderer, die täglich in dieser großen Hafenstadt eintreffen, kommen wir aus vielen Ländern, sprechen viele Sprachen.

Und Sie, Sir. Wie steht es mit Ihnen. Darf ich Sie fragen, von welcher Farbe Sie sind.

Wie Sie sehen Madam, bin ich Mulatte, was wir als taghelles Braun bezeichnen.

Ich sehe gar nichts, Sir. Ich bin blind. Sie müssen daher verzeihen, wenn ich in Sie dränge. Ich muss mich fremder

Augen bedienen, da mir der Herr das Augenlicht genommen. Meine Wissbegier zeitigt etwas unziemliche Formen des Ausdrucks und der Erkundigung, wie ich fürchte. Eine Unverblümtheit, die manche nicht zu Unrecht als grob empfinden mögen.

Ich bin Ihnen zu Dank verpflichtet, Sir, Sie haben duldsam meine Fragen und mein Benehmen ertragen. Schlechtes Benehmen, müsste man wohl eher sagen. Haben Sie Dank. Ich weiß wohl, dass Sie den Weg nicht auf sich genommen haben, um meine Neugier zu befriedigen oder meinem Geschwätz zu lauschen. Dr. Thrush hat soeben die Tür zu seinem Studierzimmer geschlossen. Er ist auf der Treppe. Er wird gleich hier sein. Ich wünsche Ihnen einen guten Tag, Sir.

Er hat keine Tür ins Schloss fallen hören, keinen Tritt, vernimmt nur ein Rascheln, als die Dame nun einen vollendeten Knicks macht. Soll er mit einer unsichtbaren Verbeugung antworten. Er tut es, und schon entschwindet sie durch eine seitlich aus der Halle abgehende Türe, fortbewegt nicht nach Art der Männer, die ein schweres Bein tatkräftig vor das andere setzen, sondern weggezaubert wie eine damenhaft gleitende Karosse, die von einem vieltausendspännigen Zug lautloser, unter voluminösen Röcken verborgener winziger weißer Mäuse fortgetragen wird.

Guten Tag. Tag, mein Freund. Ein etwas angeschlagener Dr. Benjamin Thrush, wie Sie sehen, zu Ihren Diensten. Ist es immer noch frisch draußen. Ja. So, Sie bringen mir also eine Botschaft von Allen. Ich werde sie augenblicklich lesen und eine Antwort aufsetzen. Wenn Sie so freundlich sein wollen, einen Augenblick zu warten. Bitte. Kathryn macht Ihnen gern eine Tasse Tee. Unten in der Küche, wenn ich bitten darf. Gleich dort die Stufen hinunter. Ja. Dort finden

Sie einen bequemen Sessel. Sitze selbst gern darin. Ruhen Sie sich aus. Wir alle haben eine Besinnungspause redlich verdient, nicht wahr. Sie waren gewiss einer von Allens Getreuen. Ein zähes Ringen, oder nicht. Ich glaube fast, hundert Jahre Schlaf vermöchten kaum wettzumachen, was ich in diesen schweren Zeiten geopfert habe. Dem Herrgott sei Dank für die frostige Witterung. Reinigt die Luft. Kathryn wird sich augenblicklich um Sie kümmern. Und ich will mich sogleich Allens Epistel widmen. Merkwürdige Zeiten. Eine verdrehte Welt, keine Frage.

Fünf Tage nichts als nüchterne Notizen – dieses getan, jenes, allerlei, was zu tun bleibt – mir wurde deutlich, dass ich weder über die Zeit noch Muße kann frei verfügen – und beide, stelle ich fest, benötige ich für die Kritzelei.

In der Stadt erregen sich die Gemüter – jetzt, da der schlimmste Fieberschrecken überstanden scheint, kehrt der rege Appetit der Stadt auf Skandale zurück – in einer Bekanntmachung – als Verfasser zeichnet ein gewisser Mathew Carey – werden die Neger attackiert, die der Gemeinschaft jüngst während der Katastrophe so tapfere Dienste geleistet haben – auf der Höhe der Krise pries Dr. Thrush in seinen Briefen täglich den Eifer der schwarzen Helfer, die die Kranken pflegten, der schwarzen Leichenbestatter, die die Toten von den Straßen der Stadt holten – und nun geißelt sie selbiger Mr. Carey, bezichtigt die Neger, für diese Dienste halsabschneiderische Summen verlangt oder vielmehr abgepresst, das heißt in herzloser Weise aus Elend und Ohnmacht der Geschwächten Vorteil geschlagen zu haben.

Careys Register über die Sünden der Neger dieser Stadt, das unter anderem Erpressung, Überfälle, Raub, ja selbst Mord anführt, wurde unlängst als Pamphlet gedruckt und verbreitet – verwunderlich scheint mir nicht, wie ein Unglücklicher ein solches Zerrbild entwerfen kann – wer weiß, was ihm die Seuche zugefügt, wer wüsste zu sagen, welches Unrecht, ob wirkliches oder vermeintliches, ein einzelner Neger dem Urheber getan haben mag oder dieser einem Neger, welches persönlich erlittene Übel sich in allgemeine Feindseligkeit gegen eine ganze Rasse verkehrte – mich erschüttert vielmehr, wie zahlreich die Bürger gegen das Zeugnis ihrer eigenen Augen und Ohren Careys Verleumdungen für wahr erachten, darunter etliche, die selbst von der Mildtätigkeit und den Zuwendungen der Schwarzen profitierten.

Ich erröte, während ich die Kunde diktiere, liebe Kathryn – heiß steigt mir das Blut in die Wangen – *zu Recht, Madam* – es erschreckt und beschämt mich, wie wenig uns die eben erst durchlittene Notzeit gelehrt hat – Gott hat uns verwarnt, er hat uns zur Strafe diese Heimsuchung geschickt, uns unsere Unwürdigkeit, unsere Schwäche aufgezeigt, unsere Abhängigkeit von seiner göttlichen Gnade, und was ziehen wir aus seiner Lehre – sobald die Gefahr gebannt scheint, fallen wir hinterrücks wie Hunde über die Schwächsten und Hilflosesten unter uns her.

Vor zwei Tagen erschien ein Abgesandter des Bischof Allen von der afrikanischen Kirche an unserer Türe, um den Beistand Dr. Thrushs in Sachen Carey zu ersuchen, ein Schwarzer – die Neger nennen sich mal so und mal anders; wie unser Besucher selbst es damit hält, konnte ich ihm nicht entlocken – *warum hast du mich nie gefragt* – die Neger glauben sich in großer Gefahr – *ja, ja, ja*–; sofern nicht angesehene Bürger wie Dr. Thrush vortreten und öffentlich Careys Beschuldigungen zurückweisen, fürchten sie, dass die ihrigen, ohnedies hart bedrängt, mit einem vernichtenden Schlage rechnen müssen – Dr. Thrush hat mir die Grundzüge ihres Appells zusammengefasst – sie sagen, am ärgsten habe das Fieber im elenden Gewirr der Gassen am Fluss gewütet, und die Zahl der Toten in diesem Viertel, in dem ein bedeutender Teil der Neger lebt, sei weit höher gewesen als sonstigenorts in der Stadt – die Menschen dort litten jetzt Hunger, sagen sie, viele seien zu schwach, um einer Arbeit nachgehen zu können, während es für die, die bei Kräften sind, zu wenig Arbeit gebe – ganzen Familien habe die Worfschaufel des Fiebers die Ernährer ausgehoben, arme Waisenkinder hätten keine Bettstatt als den nackten Erdboden – wenn nur die Hälfte der Angaben der Neger stimmen, dann hat man sich schwer gegen sie versündigt – die gräuliche Ironie macht mich schaudern – diejenigen, die am meisten gelitten, die am härtesten gekämpft, um den Sturm der Seuche zu bändigen, ausgerechnet sie werden als Urheber derselben angeprangert.

Obschon er sich nie der Ansicht anschließen mochte, die Neger hätten das Fieber aus Westindien an unsere Küsten getragen, hatte Dr. Thrush doch zunächst in den Chor derer eingestimmt, die leidenschaftlich die Ansicht vertraten, die Neger seien nicht empfänglich, und ihnen darob die Hilfe verweigerten – bis er mit eigenen Augen sah, wie das tödliche Fieber im Viertel der armseligen Hütten, Verschläge und Keller, Schenken und Freudenhäuser wütete, in deren Falle die Ärmsten, und unter ihnen sind die Allerärmsten die Neger, sitzen.

Jetzt bringt sie Mr. Careys Verlästerungen in noch größere Gefahr – stempelt sie zu Parias, Verbrechern – ich glaube im tiefsten Herzen, dass der Schöpfer eines Tages mit uns rechten wird ob der unchristlichen Art, in der wir die schwarzen Menschen von uns abgetrennt haben – die jüngsten Vorfälle ein weiteres Beispiel für eine eingefleischte und zur zweiten Natur gewordene Gewohnheit – ich denke an meine gute Kathryn – wäre das Schicksal nicht gnädig gewesen, säße womöglich auch sie zitternd in einem Erdloch am Fluss, hilfos, verängstigt der Strafe harrend, welche Carey und Konsorten auszuteilen gedenken.

Du und deinesgleichen, liebe Kate, haben in Dr. Thrush einen felsenfesten Freund – denke nur an den Brief aus seiner Feder, den du mir in der letzten Septemberwoche vorlasest, als von morgens bis abends das Totengeläut ging und hastige Zeilen ganze Tage das einzige Lebenszeichen von meinem geliebten Mann waren – der zehrende, seelenlähmende Kampf um das Überleben der Stadt hebe alle äußeren Unterschiede zwischen den Menschen auf, schrieb er – die Vornehmsten wie die Niedersten begrüßten, ach was, erflehten die Hinwendungen meines lieben Mannes und seiner rettenden schwarzen Engel – denke nur an den mit seinem üblichen geistreichen Witz wiedergegebenen Austausch mit einem seiner liebsten Negerhelfer – ich habe alles noch wortwörtlich in Erinnerung – mein eisernes Gedächtnis wie als ein Vorzug, der zum Ausgleich für das verlorene Augenlicht in die Waagschale geworfen wurde: Ha! Teufel! so gern gesehen plötzlich schwarze Gesichter.

Als jemand, der andere nach ihren Verdiensten und nicht Blut noch Stand beurteilt, sprach Dr. Thrush mir gegenüber mit der größten Hochachtung von Geschick, Langmut und Mitgefühl, die er bei seinen schwarzen Helfern beobachten konnte, in deren Mitte er sich bis spät in die endlos erscheinende Nacht abplagte – ich habe ihn nicht auf dein leuchtendes Beispiel hingewiesen, Kathryn, hier unter seinem eigenen Dach – ich denke, die Tatsache, dass er deine Tugenden übergeht, wenn er von den trefflichen Anlagen der Negerrasse schwärmt, muss als Beweis dafür gelten, wie vollständig er dich als Teil der Familie betrachtet, als untrennbar eine von uns.

Sei dessen versichert, dass er für die gerechte Sache eintreten wird – er wird deinem Volk auch jetzt wieder in der Stunde der Not beistehen – *eine von uns, sagst du. Wenn wir zwei sind, werde ich dann auch noch eine von euch sein.*

Nein. Nein. Kehre mir nicht den Rücken wie eine Gassenhure, die ihre Sixpence verdient hat. Glaubst du, ich setzte so viel aufs Spiel, bloß um in deinem Bette rasch das Tier zu füttern. Nein. Bitte, winde dich nicht aus meinen Armen. Es ist nicht zu Ende. Nicht das Ende. Bitte wende dich nicht ab. Die Stadt stirbt. Ich bin ein toter Mann, wandle von morgens bis abends zwischen Toten. Ohngeachtet viel tönender Erklärungen sterben für jeden Kranken, den ich errette, unzählige andere. Mir ist kalt, kalt, mich schüttelt der Frost einer Lüge, schwarzes Blut, schwarze Galle. Dieses Grauen bringe ich dir. Setze unser beider Leben aufs Spiel. Meine blutigen Hände, mein blutiges Geschenk. Bette sie in dein warmes, stilles Lager. Bitte verzeih meine eisigen Finger. Bete um einen Funken Vergebung, oder Erbarmen, wenn du willst, da ich nehme, ergreife, was mir verboten. Was mir der Herrgott verbietet, das Gesetz, deine Augen verbieten, die ich nicht sehe, aber dennoch schreien höre: nein, nein. Hilf, dass ich wieder zu atmen vermag, wieder heil werde. Gebe mich, indem dass ich dir den Atem abpresse, indem dass meine eiskalten Hände, nach Wärme grabend, dich aufreißen, dem Leben wieder.

◈◈◈

Dr. Thrush rät zur Geduld – das Fieber, sagt er, habe der Stadt Wunden geschlagen, die beileibe nicht verheilt seien – dies sei nicht der Augenblick, Partei zu ergreifen – die Stadt müsse erst zu Kräften kommen – wir dürften jetzt keinen Hader befördern – als Mann der Wissenschaft, aus neutraler Stellung, gewissermaßen, glaubt er, seinen schwarzen Freunden besser dienen zu können, wenn er sich nicht in den Carey-Streit ziehen lasse, weder auf die eine Seite noch die andere – vielmehr als Mittler und Unterhändler tätig werde, um den Weg zu einer vernünftigen Erörterung und einer Einigung zu bereiten – hinter den Kulissen wirke, das Ohr aller Beteiligten gewinne, die Sache der Freunde unaufdringlich und in aller Stille fördere – Schmerz, Zorn und Angst der Allgemeinheit seien längst nicht abgeklungen, sagt er – er vertraue fest darauf, dass Careys Pamphlet den Pöbel allenfalls kurz entflamme und tags darauf wieder vergessen sein werde – Careys Anschuldigungen auch noch öffentlich zu verhandeln, hieße seinen hanebüchenen Versuchen bloß weitere Beachtung verschaffen, seinem Pamphlet das Gehör und Gewicht, welche dessen Urheber so begierig herbeisehne – besser, die Sache laufe sich tot – verende am eigenen jämmerlichen Stile, dem jämmerlichen Argumente und den Lügen – sie stelle keine ernst zu nehmende Gefahr dar, so Dr. Thrush.

An unserer Tür, an unserer Tafel sind in den vergangenen Tagen die vorzüglichsten Männer dieser Stadt erschienen – Dr. Thrushs Ansichten zählen bei den Stadtvätern wieder fast so viel wie einst – sie geben nichts auf Careys ehrenrührige Behauptungen – aber nein, sie werden diesen Carey nicht unterstützen – auch nicht offen angreifen – selbst die unverblümtesten gestehen, dass sie sich zügeln, dass sie stille halten müssten, bis die öffentliche Meinung vergebe oder vergesse, dass etliche der ersten Männer der Stadt, darunter auch solche, denen das Wohl der Stadt von Amts wegen obliege, diese in ihrer größten Not geflohen seien.

Auch Dr. Thrush schließt sich dem Rat zur Mäßigung an – vordringlich seien jetzt die Wiederbelebung des Handels, die Erneuerung des Vertrauens der Bürger in ihre Verwaltung – es hätten so viele führende Männer die Stadt verlassen, dass monatelang das schrecklichste Durcheinander geherrscht habe – die Genesung der Stadt verlange nach Ruhe und Ordnung – diejenigen, die die Geschicke der Stadt zu lenken gedächten, müssten die Ohren vor den unvermeidlichen Anwürfen verschließen, den Gerüchten, den Lästereien, die den Pöbel erfreuten – den Negern sei mit einer behutsamen, mählichen Rückkehr zur natürlichen Ordnung der Dinge am besten gedient – eine florierende Stadt im Interesse aller.

Ich gestehe, dass mich die Folgerungen schmerzen – mich dauert, dass Dr. Thrush sich der herrschenden Strömung beugt – vielleicht ist mein lieber Mann müde, haben ihn Monate des Ringens mit dem Fieber entkräftet – vielleicht muss er an die hässlichen Debatten der vergangenen Wochen denken, da er und die anderen Doktores sich angelegentlich der Frage der besten Behandlungsmethoden fast schlagen wollten – Schießpulverkuren, mit denen die Luft von ansteckenden Keimen freigesprengt werden sollte; das Abbrennen oder Einatmen schädlicher Substanzen; in Kampfer oder Essig getränkte Tücher; Vermummungen;

Bäder – mal heiß, mal kalt; Schwitzkuren; Quarantäner, die der Ansicht waren, Kranke und Gesunde müssten strengstens voneinander geschieden werden, um eine Ansteckung zu vermeiden – ein Gelärme der Theorien und Behauptungen, Kuren und Quacksalber, indem das Fieber unerbittlich wütete, allen Patenten zum Trotz.

Dr. Thrush, ein standhafter Befürworter ausgiebiger Aderlässe und der Verabreichung von Quecksilber, pries seine Kur in den Zeitungen an und versprach bei strikter und frühzeitiger Behandlung nach seiner Methode eine nahezu gesicherte Heilung – die Andersdenkenden vertraten ihre Meinung ebenfalls öffentlich – Dr. Thrush wurde von allen Seiten befeindet – alte Freunde wandten sich gegen ihn – einige gingen so weit zu behaupten, Fieberkranke zur Ader lassen zu wollen sei Mord – Dr. Thrush wurde beleidigt und als blutiger Schlächter geschmäht, seine Praxis lag brach, sein Ruf war, als der erste Novemberfrost uns gnädigerweise aus dem Würgegriff des Fiebers erlöste, fast dahin.

Allein, einem Ehrenmanne, dem das Ansehen über alles geht, der, wenn man so will, zum Stolze neigt, zuweilen zum falschen, dabei ein Mann, dessen Vermögen und Vorzüge ihm den Beifall, die Achtung und Anhängerschaft verdient haben, die er als rechtmäßig die seine zu erachten begann, einem solchen Mann muss es besonders unerträglich sein, sich öffentlich widersprochen und herausgefordert zu sehen, getadelt, geschmäht – die Misshandlung seiner Person und seines Rufes in den Zeitungen raubte ihm allen Frieden – er stürmte durchs Haus wie von Sinnen, grollte oder schloss sich Stunde um Stunde in seinem Studierzimmer ein – ich erkannte in diesem barschen, brütenden Burschen kaum den gütigen, großzügigen Mann wieder, der mein Herz erobert hatte – die Bedienten mieden ihn – *er hingegen eine von ihnen ganz und gar nicht* – mehr als einmal ließ mich mein eigener verletzter Stolz seine Gesellschaft fliehen, indem meine Bitten, meine Bemühungen zu helfen oder zu gefallen, übergangen oder schlimmer noch verlacht und abgewiesen worden waren.

Jedenfalls eine äußerst schwierige Zeit – und ängstigend – während seiner langen Abwesenheiten fürchtete ich das Schlimmste – was sollte aus uns werden – was, wenn er eines Morgens zu seinen Kranken eilte und nicht wiederkehrte, dann wären unsere letzten gemeinsamen Stunden auf Erden durch Bitternis und die Verletzungen dieser gräulichen Zeit vergiftet – darüber weinte ich ganze Tage, bereute unbedachte Worte, fragte mich, wie sehr meine Blindheit ihn stören und belasten mochte, fragte mich wieder und wieder, was ich noch hätte tun können, um seine trüben Gedanken aufzuhellen – warum nur musste ich ihm eine zusätzliche Bürde sein – meine nutzlosen Augen, meine Unfruchtbarkeit – warum erwies sich meine Liebe als so armselig – statt Bollwerk, statt seiner Not ein sicherer Hafen zu sein.

Die Hartnäckigkeit, mit welcher er fürs Aderlassen warb – in den Zeitungsaufsätzen, die mir Kate vorlas, nannte man seine Entschiedenheit Eiferei – kostete ihn innerhalb der medizinischen Zunft mehr als nur seine Reputation – man zweifelte an seinem Urteilsvermögen – ein ärztlicher Kollege und langjähriger Freund, dessen Leben Dr. Thrush durch purgierende Aderlässe gerettet zu haben glaubt, griff ihn in der *Gazette* an – wie viele Leben, fragte er, wolle der gute Dr. Thrush noch opfern, ehe er seinen Irrtum bekenne.

Und so sucht Dr. Thrush vielleicht eine ähnlich erbitterte Schlacht der Verunglimpfungen, Lästerungen und Beschimpfungen zu vermeiden – seine unermüdlichen Bemühungen um die Kranken, sein Beschluss, in der Stadt die Stellung zu halten, als so viele Heilkundler abtrünnig wurden, ersparten ihm böse Anwürfe nicht; sie verhelfen ihm eben erst wieder zu öffentlichem Ansehen und der Anerkennung unter seinesgleichen – gottlob hat dieser Umschwung mir selbst den zuversichtlichen, fröhlichen, freundlichen Gefährten wiedergeschenkt, den ich liebe.

Denke ich an jene schrecklichen Tage des Spätsommers und des Herbstes zurück, sind seine langen Abwesenheiten wohl eher ein Segen gewesen – seine Arbeit nahm ihn ganz in Anspruch, sonderte ihn vom üblen Leumund – ich lernte ihn bitter entbehren – und durch Entbehrung von neuem entdecken, wie vieles es an dem Manne zu entbehren gab – ich gelobte, wenn mir noch Gelegenheit zur Bewährung vergönnt wäre, wenn je wieder ein halbwegs normaler Zustand einkehren sollte, dann wollte ich lernen, seine zerquälte Übellaunigkeit zu wenden, oder, wo das nicht gelänge, zu ertragen, ohne in die Flammen noch das Öl meines eigenen Kummers zu gießen.

Das nur, um anzudeuten, dass ich ihn um ein Geringes verloren hätte – und wenn ihn das, was er während des Fiebers verloren hatte oder verloren glaubte, so quälte wie mich die Aussicht, ihn zu verlieren, dann verstehe ich sein Zögern nur zu gut, wegen Careys Pamphlet alles neuerlich aufs Spiel zu setzen – Dr. Thrushs unbeirrbares Eintreten für seine Kur ist ihn teuer zu stehen gekommen – ob die Behandlung nun aussichtsreich sei oder von widriger Wirkung – die Pein, die sie ihm, uns, verursacht hat, der Umsturz unseres Lebens, sie wurden mir eine zu große Last – ich wollte eine solche Prüfung kein zweites Mal auf mich nehmen, selbst dann nicht, wenn er sie glänzend bestünde – ist es dann aber gerecht, wenn mich die Haltung, die er in der Carey-Angelegenheit einnimmt, enttäuscht – wäre ich denn wahrhaftig bereit, unser derzeitiges, erst jüngst zurückgekehrtes Glück an das Schicksal eines Volkes zu binden, das seit Hams Übertretung von Gott verflucht ist.

Nein – verzeih, Kathryn – es war nicht Gott, es waren meine Mitchristen, die unseren schwarzen Brüdern dieses Joch auferlegt haben – ja, Brüdern – gibt es einen besseren Beweis als meine Kate, in deren Hand ich mein Herz lege – in ihrer Brust schlägt ein Herz wie meines – im Angesicht Gottes sind ihre Hand in meiner, meine in ihrer ein und dasselbe – *arme Frau, doppelt blind, während Careys Schatten wie eine Axt zwischen uns fällt.*

Heute Nacht schillern ihre Träume in allen Farben. Im Traum ist sie nicht blind; sie ist taub und lauscht einer Musik. Sichtbarer, nicht hörbarer Musik. Rasch wechselnden Trompeten- und Klaviersoli. Und dann ist sie wieder blind, entsinnt sich jedoch der Farben der Klänge und lächelt versonnen, während die dunkelseidene Rückseite der Augen prachtvoll schimmert wie ein Regenbogen.

Bald werde ich dich verlassen müssen, bald musst du dich selbst heilen. Hörst du. Hörst du mir zu.

Wie viele Abende kommt er jetzt schon, um an ihrem Lager zu sitzen und ihr Geschichten zu erzählen. Wie lange redet er sich schon ein, dass sie um seine Anwesenheit weiß, dass das, was er sagt, von Belang ist, dass Geben und Nehmen, ein Wechselgesang von Ruf und Antwort sie verbinden. Die anderen verlieren die Geduld mit ihm. Eine Besserung ist nicht festzustellen. Jeder Besuch kann der letzte sein. Dann wird auf sein Klopfen hin niemand mehr öffnen. Er wird augenblicklich wissen, dass das Haus leer ist. Selbst die Geister werden fort sein. Er wird den Kopf verlieren. Die unverriegelte Tür eintreten. Keuchend hereinbrechen. Sein ganzes Sein zu einem erbsgroßen Kloß im Hals gepresst. Er wird die Leiter, die auf den Schlafboden führt, unten zerborsten im Staub wieder finden.

Zeit. Er benötigt mehr Zeit zu ihrer Heilung. Selbst in seinen eigenen Ohren klingt die Bitte um Aufschub nach Ausflucht. Der Stimme eines gescheiterten Mannes. Der sich und jedem, der ihn anzuhören bereit ist, weismachen will, dem sei nicht so. Er sei nicht mit seiner Heilung gescheitert. Nicht im Versuch gescheitert, sich selbst zu erretten.

Sollte er eine letzte Gelegenheit erhalten, sich zu bewähren, sollten sie ihm noch einen letzten Besuch gestatten, wird er sie rundheraus fragen, was ihr fehlt. Sie fragen, weshalb sie im Sterben liegt, wo sie doch allen Grund hat zu leben. Selbst wenn er ihr noch nicht hat sagen können, welchen. Sie weiß es. Sie muss es doch wissen. Wenn man ihm noch eine letzte Möglichkeit lässt, wird sie vielleicht die Worte hören, auf die sie gewartet hat, und weitererzählen, wo er aufhören muss.

◈◈◈

Gegen Ende seiner Zeit auf Stubbs' Farm hatte er sich an einem ungewöhnlich warmen Nachmittag, nachdem er den ganzen Morgen damit zugebracht hatte, den Felsbrocken, Wurzeln, Steinen und unwilligen Stoppeln am Rande eines Feldes einen weiteren schmalen Streifen urbares Land abzuringen, gezwungen gesehen, in die Scheune zurückzukehren, um seine Axt auszubessern. Schweißdurchtränktes Hemd. Juckreiz. Unterarme mit eigenem wie mit dem Blut der Insekten beschmiert, deren Leiber er zerklatscht, an deren Stichen er gekratzt hatte.

Die Sonne war wie eine eiserne Kappe auf seinen Schädel genagelt und umschloss diesen mit jeder Minute enger und heißer. Zwar ärgerte ihn der lose Axtstiel, doch die Pause war willkommen. Ihn schmerzte das Kreuz, die Füße brannten. Er begann, sich selbst zu bemitleiden. Alles leicht an Liams Seite. Allein hatte er zu viele Fragen. Werde ich hier für immer festsitzen. Ist es nicht an der Zeit, weiterzuziehen. Das lenkte ab. Sodass er zu schnell oder zu langsam arbeitete. Sich verletzte. Schaden anrichtete. Mit Liam schimpfte, obwohl doch Liam gar nicht da war.

Ochsenarbeit, alter Mann. Warum beugt sich dein gefurchter Nacken nicht neben meinem hier unterm Joch.

Er verflucht Liam und ist zugleich dankbar, dass Liam ihm eine Arbeit aufgetragen hat, die ihn restlos erschöpft. Wenn er am Abend nicht an Ort und Stelle umsinkt und unter den Sternen schläft wie ein Stein, wird er sich ins Haus zurückschleppen und in einen so tiefen Schlaf fallen, dass die Geräusche der beiden, mitten in der Nacht miteinander zugange, darin untergehen. Ganz neue Geräusche. Nachtgeräusche, die er dem betagten Paar gar nicht zugetraut hätte. Den langen Winter hindurch nichts. Dann hatte das Frühjahr offenbar Liams Säfte steigen lassen.

Aber bald wäre es, gottlob, so warm, dass er in der Scheune oder draußen nächtigen könnte.

Seufzer und Rascheln und Stöhnen gleichen einer Fingerkuppe, die zart über seine Wange streicht, ihm die Augen aufkitzelt. Dann jedoch folgt ihr Grunzen als Schlag ins Gesicht und lässt ihn hochschrecken. Er liegt wach, wenn sie längst wieder schnarchen, still geworden, das Auf und Ab ihres Atems eins mit dem Muhen und Mähen von Rindern und Schafen, dem Ticken und Sägen der Insekten, dem Knacken und Knistern des sich durch viele Leben arbeitenden Holzes, dem raspelnden Raunen eines Dunkel, das sich wie ein gewaltiger schwarzer Strom von seinen Ufern wälzt, vorüberschiebt und mit dem Drängen seiner schwarzen Trift alle Formen verändert.

Er treibt mit weit offenen Augen darin, im traumgleichen Bann von Erinnern und Vergessen, unsicher, wo er sich zwischen Schlaf und Wachen befindet. Wartet darauf, dass ihn Liam mit den Morgendämmerungsgeräuschen erlöst, die den Tag richten.

Jetzt schlüpft er, von Westen kommend, unter die schattige Schürze der Scheune. Hört Liam. Nächtliche Liebesgeräusche in der Tagstimme des Alten.

Er will sie nicht belauern. Ebenso wenig, wie er je gewollt hat, dass Tag das Dunkel verdrängt und von den sich wälzenden Alten hinter seiner Schulter die Decke wegschlägt. Und doch pirscht er sich an, als stellte er in der Scheune Jagdbeute nach.

Durch einen Spalt in der verwitterten Bretterwand sieht er über Liams Schulter hinweg bis in die gegenüberliegende Scheunenecke. Dort, im Stroh, wo das Vieh schläft, liegt sie. Ob sie ihn sieht, seinen Schatten, der den Spalt verdunkelt. Von der offenen Luke des Heubodens herabfallend, umhüllt sie ein rauchiger Sonnenvorhang. Lichtspeere bohren sich durch Dach und Wände der Scheune. Sie ist splitternackt, liegt reglos da, auf den Ellbogen aufgestützt, das eine Bein lang ausgestreckt im Stroh, das andere angewinkelt. Die Mittagssonne ist ohne Erbarmen. Ihre alte Haut verwittert wie das Holz der Scheune.

Liam malt sie. Oder malt, was er für ihr Gleichnis hält, bedeckt die Leinwand auf seiner kruden Staffelei mit Farbkreiseln, Schlieren und Spritzern. Er summt, er pfeift. Liam, so nah, dass er ihn mit seiner verwundeten Axt berühren könnte, wenn er sie durch die Scharte in der Wand schöbe.

Wenn das dort auf Liams Leinwand eine Frau ist, dann trotzt sie einem Ansturm von Farben. Einem Dickicht von Farben. Fliegenden Farbbannern. Drei- und Rechtecken. Farben, die er noch nie gesehen hat, zermanscht, geschmiert, gespritzt, zerlaufend wie Dotter zerschlagener Eier. Farbgefieder. Farbgitter. Fesseln. Dunkle, in den Farben gefangene Fäuste, die sich hämmernd zu befreien suchen. Inmitten dieses Farbbrüllens ersteht gewiss die Gestalt einer Frau, so sicher, wie Flicken bekannter Melodien die Steppdecke von Liams Gesumme bilden.

Als er jenseits der Leinwand, durch sie hindurch erneut zu ihr hinblickt, ist sie eine andere. Ähnlich verwandelt wie damals, als Luft und Wasser und Feuer aus ihr die vielen verschiedenen Frauen gemacht hatten, die sich an jenem Morgen in dem Raum drängten, in dem er sie in einem Bottich vorm Feuer baden sah.

Nicht die Frau hier im lodernden Stroh, nicht die Frau, die sich aus den Regenbogenschlangen aus Farbe wand. Nicht was Liam sich vorstellte, was er selbst sich vorstellte, sie sich vorstellte, sondern das, was Neuem und Anderem wiche. Nach ihrer Zeit käme. Und wieder Neuem und Anderem weichen würde. Stets unbekannt. Stets frei.

◈◈◈

Weshalb spreche ich von »Dr. Thrush« – ist denn der Mann, der so gebieterisch die Seiten meines kleinen Journals durchschreitet, nicht mein Benjamin – mein geliebter Ben, mein B – ich gestehe, mich befällt albernes Jungmädchengestammel, sobald er erscheint und ich ihm einen Namen geben muss – Ihm, meinem Mann, Herrn und Gebieter, Liebsten – warum aber drängt es mich, ihn »Dr. Thrush« zu betiteln – ist er eine so erlauchte Person, dass ihm ein Titel gebührt – wie würde er mich seinerseits wohl in einem Journal nennen – ist mein würdiges »Dr. Thrush« ein Schild, den ich zu seinem Schutz – oder gar meinem – vor mir hertrage, um die Gemütserregung zu verbergen, die mich überkommt, wenn ich ihn mir vorstelle, sein schönes, edles Antlitz, seine männliche Gestalt – fürchte ich, in meiner Hast, ihm in die Arme zu fliegen, über die eigenen Füße zu fallen – Erinnerungen an geteilte Geheimnisse und Glut schießen mir heiß von den Zehen hoch bis zum Scheitel – muss ich mich zügeln, mich ermahnen, dass er nicht mir allein, sondern geradeso der Welt gehört – mich daher mühen, ihn in der Weise zu ehren, wie es die Welt von der treuen Gattin erwartet – meinen tadellosen, tüchtigen, viel geachteten, guten Dr. Thrush – hieße es nicht, ihn öffentlich entkleiden, wollte ich ihm weniger zubilligen als dieses »Dr. Thrush«.

Fortan sollst du – so du auf diesen Seiten erscheinst, entblößt oder nicht – B heißen – die Bündigkeit der Anrede wird dir hoffentlich nicht missbehagen, das Anstandsempfinden meiner süßen Kate hoffentlich nicht verletzt sein, wenn du so leicht geschürzt durch meine Gedanken eilst – und du, Geliebter, kränke dich nicht ob der Entkleidung des Titels – betrachte sie als Arbeitsersparnis, damit Kates Feder umso geschwinder, arielgleich, ihrer Pflicht nachzukommen vermag.

B- B- B- B – gegenwärtig wird mir ein Roman aus der Feder Samuel Richardsons vorgelesen, in dem ein Mr. B auftritt – von ähnlich schöner Gestalt wie du, mein B, doch ohne deinen Edelmut, wie du gottlob frei bist von seiner Liederlichkeit, und doch seid ihr beide Bs – es scheint bei Skandalgeschichten dieser Art die Mode zu sein, die Identität der dem wirklichen Leben entborgten Figuren zu kaschieren, indem man ihre Namen auf Initiale verkürzt – doch diese Künstelei – die meines Wissens den Franzosen mit ihrem notorischen »roman à clef« abgeschaut ist, steigert den Appetit auf Skandale, anstatt ihn zu zügeln, und erweist sich als so anregend wie verhüllend, denn der Kunstgriff der Initiale verleiht den erfundenen Abenteuern gewissermaßen erst den Anstrich der Wahrhaftigkeit – hinreichender Wahrheit in jedem Falle, um verdächtig zu machen – denn endlich wäre doch ohne Verdacht, ohne Wahrhaftigkeit keine Bemäntelung durch Initialen vonnöten – und auf diese Weise bekommt der Leser – oder vielmehr die Leserin, indem Romane überwiegend vom müßig gehenden Geschlecht goutiert werden – beides – wird heimlich ans Schlüsselloch der höheren Stände gewinkt und darf zugleich jegliche verwerfliche oder schlüpfrige Lust an der Bespitzelung leugnen, ist doch das Gelesene frei erfunden, nicht wahr, ein Roman – mich dauern diese Standespersonen, die Ehrenhaften und unglücklich Liebenden, deren Leben von unseren heutigen Schriftstellern bis in die letzten Winkel ausgeleuchtet werden – vor aller Augen – und denen man allenfalls das Feigenblatt einer Initiale lässt.

Keine Sorge, Teuerster – ich gelobe, dir niemals so übel mitspielen zu wollen – deine Geheimnisse, lieber B, für Sixpence zu Markte zu tragen – diese Kritzelei ist allein zu meinem Gebrauche gedacht – ich hege keinerlei Wunsch, einen Roman zu verfassen – zumal kein Prinz meiner Träume annähernd so mutig und edel, so albern und liebenswert sein könnte, wie du es bist, leibhaftiger B, den ich strikt nach dem Leben zeichne.

Wenn ich aber schon in Fabulierlaune bin, will ich ein Geheimnis verraten, das ich nicht länger zurückhalten kann – ich habe dein Geburtstagsgeschenk bereits erstanden und glühe vor Stolz – am liebsten möchte ich dir das Büchlein sogleich in die Hand drücken – allein, du feierst erst in vier Wochen Geburtstag, also muss ich die vernünftige, zuwartende Erwachsene mimen – dein Geschenk bis zum fraglichen Tag aufbewahren – unerträglich, diese Maßhaltung, denn wo es gilt, schöne Überraschungen nicht zu verderben, berste ich schier vor verräterischem Beichtdrang, wie du wohl weißt.

Ah … gleich geht es mir besser – die Katze ist zwar aus dem Sack, aber diesen heimlichen Seiten soll sie nicht entkommen.

Entsinnst du dich der jungen Afrikanerin Phillis, von der es heißt, sie sei die Erste ihrer Rasse gewesen, die einen Gedichtband in Druck gegeben – das Erscheinen ihres schmalen Büchleins sorgte für einige Aufregung – die einen versicherten, sie könne in der kurzen Frist, die sie erst in diesem Lande weile, die englische Sprache unmöglich gut genug gemeistert haben, Verse zu schmieden – wieder andere wandten ein, allein ihr zartes Alter spreche gegen eine Urheberschaft von Gedichten, deren gelungenste mit Werken von Mr. Pope verglichen wurden – so nachhaltig waren die Zweifel, dass ihr Bostoner Verleger ein Gremium angesehener Gelehrter und hoher Herren aufforderte, die junge Frau zu examinieren – die mit Glanz bestand – Werk und Dichterin, so höre ich, erfreuten sich einige Zeit großer Beliebtheit – und das Büchlein bleibt, wenn auch nicht mehr ganz so im Schwange, nach meinem Dafürhalten eine hübsche und herzergreifende Probe ihrer Kunst – ich kann es kaum erwarten, deine Meinung zu hören – und deinen Vortrag – obschon mir Kathryn die Verse in ihrem melodischen Tonfall sehr artig verlesen hat, werden deine Lippen sie zu neuem Leben erwecken.

Mag das Büchlein dir Freude bereiten – schon die Fülle der Themen ist verblüffend für eine Verfasserin in so zartem Alter, die unlängst erst zur Kunst und ins Land gekommen – Beleg für die Geistesgröße der geschmähten afrikanischen Rasse – neuerlicher Beweis für die Richtigkeit, die Dringlichkeit deiner beharrlichen Sendung im Namen dieser unglücklichen, missdeuteten, misshandelten Kinder Gottes.

Das Buch, die junge afrikanische Dichterin, sie lassen mich an unsere Kate denken – so klug, so aufmerksam, sanft und mitfühlend – ich habe Kate ermutigt, ihre Gedanken und Empfindungen ebenfalls zu notieren – aber ich fürchte, sie hat mit der Niederschrift der meinigen bereits genug zu tun – im Augenblick, da ich den Vorschlag machte, wurde ich mir abermals bewusst, wie selten sie von meiner Seite weicht, wie viel ich ihr abverlange – wie sie immer zur Stelle ist, meine Wünsche erahnt, noch ehe ich selbst sie kenne – wer weiß, zu welchem Ausdruck sie vorzudringen vermöchte, wäre sie der endlosen Runde ihrer Pflichten enthoben – gefühlvoll, wie sie ist – *randvoll wie ich bin mit seinem gierigen Samen, der mich von innen aushöhlt und verschlingt – wie du von außen – ein Löffeln, Schöpfen und Leeren.*

Den Jungen fröstelt. Kälte sein ständiger Begleiter. Durch die papierenen Gesichter der Männer, die ihn verhören, sieht er hindurch. Denkt an die Worte des Wächters.

Im fernen Land jenseits vom Wasser waren wir Riesen, hatte ihm der Wächter vorgelogen. Die Finger hier alle so lange wie ein Mann. Dem Jungen die dunkle Hand ins Gesicht geschoben. Geisterklaue.

Dann kamen weiße Ameisen. Machten uns müde. Nahmen uns auseinander, Knochen für Knochen. Kochten Riesenknochen in Kesselschiffen, bis Knochen so winzig wie das, was du hier an meiner verkrüppelten Hand sehen kannst. Kleinklein wie weiße Ameisenknochen. Riesenknochen gebrochen, gekocht, die Knochen. Und wieder zusammengebaut.

Von den weißen Ameisen mit dem starken Juju. Juju bloß gut zum Müdemachen, zum Knochenklein, Knochenkochen, nicht gut zum wieder Zusammensetzen. Passten nicht mehr, die Knochen. Weh und weh. Kalt und dunkel drinnen, die Knochen lose. Nicht kräftig fest wie die Riesenknochen.

Im Keller, in den man ihn jede Nacht einsperrte, heulte der Wind durch die losen Stellen, die des Wächters Worte benannten. Kalter Kellerboden die Knochenwüste. Flinke Rattenbeine im Sand. Keine Ruhe in den Gelenken und

Ritzen seines Körpers. *Werden diese Gebeine einst wieder lebend werden. Wieder zusammenkommen, ein jegliches zu seinem Gebein.* Im Dunkeln hört er die Unruhe der anderen Kinder, die mit ihren Nachtbesuchern ringen. Eins hustet, eins wimmert, eins schnauft, eins weint, die ganze Nacht Lärm in seinen Ohren, ob er wacht oder schläft, die Kunde des Kellers durchwirkt ihn, unentrinnbar, Augen zu oder auf.

Er träumt vom geschwächten kleinen Abraham auf seinem Strohsack, Gesicht am Morgen wie ein angenagter Apfel, gestorben in der Nacht, zu kraftlos, um schreiend die Ratten zu verscheuchen, die seine Backen zerbissen.

Glück im Unglück, hatten sie gesagt. Mütter und Väter, hatten sie gesagt, zum Herrn eingegangen. Vom schrecklichen Fieber hingerafft, euch aber hat der gütige Gott verschont. Gott jetzt Vater und Mutter, ihm gebührt Gehorsam und Lobpreis. In dieser ihm geweihten Waisenanstalt müsst ihr euch seiner Gunst würdig erweisen. Müsst lernen, ihm jeden Augenblick eines jeden Tages, den er euch in seiner unermesslichen Güte hernieden vergönnt, allezeit treu zu dienen.

Erklärung des Zeugen:
Wir schlafen in einem Keller. Unter den Räumen, in denen sie uns unterrichten und speisen. Und dann gibt es über den Räumen, in denen wir die Tage verbringen, im oberen Stock noch andere Räume, in denen Engel wohnen. Dem Himmel näher. Warme, reinliche Räume. Dort bringen sie uns hin, um Gottes Werk zu tun, jeden Fußbreit im oberen Stock blank zu scheuern, damit alles rein ist und die leuchtenden Gesichter der Engel sich in allem spiegeln, was wir, die das Werk Gottes tun, polieren und putzen.

Wir haben viele Farben, sind vielfarbige Kinder, aber der Keller macht uns alle schwarz. Ich sehe die eigene Hand vor Augen nicht, die eigene Hand sieht im finsteren Keller nicht mein schwarzes Gesicht. Dort unten bin ich einer und viele. Wo ich aufhöre und ein anderer beginnt bleibt ungewiss. Keiner ist sich sicher. Ich lutsche an einem fremden Daumen. Aus meinem Afterloch lässt ein anderer Winde. In sehr kalten Nächten klumpen wir uns zusammen, um es wärmer zu haben, und dann schlagen unsere Herzen im selben Takt, wir schlottern im Takt, wir husten und spucken und nässen, und der Haufen verrutscht und erdrückt oder drängt ab, was er nicht duldet.

Wie die Toten horchen wir im Dunkeln auf unsere Namen. Unsere Hände können uns nicht sagen, wer wir sind, wer wir nicht sind. Wenn wir es wagen, nach Mutter oder Vater zu rufen, bringen wir, wie mit Gesang, Wimmern und Stöhnen, von oben Klopfen über uns. Der Wächter schläft am Kellereingang auf seinem Stuhl. Wenn wir immer noch keine Ruhe geben, hören wir die Falltüren in den Angeln kreischen, seine schweren Schritte auf der Leiter, den Aufschrei der Sprossen. *Still, still, still, still* das Schlaflied, das er uns mit dem Riemen einpeitscht.

Mir hat der Wächter einmal gesagt, ich müsste im selben Moment sterben, da ich hingestreckt auf dem Boden einschliefe. Er schläft auf seinem Stuhl im Sitzen, sagt er. Um den Tod auszulisten. Wochenlang habe ich, um den Tod zu täuschen, gesessen oder geträumt, ich säße, habe mich gegen jeden gelehnt, der mich nicht wegstieß.

Ich bin hier einer von denen, die das Sagen haben. Groß genug, anderen wehzutun, also gefürchtet. Ich bin ein Dieb. Von den Tischen im obersten Stock wirft man uns die Reste vor. Um zu überleben, bestehle ich die Schwachen und Dummen. Ich wähle meine Opfer mit Bedacht. Zusammen tanzen wir den langen, langsamen Todestanz des Hungers. Meine Schliche machen den anderen Spaß. Sie beklatschen meine Skrupellosigkeit, hänseln meine Opfer, verspotten deren taumelnde, benommene Schwäche.

Ich gehe überlegt vor und nach allen Regeln der Kunst. Dem Hungernden den Zehnt zum Leben zu lassen, dabei gerade so viel zu ernten, als ich brauche, um meinen Vorsprung und andere in Schach zu halten. Ich verlängere das Leid meiner Opfer nur ungern, doch leiden müssen sie, lange genug, dass die Übrigen sich im sicheren Glauben wiegen, gegen sie würde ich mich nie wenden müssen.

◈◈◈

Mein einziger B – heute Morgen, obschon deine Pflichten dich längst fortgerufen haben, drängt es mich, mit dir zu sprechen – also tue ich genau das – spreche gewissermaßen ein Gebet – spreche mit dir, wie ich zu diesem kleinen Journal spreche – mit dem ich Zwiesprache halte, wie ich es gern mit dir täte.

Diesem Büchlein vertraue ich Geheimnisse an – es ist mir bereits ein lieber, guter Freund geworden – ich stelle ihm Fragen über mich, und wundersamerweise erhalte ich zuweilen Antwort – gestern zum Beispiel fragte ich: Warum schreibe ich – und es antwortete mir ohne Zögern: Weil du einsam bist – da schämte ich mich und tat im Geiste bei meinen zahlreichen lieben Freunden und Bekannten Abbitte, bei Kathryn an meiner Seite, die treulich die Albernheiten aufzeichnet, die meinen Lippen, die meinem Herzen entschlüpfen – suchte die Unverblümtheit des Journals vor allem vor dir zu entschuldigen, meinem guten, geduldigen B – und doch konnte ich den Wahrheitsgehalt der Antwort nicht verhehlen – ja, ich bin einsam, ja, trotz all derer, die mich umsorgen – ja – ich schreibe, weil stets zu viel zu sagen wäre oder nichts – uns stehen keine Worte zu Gebote – nicht die rechten Worte, die andere zu verstehen vermöchten – selbst wenn jemand zuhören könnte oder wollte.

Und doch stehst du vor mir – ich beschwöre dich mit jedem Wort herauf, das ich an dich richte – phantasiere mir eine gehobene Braue, wenn ich deine Neugier errege oder etwas Unerhörtes sage und du abwägst, ob du richtig oder gar zu gut gehört hast – sehe gewissermaßen dein mildes Stirnrunzeln, sehe, wie du mich belächelst.

Die Tage in der Waisenanstalt sind lang und ermattend – jetzt, da ich so viel außer Hause bin, sehen wir uns seltener noch als zuvor – die kostbaren, gemeinsam verlebten Stunden, alsbald verflogen, sie erscheinen mir nun, aus größerer Ferne, wie glückselige Zeitinseln – damals, da wir nur diese flüchtigen Augenblicke hatten, grämte ich mich, verlangte nach mehr – erträumte zunächst und wünschte bald ausdrücklich (selbstisch und zu häufig, wie ich fürchte) eine Änderung unseres Lebenswandels herbei – ahnte ich doch nicht, dass der Wandel sich bereits ankündigte, dass es indes ein Wandel wäre, der uns weniger und nicht mehr gemeinsame Zeit bescheren würde.

Meine Waisen nehmen mich ganz in Anspruch – ich danke dir täglich, obwohl ich dir meinen Dank selten persönlich zu übermitteln vermag, denn Dankbarkeit erfüllt mich eher zu ungelegenen Zeiten wie dieser, da ich dir nicht die Hand drücken kann noch deinen liebevollen Blick auf mir ruhen spüre, Zeiten, da sich der ungesprochene Dank für die von dir angeregten Spenden staut, welche die Waisenanstalt und die Schule erst möglich machten, Dank für die Ermutigung, mich an der Unternehmung zu beteiligen – Dank, tausendfach Dank, denn auf deinen wohl wollenden Rat, deine Unterstützung baue ich, wenn die Welt rings um mich und meine Schutzbefohlenen ins Wanken gerät.

Du musst uns bald einmal besuchen kommen – die Schule, die Waisenkinder, bei denen ich eine zweite Familie gefunden habe – ich fürchte zuweilen, ich unterrichte weniger, als dass ich schamlos bemuttere – die Kinder brennen darauf, ihren Papa kennen zu lernen – ich habe ihnen viel von dir erzählt – dass es ihre Herberge ohne dich nicht gäbe – sie kennen dich aus der Ferne bereits gut, und längst lieben sie dich von ferne – aber ich lehre sie, an dir, ihrem Wohltäter und Beschützer, nicht satt zu werden – wie ich selbst nicht satt werden kann – sodass ich dich hier an mein Schreibpult zitiere wie einen meiner säumigen kleinen Schüler.

Fürchte dich nicht, lieber Junge – ich bin gleich zu Ende mit meiner Predigt – eine schmerzlose Lektion – einzig dem unschönen Drang geschuldet, dir die Last meiner Liebe neu aufzubürden – deutlicher gesagt, ich entbehre dich schrecklich – und vermag doch zu dieser Zeit keine der an der Schule verbrachten Stunden zu opfern, so wenig, wie du die Zeit abkürzen könntest, welche die Betreuung deiner Kranken und die Erneuerung der Stadt dir abfordern – wir müssen Tröstung in der Zuversicht suchen, dass derselbe Heilige Geist, dieselbe göttliche Führung, die dich im Bemühen um unsere angeschlagene Stadt in die vorderste Reihe stellt, mir an deren Rande eine Rolle zugewiesen hat – wo ich trotz meines fehlenden Augenlichts und meiner bescheidenen Gaben bei den verwaisten Negerkindern nötig und willkommen bin.

Ich vermute, eigentlicher Anlass zu diesem Eintrag lieferte der Wunsch, mich zu beklagen, dich womöglich zu schelten, weil du so viel fort bist – stattdessen muss ich hier nun bekennen, wie sehr ich selbst beschäftigt bin, wie viel selbst außer Hause – ungeachtet dessen jedoch danke ich dem Herrn, dass er mir die Pflichten auferlegt, die uns in jüngster Zeit trennen.

Klage, Schelte oder Beichte – gleich wie ich dazu sage, da keine Menschenseele, nicht einmal du, teurer B, dieses Journal zu Gesicht bekommen soll – auf dessen Seiten ich niemandem Rechenschaft schuldig bin als mir selbst – und selbst mir gegenüber kaum verantwortlich – schon gar nicht der Frau, die sich für so vernünftig hält, klar denkend und mit zumindest dem Hauch eines weiblichen Gefühls für Anstand und Sitte gesegnet.

Ein Wort noch – der Warnung, wenn du willst – wofern wir erst wieder mehr Zeit füreinander haben, darfst du dich nicht verwundern, wenn du deine treue Gefährtin nicht wieder erkennst – ich bin ausgezogen, Seelen zu retten – und stelle fest, dass sie die meine befreien – und ich mich darüber verändere – mich mausere, mir neue Federn zulege.

Kathryn versichert mir, im neuen Federkleid nähme ich mich prächtig aus – sie sagt, im Unterricht bei den Kindern blühte ich auf – Kathryn meint es wie immer zu gut mit mir – sie gefällt sich darin, mich besser zu machen, als ich bin – und obwohl ich fürchten muss, dass mich meine treue Leibdienerin hätschelt, kann ich es kaum erwarten, noch herrlicher verwöhnt zu werden, wie nur du, teurer B, mich zu verwöhnen vermagst.

Des Weiteren erklärt der Zeuge:
Ja, ich erinnere mich an den Tag, als ich die Frauen hier das erste Mal sah, die bleiche und die von derselben Farbe wie ich, die ihren Schatten abgab, ihre Augen. Ich habe sie beide auf der Stelle gehasst, ihre Rüschen, ihre flattrigen Stimmen, die die Stille der Winterräume störten. Die Schwarze. Die Blinde, die mich nie finden könnte, wenn ihre dunkle Fährtenleserin nicht meine Verstecke aufspüren würde. Ich hasste ihre weichen, makellosen Hände. Segeln ein und aus und wissen, dass sie diesen Ort jederzeit wieder verlassen können. Geben vor, etwas zu sein, was sie nicht sind, machen sich vor, wir, die hier leben, wären andere, als wir sind. Sie vergessen unter feinen Gewändern und Gehabe Fleisch und Blut, sie vergessen, dass sie Frauen sind, so wahr ich eines Tages Mann sein werde, ob Bettler, ob König, an dem Tag Mann, an dem ich ihnen die Kleider vom Leib reiße und ihnen meine Wahrheit zwischen die Schenkel stoße.

Die Bibel lehrt uns, sagte die weiße, und da wurden ihre Worte zu Fingern, die mir ins Genick griffen, unsanften Fingern, die zwackten und zerrten, als wollten sie mich wecken und doch in den Schlaf lullen. Fingern, die mich zerpflückten und die Fleischklumpen zu weichen Klößen klopften, tot wie Wurst.

Sie kommen – die Blinde, die nichts sieht, die Dunkle, die alles sieht außer der Farbe, die sie zu einer von uns macht. Sie kommen, uns zu belehren. Sie sind unsere Lehrer. Ich habe den Wächter gefragt: Was ist ein Lehrer. Er starrte mich an, grimmer alter grauer Wolf und ich das verletzte, in die Ecke gehetzte Kaninchen. Wie stets seine widerwärtige Pfeife im Mund. Meist kann er keinen Tabak erbetteln, und dann hängt die Pfeife kalt von seinen dicken Lippen. Er pafft und saugt seinen knisternden Trauergesang trotzdem aus dem Stiel. Er zieht die Pfeife aus dem Mund. Spucke, nicht Asche, als er den Kopf ausklopft.

Lehrer sind die Toten, sagt er. Kommen, euch *pikin* das Sterben zu lehren. Seine schweren Lider senken sich. Er braucht mich nicht mehr mit Blicken festzunageln, der Wächter. Auch so baumeln dem Kaninchen die Sehnen blutig von den zuckenden Läufen. Er vergisst mich. Kopf sinkt, er nickt ein, stiehlt sich fort, dorthin, wo die Toten herrschen, und lauscht ihren Belehrungen.

Manchmal, wenn mir der Wächter antwortet, sind seine Antworten wie Hunde, die plötzlich von der Kette gelassen werden, jagen hierhin und dorthin und herum und herum. Antworten, die noch längst nicht ans Ende gelangt sind, wenn ich an meine Arbeit zurückkehre. Das Brummeln des Wächters, seine mir fast unverständliche Sprache, liegen mir den ganzen Tag in den Ohren. Meist will er meine Fragen nicht hören. Verscheucht mich. Schlägt oder tritt nach mir, wenn ich zu nahe komme. Einmal hat er mich bespuckt. Auf meine Zehen einen Schauer Tabaksaft regnen lassen, der die Farbe von Blut hatte.

Stundenlang sitzt er da, blind, taub und stumm, Pfeifenstiel zwischen die Zähne geklemmt, wiegt sich vor und zurück, schläft mit offenen Augen. Wortlos umstellt er mich mit Fragen. Seine Geisterstimme zetert in meinem Ohr. *Wer bist du. Warum bist du hier. Wo gehörst du hin.*

Wenn er wie eine schwatzhafte Zunge auf seinem stummeligen Hocker schaukelt, zurück, wieder vor, zurück, wieder vor, kann ich ihn berühren. Dann weiß ich, er spürt meine Hände auf seiner teerigen Haut nicht. An seinem stacheligen Kinn. Ich bohre in den Runzeln seiner Stirn, Furchen seiner Wangen, tief wie die Falten seines zerfledderten Turbans.

Ich habe die Pfeife schon berührt, wenn sie heiß ist. Und kalt. Er spielt sie, pfeift unsichtbare Herden zu sich, zurück und wieder vor, zurück und wieder vor, schwebend, wie schlafend.

Der Wächter weiß, dass die Frauen nicht hergehören. Warum wollen sie nicht einsehen, dass man uns zum Sterben in diese Anstalt gepfercht hat. Wenn die Frauen uns etwas lehren wollen, sollen sie nachts kommen, in den Keller. Dort unten lehren. Die Toten lehren, die Toten lehren lassen. Die Dunkle ihre Farbe lehren. Die ohne Augen ein noch schwärzeres Dunkel lehren. Wir wollen sie mit Händen und Zungen und Zehen lehren. Im Keller gibt es kein Entkommen vor dem neben dir, der dich berührt, wo du nicht berührt werden willst. Du lernst, dass die aufdringlichen Finger deine Finger sind, der Gestank dein Gestank ist, das Nass dein Nass. Du lernst, dass der neue Tag, wenn er endlich anbricht, nichts ändert. Du steigst aus dem Keller die Leiter hinauf in die anderen Stockwerke, aber das Licht, das du im finsteren Keller die ganze Nacht herbeigesehnt hast, schenkt dir keine Freiheit. Zweck seines hellen Bannstrahls besteht bloß darin, dich von den anderen zu sondern, damit ein jeder für sich die Leiter hinauf an seine jeweilige Arbeit geht, allein die zugemessene Strafe erduldet und die Lektionen, anderen hinterherwischt, die abscheulichen Reste verschlingt, die er entwendet, um nicht zu verhungern. An alledem ändert das Licht nicht das Geringste.

Zuerst hielt ich die Dunkle lediglich für den Schatten der Bleichen, trippelndes Echo, Nachhall, Spiegelung, Windspiel am unsichtbaren Band. Bis ich im Schulzimmer von der hintersten Bank bemerkte, wie die Weiße zögert, kaum dass sich die andere mal zu weit entfernt, ihr Lächeln starr wird, ihre Hände in der Luft rudern wie die einer Ertrinkenden. Ich höre sie förmlich um Augenlicht beten, um das Luftpolster, das der Arm der anderen bietet, um die andere beten, deren Farbe sie nicht als meine erkennt.

Ich möchte laut lachen. Zu der Blinden hinlaufen und meinen Arm unter die Leere schieben, die ihre fahlen Finger durchkämmen. Sie mich ergreifen lassen, sie meine Kraft, meine Farbe lehren, ihr meinen Arm erst bieten, dann entreißen.

Sie lernt schnell. Zu schnell gewinnt sie Sicherheit, die toten Augen streifen ungehindert durch diesen Ort, an dem ich mich nach Monaten noch stoße, stolpernd, tastend bei Tag und bei Nacht, jeden Augenblick um mein Leben bangend. Rasch beherrscht sie die Silben unserer Namen und spricht uns richtig an ... Jesaja Cudjo Elizabeth Phyllis Hannibal Chloe Thomas Mary Jupiter Grace Sarah ...

Ruft uns alle vollkommen richtig bei den Silben unserer Namen, damit wir auf ihre Fragen antworten, als gehörten die Namen ihr, nicht uns, als stürzten nicht jammernd und klagend unsere toten Mütter und Väter, Brüder und Schwestern ins Schulzimmer, um ihr unsere Namen wieder zu entwenden.

Das Fieber hat uns Gott als Buße auferlegt. Zur Reinigung. Uns Demut zu lehren, sagt die Blinde. Wir Überlebenden müssen nun aus Trümmern und Asche eine neue Stadt errichten. Eine bessere Stadt. Wohl hat euch die Seuche zu Waisen gemacht, doch euch hat sie verschont. Niemand kann euch die Lieben und Nächsten ersetzen, aber ihr seid nicht allein, Kinder. Die gütige Hand des Schöpfers hat euch hierher versetzt, damit ihr euch in dieser Schule auf den langen, beschwerlichen Weg vorbereitet, der vor euch liegt. Ehe wir mit der Lektion beginnen, wollen wir einen Augenblick innehalten und um Kraft und Führung beten.

Vater unser, der du bist ...

in diesem Himmel Himmel Himmel

Der Himmel ihres Dufts, die gerüschten blauen Ärmel, das blaue Wispern ihres Gewands. Welcher gütige Gott hat Stunden darauf verwandt, dieses süß duftende Geschenk, größer als ich, zu verpacken, dass ich schnuppern und hochschielen darf, aber nicht öffnen.

A.

A steht für Anfang, A für Amen.

A, Kinder. Sprecht mir nach. A für Anfang. A für Amen.

Da haben wir aber einen Stillen, Kathryn. Einen Scheuen.

Beide berühren sie mich. Weiße Hand. Schwarze Hand. Eine die Schulter. Eine tätschelt mir den Kopf. Meine Haut brennt und wirft Blasen. In Streifen wird sie mir vom Scheitel gerissen, ein glühendes Brandeisen sengt bis ins Mark, zuckende Hautzöpfe hängen mir vom Rücken.

O. Er schaudert vor meiner Berührung zurück. Es tut mir Leid. Tut mir Leid, Kind. Verzeih. Ich nehme mir mit meinen Händen zu viel heraus. Verzeih. Meine Hände sind meine Augen. Ich wollte dich nicht ängstigen.

Aber, aber, junger Mann. Du wirst diese Tätlichkeit doch wohl überleben. Schau nicht so grimmig. Wir sind keine Menschenfresser. Und nun komm. A für Anfang. A für Amen.

Höre ich da immerhin ein Zischen. Nun, wenn du uns heute nicht mehr als ein Flüstern gönnst, bedanken wir uns für dein Flüstern, junger Mann. Aber das nächste Mal bitte lauter. Laut und deutlich wie alle anderen.

Er atmet keuchend. In seiner Kehle ein Knistern wie in der gurgelnden Pfeife des Wächters. Die Blinde kann ihn nicht sehen. Wenn er sich selbst die Augen ausrisse, würden dann diese Frauen verschwinden. Er verschließt die Augen vor ihnen, presst die Lippen zusammen, atmet durch die Nase. Seine Nasenflügel beben. Die Augen tränen. Wenn es ihm nicht gelingt zu bezwingen, was in ihm aufsteigt und ihm das Herz in der Brust schwellen lässt, ihm die Kehle zuschnürt, muss er zerspringen. Er möchte über die Bänke setzen und sie umrennen. Zuerst die Weiße, dann ihren Schatten. Sie zertrampeln. Die Schwarze zuletzt, weil er genau weiß, bei ihr wird er nicht mehr aufhöhren können, wenn er einmal angefangen hat.

Die Richter nicken. Weiße Kinnläden sinken auf schwarze Roben, Augen fallen zu. Der Wunsch nach Musik tönt in seinem Kopf. Musik, wie er sie in seinem Leben nicht gehört hat, oder ein einziges Mal gehört und bis eben vergessen, oder Musik, die noch nicht erfunden ist. Musik, in die er seinen Zorn bündeln, mit der er ihn zu Boden ringen könnte, so wie er Leute die brennenden Menschen mit Decken und Sackleinen hat einfangen sehen, als sie aus ihren in Flammen aufgehenden Bretterverschlägen am Fluss flohen. Ein Wirrkopf habe das Feuer entfacht, als er mit Schießpulverladungen die Luft vom Fieber zu reinigen suchte. Man würde der Lüge glauben. Er würde ja ja sagen, so ist es gewesen.

Musik, die seinen Atem wieder zur Vernunft bringen könnte. Musik zur Befreiung der Kinder. Musik menschlicher Fackeln, jämmerlicher, krummer kleiner im Kreis rennender Beine. Schreiende Menschen, Männer, die Kindern

Wolldecken über die Köpfe warfen. Kleiner, zu Boden stürzender Kapuzenschatten.

Musik, zu der man dem schlafenden Wächter die Pfeife aus dem Mund zupfen könnte, Musik, zu der er die Leiter in den kohlschwarzen Keller hinabkriecht, das rote Glimmen im Pfeifenkopf mit jeder Sprosse auf und abtanzend, zum schrecklichen Geschmack der Pfeife, an der er zieht, um sie am Brennen zu halten, zum Funkenregen im Stroh am Fuß der Leiter. Schnell wieder hinauf. Kreischen der Falltüren, als er sie behutsam herablässt. Mit beiden Füßen zuhält, bis das Querholz festsitzt. Unten schon knisternde Flammen. Der nickende Wächter auf seinem Hocker, aus dessen leerer Pfeife dicke Rauchwolken quellen, die jetzt wieder lose zwischen seinen Lippen liegt.

Musik zum wogenden Auf und Ab des Wächters, der auf seinem Hocker schaukelt. Musik ohne Namen. Für befreite Kinder. Für bei lebendigem Leib gebratene Kinder. Für den finsteren Keller. Eine einfache, reinigende Musik, die den Atem besänftigt, den Würgegriff um die Kehle lockert. Musik für die Wolke ihres betörenden Dufts, die über seinem Kopf in der Luft steht.

Musik, die die Fürchterlichkeit der Prügel vorhersagt, die er beziehen wird, wenn er sie packt und seine Zähne in ihren Hals schlägt. Schwarze Zähne in den weißen Hals der einen. Weiße Zähne in den schwarzen Hals der anderen.

Schuldig.

Schuldig.

Schuldig.

Schuldig, tönen die Säulengesichter.

Möge der Herr sich deiner Seele erbarmen.

Kathryn, liebste Kate – du zitterst – Tränen fallen auf die Journalseite – so sag doch, meine Liebe – bitte sag, was ist dir.

Nun bin mit Zittern und Tränen ich an der Reihe – Kathryns Hand indes wieder ruhig, ich habe sie inständig darum gebeten – wir dürfen den Mut jetzt nicht sinken lassen – die Feder kratzt, da ich spreche – aber nein, beim Sprechen höre ich sie nicht, höre sie erst, wenn ich schweige und horche, bis sie mich einholt – auf dass ich weitersprechen und auf diesen Seiten wirklich werden darf, nur im Formen meiner Geschichte wahrhaft lebendig, ganz bei mir, selbstvergessen – wirklich, bis ich erneut die Feder höre und mir nur Warten bleibt, dann Stille bei ihrem Innehalten.

Jeden Tag sitzt du am Pult und schreibst – und bist doch ein Schatten – ein flüchtiger Duft, das Kratzen der Feder, das Rascheln deines Kleids, eines Kleids, das du mir vielleicht auf Nachfrage hin als blau angeben magst – blau, als könnte man das Blau sagen – du bist eine Stimme, die mich zügelt, wenn ich zu hastig spreche – ein Seufzen, wenn dein weiches Herz an einem Kummer teilnimmt, den ich dich zu vermerken bitte – und doch sind das Blau und ähnliche Splitter alles, was mir bleibt, um mich Tag für Tag zu erinnern, wer du bist – und an die Belanglosigkeit dessen, wer ich für dich bin – die ich, wie wir alle, am Rande die Welt eines anderen streife – flüchtige Erscheinung nur in fremden Geschichten – bis jemand beschließt, mehr von uns herzumachen, uns in irgendeiner Weise Rechnung zu tragen, uns in sein Reich zu ziehen, eingebildeter König auf einem eingebildeten Thron, der uns ein Leben in seinem Palast phantasiert, seinem Hoheitsgebiet, seinen Landen, die nichts weiter sind als flüchtige Erscheinungen am Rande der Träumereien wieder anderer.

Nein, Kathryn zittert nicht mehr – sie weint nicht – sie kann ich schlecht als Grund meines Zagens vorschützen – und wenn ich an diesem Morgen Augen hätte, Augen, die so lebendig und klar wären wie die ihren, vermöchte ich doch keine Feder zu halten noch über die Seiten zu führen.

Wir haben jetzt ein Geheimnis – ein Geheimnis, das keine von beiden aussprechen mag – so weit sind wir nicht, wiewohl wir beide wissen, dass wir es werden tun müssen – Aussprache, die beschämt, daher nicht stattfindet – Aussprache, die in einem unseligen, stummen Pakt besiegelt wird – tot geborene Aussprache – unaussprechliche Rundung des Leibs, den zu berühren sie meine festgehaltene Hand soeben zwang – namenlos das Greifbare, namenlos das nicht greifbare Wesen darin – kein Name, den wir im Augenblick angeben könnten – verletzt durch das doppelte Schweigen – ein Schmerz, der sich zwischen uns auftut – der Schmerz, keinerlei Versuch unternommen zu haben, das Schweigen zu durchbrechen – bis jetzt – bis die Feder innehält und es nur noch Warten gibt, keine Worte, noch mehr zu sagen.

Er schließt das Büchlein der blinden Frau. Das Büchlein, das ihm vorlängst anvertraut worden ist und das er in der Hoffnung auf Hinweise erst aufgeschlagen, als er sie bereits wieder verloren hatte. Erwägt zum ersten Mal seit sehr langer Zeit ein Gebet. Nicht für die, die zwischen den Seiten des Journals verloren sind, das er gelesen. Sie sind lange fort, komisch antiquiert in ihren Gewändern und Kniehosen und Strümpfen und Ketten. Aber wozu. Schließlich ist es doch dieser endlose Zug trauernder, leidender, verletzter Seelen, gleich denen im Büchlein, der ihm die Gebete schließlich in der Kehle hat ersterben lassen. Wenn er nicht selbst allen Lebenswillen verlieren wollte, konnte er nicht mehr um sie weinen, nicht mehr für sie beten.

Das Gebet, das er flüchtig erwog, ehe auch das ihm zwecklos erschien, ein Gebet für unwiederbringlich verlorene Seelen, verloren, verloren, verloren, das Gebet, das er einen kurzen Augenblick sprechen zu können glaubte, war ein Gebet für die Ungeborenen, Noch-nicht-Gedachten.

Ein Dankgebet. Sollte es den Neuen wirklich gelingen zu kommen, will er danken. Wortlose Danksagung von hier nach dort übermitteln. Ein Gebet, das keinem Gott gilt, der je benannt wurde. Ein Gebet, das denen dankt, die noch in den Furchen dieses befleckten Anfangs begraben liegen. Dieses gefallenen Ortes. Amen.

Ein schrecklicher Gedanke: sein Gebet könne nach hinten losgehen und ihn an den Anfang zurückschleudern, wo er knien müsste und die Beine seiner Mutter spreizen und sich dort zusammengerollt schlummern sehen, alles in einem Blitzschlag blendenden weißen Lichts erkennen, der zugleich ein gellendes *nein nein nein* ist, denn so sicher das Licht enthüllt, so sicher trennt es. Sein Samen-Selbst schrumpelt. Seine Mutter stöhnt. Beide werden sie erschossen und in den Straßengraben geworfen.

◈◈◈

Die Toten sagen, im Keller schlafen Kinder. Sie verhungern dort. Sie sind Qualen ausgesetzt. Sie frieren. Erkranken. Werden von Ungeziefer und Ratten zerbissen. Werden des Sonnenscheins beraubt, liebevoller Berühungen und des nährenden Lichts all des Unschätzbaren, das andere gesagt und geschrieben haben. Selbst wenn sie überleben, werden sie immer die Fäule dieses Kellers in sich tragen. Und, was das Schlimmste ist, sie sind Waisen – erfahren Liebe und Fürsorge nur von den Toten. Wir haben sie verloren, und sie haben uns verloren, und das macht uns zu Toten.

Sie treffen sich sonntags. Seine Predigertage vorüber. Kann nun frei verfügen über den Sonntagmorgen. Ihre Herrschaften fort zum weißen Gottesdienst, enttäuscht, dass sie sie nicht begleitet, doch voll Verständnis für ihre Scheu, in deren Kirche mitzugehen, obschon es ein Leichtes wäre, die Kirchenmänner davon zu überzeugen, dass ihre besondere Stellung innerhalb der Familie, als Augenlicht einer Blinden, Grund genug sei, sie nicht auf die Galerie zu den dunkelhäutigen Mitgläubigen zu verbannen. Stattdessen gestattet man ihr, die afrikanische Kirche zu besuchen. Doch ihr Weg führt sie sonntags nicht in Allens Betsaal, sondern an diesem vorbei, vorbei auch am gedrungenen Quaker-Gefängnis bis ganz ans Ende der Walnut Street, dann links in die Water Street, wo sie sich durch ein Gewirr von namenlosen Gassen und Fußwegen zu seinem Zimmer über dem Hart & Hare schlängelt.

Seit ihrer allerersten Begegnung in der Halle, beide verwirrt, im Haus eines weißen Mannes, zu dem andere nur mit seiner ausdrücklichen Genehmigung Zutritt haben, einem Menschen von der gleichen Farbe gegenüberzustehen, beide in Verlegenheit gebracht durch das Ritual des gegenseitigen Beäugens und der Entblößung – *wessen Neger haben wir denn hier, und wie ist dieses Wesen von seinen weißen Besitzern behandelt worden, spricht es für sie, wie sie, ist es von ihnen gezähmt, gebrochen worden, muss ich es bedauern oder verachten oder vor seinem Leid und seiner Schande zurückschaudern oder ihm die Schranken weisen, es an Allüren überbieten. Werde ich nichts oder mein eigenes Gesicht im Spiegel der Augen des anderen erkennen, die in meinen Bestätigung oder Abweisung oder Liebe suchen. Was haben sie dir getan, Baby. Sweet Jesus, was haben sie getan …* – seit sie sich auf dem Parkett der Eingangshalle begegnet sind, begegnet, begegnet, sie sind sich begegnet, haben sie sich alle Sonntagmorgen gestohlen. Sonntagmorgen ist die einzige Zeit, da das Hart & Hare schläft. Verbringen diese Zeit gemeinsam in der friedlichen Stille seiner schrankgroßen Kammer, auf seiner bordschmalen Bettstatt, die einer Schiffskoje gleicht, in dem vom Planken umschlossenen Bauch, der nach Teer riecht und tausendköpfiger Fracht, Haut eines Schiffs, in dem sie bis ans Ende der Welt reisen.

Lass mich deine Hand halten. Bitte. Schon gut. Weine nur. Weine, wenn dir zum Weinen ist.

Mitten in der Nacht kommt er zu mir, wenn sie schläft. Als könnte nächtliches Dunkel seine Missetat verschleiern. Seinen Verrat an ihr. Das Leid und die Schande, die er über mich bringt. Als könnte Finsternis vor der armen Seele etwas verbergen, die zu einem Leben in ewiger Nacht verdammt ist. Als hätte sie nicht längst gelernt, aus dem Dunkel eine eigene Art von Sehen zu weben, einen besonderen Scharfsinn, der ihre nutzlosen Augen ersetzt. Mehr als die Schärfung verbleibender Sinne. Sie träumt sich eine Welt ringsum zurecht, ein belebtes Gemälde, in das sie hineinschlüpft, in dem sie sich mühelos zurechtfindet, während ihr Gemälde für andere nichts als gerahmte Leere bleibt, schwarzer Abgrund, Leere.

Weil ich allezeit bei ihr bin, sind meine Sinne durch das vergebliche Bemühen, ihr nachzukommen, ebenfalls geschärft. Ich bilde mir ein, mit ihren scharfen Ohren hören zu können, wie er sich aus dem ehelichen Bett stiehlt, durchs Haus an meine Pritsche schleicht, zu hören, wie er darauf Platz nimmt, mich nimmt. Ich bilde mir ein, die Qual ihrer Erstarrung zu hören, Starre, die meiner so ähnelt, wenn sie dort in ihrem Bett liegt und vorgibt zu schlafen, während die Kunde dessen, was er tut, über sie hereinbricht, Kunde, die anschwillt zu Schreien, Tritten, Fausthieben, die auf uns beide niederprasseln. Was für andere Ohren kaum hörbares nächtliches Raunen wäre, wird in ihren zum Sturm, einem Sturm, dessen verheerenden Kurs sie absteckt, während ihre Welt untergeht.

Mir ist, als wäre sie in mir gefangen und blickte zu ihm hinaus. Und in ihm steckt sie gleichfalls. Blickt auf mich herab. Sein Gesicht über meinem, sein nasser Mund, der einen ungesehenen Körper verschlingt. Er selbst unsichtbar in der tiefen, fensterlosen Finsternis meiner kleinen Dienstkammer, und doch erkennt sie seine Gestalt vor dem Hintergrund viel größerer, tieferer Schatten, wenn er sich hochbäumt, innehält und schließlich in sich zusammensackt, sein schwerer Kopf eine schwarz gewordene Sonne, die unter den Horizont meiner Schulter an meine Brust sinkt.

Raue Hand auf meiner bloßen Haut – schamlose Vermengung seiner und meiner scharfen Gerüche – Wasserschwappen in einem Eimer – Krachen der Knochen – aalig klatschende Schenkel – Ein- und Ausströmen der Luft im Blasebalg seiner Brust – ersticktes, kehliges Stöhnen, das ich schlucken muss – *ah ah ah* – damit daraus nicht Schreie werden, die das ganze Haus wecken.

Keine fünf Schritt weiter, jenseits der Tür, würdest du von alledem nichts ahnen – aber wenn du die Frau am anderen Ende des Hauses bist, die Schlaf vortäuscht, aber hellwach ist, dann entgeht dir nichts von dem Radau – obwohl ich mein Seufzen und Stöhnen unterdrücke – obwohl ich trotz seines Kneifens und Quetschens, Beißens und Reißens daliege wie Holz, wie sie auch – obwohl ich meine Zunge stillhalte, mir auf die Lippen beiße, bis ich Blut schmecke, hört sie es rot sickern – hört seine Lippen schmatzen und meine auseinander zwingen, um von dem salzigen Sud zu kosten.

Du musst etwas tun, damit er ablässt. Ich werde …

Tun, tun, tun. *Tun*, sagst du. Was könnte jetzt noch irgendjemand tun. Willst du ihn töten. Und wenn sie dich fassen, habe ich dein Blut an den Händen. Es ist bereits zu viel getan worden. Die schändliche Tat ist bereits getan, und jetzt bleibt mir nichts als zu warten. Darauf, dass die Wahrheit meinen Leib anschwellen lässt. Die Wahrheit ans Licht kommt.

Aber ich möchte dir helfen.

Du hast mir geholfen. Indem du mich herkommen lässt. Zuhörst. Mich achtest und behandelst wie eine Freundin. Mich an deinen Geschichten teilhaben lässt. Ich freue mich die geschlagene Woche auf unsere Begegnungen. Sie sind meine Rettung. Ich wollte, ich hätte dich eher gefunden. Oder du mich. Ich stelle mir vor, wie das Leben für uns hätte sein können. Wer wir hätten sein können, wäre uns ein gemeinsames Leben vergönnt gewesen.

Manchmal frage ich mich, ob überhaupt etwas von dem, was ich sage, dich erreicht. Warum sollte es. Wie sollte es. Ich fürchte …

Als hätte sie seinen Gedanken zu Ende gehört, sodass er ihn nicht laut auszusprechen braucht, heißt sie ihn mit einem Lächeln schweigen. Wie die Wände der Matthäuskirche am Tage ihres Erscheinens stürzen nun die Wände seiner Kammer über dem Hart & Hare ein. Alle Welt drängt sich in ihr geheimes Refugium. Und obwohl das Gedränge zunimmt, finden alle an ihrem Zufluchtsort mühelos Platz, der umso geheimer wird, umso trauter.

Ich gestand Bischof Allen schließlich, ich hätte allen Glauben verloren. Sagte ihm, ich müsse die Kirche verlassen. Das Predigen lassen. Unmittelbar vor der Totenfeier für die Waisen. Der denkbar schlechteste Zeitpunkt. Und der beste. Ich zürnte ihm. Ich wollte ihn treffen. Konnte nicht begreifen, woher er die Fassung nähme, vor den Menschen zu sprechen, die sich versammelten, um die toten Kinder zu betrauern. Eure Kinder. Der nämliche Gott, dem er zu dienen glaubte, hatte seine gütige Hand über diese Kinder gehalten, sie zur Zeit der Fieberseuche verschont, sie zu Waisen gemacht, in eine Anstalt abgesondert und diese Waisenanstalt sodann mitsamt den darin gefangenen Kindern bis auf die Grundfesten niederbrennen lassen. Wie konnte da Allen vor die Leute hintreten, wie konnte er den Willen eines solchen Gottes verkündigen.

Ich wusste, angesichts des schrecklichen Verlusts der Kinder war mein kleiner Abfall unerheblich. Und doch ließ ich es mir nicht nehmen, an jenem Morgen auf Allens Bürde noch meine klägliche Botschaft zu legen. Ja. Ich wollte ihn treffen. Ihn zu Boden gehen sehen. Strohhalm sein, der Strohhalm, der ihn zuletzt doch noch stolpern, den Boden unter den Füßen verlieren, sich von einem Gotte abwenden ließe, der den dunklen Söhnen und Töchtern Afrikas eine endlose Kette von Schrecken zudenkt.

Allen ist ein großer Mann. Mit weiter Seele. Er hörte mir zu. Erwiderte nicht ein Wort. Berührte lediglich meine Stirn. Lächelte. Oder vielmehr blickte er mich in einer Weise an, die ich in Ermangelung besserer Worte als Lächeln bezeichne, so wie man vom Himmel sagen könnte, er lächele, oder einem Fluss in einer erfundenen Geschichte.

Ich kann ihn treffen, ich habe ihm, meine ich, Leid zugefügt. Aber kein Leid, nicht alles Leid der Welt könnte ihn aufhalten. Darin meiner seligen Mutter so ähnlich. Die Leidensfähigkeit des guten Bischofs scheint unbegrenzt, er erträgt auch solches Leid noch, das andere nicht tragen können. Ich muss wohl gewusst haben, dass ich mich selbst in dem Augenblick noch auf seine Kraft stützen könnte, da ich den Mund auftat, um ihm an diesem Morgen böswillig, selbstisch ein weiteres Gram Leid aufzubürden, ehe er aus seiner Kirche vor die Trauernden hintrat.

Aus dieser schwarzen Grube, aus der kostbaren Asche der Kinderlein, deren Seelen der Herr zu sich genommen hat, wird die Hoffnung unseres Volkes wieder aufsteigen ...

Ja. Das hat er zu sagen gewagt. Glaubte daran. Und die Asche meines Glaubens fiel zwischen Kinderknochen und Blut und ersticktes Lachen, und wenn Allens Worte überhaupt etwas bedeuteten, wenn überhaupt irgendjemand irgendwo seine Predigt hörte, dann erfuhr vielleicht auch mein Unglaube eine Wandlung und stieg auf.

Du warst da. Du hast ihm gelauscht. Es war eine große Predigt. Und als er geendigt hatte, befiel uns Schweigen, nicht wahr, wie bei einem überraschenden Schneesturm im Herbst. Dem ersten Schneesturm des Jahres, aus heiterem, blauem, windstillem Himmel. Riesengroße Flocken, die in der Luft stehen. Eine um die andere alles verwandeln. Es raubt dir den Atem, so wunderschön und gewaltig und unwiderstehlich, dass du wünschst, es möge nie aufhören, zugleich aber erschrickst du, weil du ahnst, dass es tatsächlich ohne Ende weitergehen könnte, nicht enden muss. Eines Tag werden der Schnee, das Schweigen, nicht mehr aufhören. Sie werden uns bedecken, ersticken, ein Ende bereiten. Vielleicht ist heute der Tag gekommen. Ist dies der T-t-t-ag.

Und dann hebt, wie sie es immer tun, plötzlich eine unserer Alten zu einem Lied an, und alle stimmen ein. Das Singen soll weniger das Schweigen brechen als in den Strom steigen und den Kinderlein hinterher-t-t-tr-eiben.

Hörst du, ich fange an zu stottern. Selbst wenn ich nicht spreche. Stottere ich. Büße meine Zungenfertigkeit in dieser Sprache ein, die zu lernen mich gar zu teuer zu stehen gekommen ist. Zu viel von diesem und von zahllosen anderen Leben gekostet hat. Ein Stottern. Zwischen dem, was ich sagen will, und dem Sagen liegt ein Schatten. Tut sich ein Graben auf, und die Wörter knicken ein und stürzen in die Tiefe. *Fly away home*, meine Wörter ein Gesicht im Spiegel, das ich nicht kennen will.

Zeit, aufzugeben. Den Versuch, mit fremder Zunge zu sprechen, mühsam die Stimme eines Fremden anzunehmen, um dich am Leben zu halten. Die Geschichten verfehlen ihre Wirkung. Ich rede, vielleicht hörst du auch zu, aber es geht dir nicht besser, du kommst nicht zu Kräften. Jeden Augenblick muss ich dich verlieren. Du kannst an diesem gefallenen Ort nicht leben. Die Liebe kann hier nicht leben. Zeit zu gehen. Aufzugeben. Dich gehen zu lassen und mit dir zu gehen. Wohin auch immer. Über den Ozean, die Sterne, so weit du mich lässt.

Ich gerate ins Stock-ck- ins Stot-t-t-tern.

Die Sprache zerfällt in meinen Händen. Wie der Stoff der blauen Leibwäsche zu Staub wurde, als du dich am See in den Sand knietest und das müde Gewebe über den goldgelockten Kopf des Kinds ziehen wolltest.

Sie mustert ihn. Sie ist sich nicht sicher, ob es ein Spiel ist oder ob ihm die Worte wirklich im Halse stecken bleiben.

Ob Kinderei das Unheil abwenden soll oder eine schreckliche Krankheit ihn anwandelt.

Ob so oder so, irgendwas liegt im Argen, aber er ist machtlos, und sie kann nichts machen, also sagt sie: Schon gut, schon gut, macht nichts, *Baby*. Du brauchst keine Angst haben. Damit er weiß, sie versteht und es ist schon in Ordnung. So oder so. Alles. Beides. Solange du alles versucht hast, *Baby*. Ist es gut. Alles gut. Alles gut.

◈◈◈

Eines Tages, wenn es Zeit ist, die letzte Geschichte zu erzählen und ich stottere, weil sie mir wie ein Stein im Hals sitzt und das Gewicht aller erzählten und nicht erzählten Geschichten in sich trägt, die ich dir darbringen wollte, Geschichten von meinen Toten, um dich am Leben zu erhalten, die Liebe am Leben zu erhalten, mir meine abendlichen Besuche hier bei dir zu erhalten trotz meiner Toten, trotz dem, was fehlte, verloren war, vermisst, nie wieder gesehen, trotzdem sich die Erde unter unseren Füßen immer schneller dreht, sodass jedes Mal, wenn ich durch die Tür trete, weniger Zeit bleibt und mehr Zeit zu beklagen und bezwingen ist in den Geschichten, mit denen ich uns zu binden hoffte, zu befreien, damit es noch mehr gebe, mehr …

Eines Tages werde ich dir von Ramona Africa in ihrer Zelle berichten, Mandela in der seinen und den Namen der Toten, für die unsere Kerzen in Philadelphia, Kapstadt und Pittsburgh brannten. Hier. Nimm meine blinde Hand. Lehre sie deine Züge. Verzeih mir meine Toten. Lockere ihren Griff um mein Herz. Ich atme durch ihre Geschichten. Sollte ich dich jemals küssen, dann mit Lippen, die sie formen. Meine Toten im Kuss. Die Menschenmenge, die sich am Nachmittag der Kundgebung auf dem Independence Square in Philadelphia nie einfand, um die Toten von Osage Avenue zu beklagen. Die halbe Million Menschen, die die Innenstadt von Kapstadt verstopften, sich bei der Massenversammlung zu Ehren Mandelas nach siebenundzwanzig Jahren Haft noch in die umliegenden Straßen ergossen, schwarz und weiß säumten sie wie Hitchcocks Vögel Brücken, Böschungen, Autobahnüberführungen, Straßen.

Wisse aber, dass immer Maschinen über uns in der Luft schweben, Rieseninsekten, die jederzeit niederstoßen und Tod verspritzen können, den Platz innerhalb von Sekunden räumen. Unser ganzes Fleisch, Millionen Arme und Beine machtlos, Körper zerquetscht, zertrampelt, vom Sperrfeuer der fliegenden Maschinen zerfetzt, die von Menschen gesteuert sind, die den unten auf dem Platz hingestreckten so ähneln, den Toten, die von der fliehenden Menge liegen gelassen werden, die die Maschinen vor sich hertreiben.

Und wisse, dass Prophezeiungen in der Luft liegen, Prophezeiungen, die tödlicher sind als Maschinen. Wenn ihr euch selbst verleugnet, euch verwandelt, euch zerstört, sagen die Propheten, kommt eine bessere Welt. Ein solches Opfer wird eure Feinde bestürzen, sie bekehren, und sie werden euch nicht länger Feind sein. Aus der Asche eures Opfers wird eine Welt des Friedens und Überflusses steigen, sagen sie. Die Propheten des Geistertanzes, der Viehschlächterei, Propheten von Jonestown, von übers Ohr gehauen, in den Arsch gekniffen werden, Propheten von Kopf-Ab, Propheten der Ketten und Kerker und liebe deinen Nächsten dann und nur dann, wenn du der Nächste bist, Propheten des eine Haut ist gleicher als die andere, und wenn die Haut paßt, zieh sie dir an, wenn nicht, zieh sie Schicht um

Schicht ab bis auf die Knochen, dann – erklären des Weiteren die Propheten – wird eine neue, eine bessere Zeit anbrechen.

Pittsburgh und Chicago und Los Angeles und Detroit und New York und Dallas und Cleveland und Oakland und Miami, landauf, landab in allen Städten Trauerzüge und Kundgebungen, und eine jede ist eine Geschichte, ist Feier und Trauer und Abschied und Sammlung, viele Geschichten, die immer gleiche Geschichte. Tod, der am Leben erhält, auf einen neuen Tag, eine neue Geschichte. Ramona entzündet ihre Kerze – reicht sie Mandela – reicht sie Mumia – reicht sie Huey – reicht sie Goodman und Chaney – reicht sie Gabriel – reicht sie dem Geist einer Frau, die sich findet, sich bei einer der Kundgebungen in einer der Städte benennt, wo ich dich suche, um bei dir zu sein, dich zu retten, mich zu retten, dir Geschichten zu erzählen, damit meine Toten nicht Fremde sein müssen, damit sie wandeln und sprechen, damit sie uns kennen, uns willkommen heißen. Uns die Freiheit schenken. Zu lieben.

Denn was, endlich, ist der Mensch. Mann. Frau. Sind wir nicht zuallererst Liebende, Geist im selben weiten, unerforschten Raum, Raum, den unsere Geschichten abschreiten, gesungenem Raum, wieder und wieder beschrieben, ohne dass die eine Geschichte von der nächsten je ganz getilgt würde, sondern Raum schafft, eine jede, sich selbst, uns. Solange jemand zuhört.

EPILOG

Dan hatte das Exposé, die Notizen für sein Buch über Festung und Sklavenumschlagplatz auf der Insel Gorée beiseite gelegt und auf der letzten Etappe des langen Fluges von den Vereinigten Staaten das Buch seines Vaters zu Ende gelesen. Wenn sich nur die Wolken endlich verziehen wollten, wäre unter ihnen bald das grüne Land der Väter zu sehen.

Tee, Sir. Bitte sehr.

Ein fesselndes, ein faszinierendes Buch, wie es die meisten Bücher seines Vaters für ihn waren. Und wie die meisten Bücher seines Vaters schien auch dieses von Dingen bewegt, die ungesagt, ungeteilt, verborgen blieben. Im Kern stumm. Vielleicht Dinge, die sein Vater nicht sagen konnte. Im Kern voll Schmerz und Schweigen. Der gleiche Mist, an den sie nicht rankamen, mit dem sie noch weniger zurechtkamen, wenn sie redeten. Sodass ihre Gespräche oft knapp ausfielen, fast gestelzt, selbst dann, wenn sie sich wohl fühlten miteinander, einfach eine Runde Basketball spielten oder über Bücher sprachen, zusammen aßen, was immer.

Es war ein bis auf die Knochen benagtes Buch. Ein Elfenbeinartefakt, kunstvoll mit Zähnen und Klauen bearbeitet, zerbrechlich dünn gewetzt, doch im Mark unberührt. Unversehrt. Vielleicht war das das Geschenk, das sein Vater ihm machte. Pops, der eindeckte, für die Zutaten sorgte, zu Tisch bat, die eigentliche Zubereitung der Speisen jedoch ihm überließ.

Dear Dad. Habe soeben *Schwarzes Blut* zu Ende gelesen. Gratuliere. Ein großartiges Buch. Freue mich schon auf ein Gespräch darüber. Ich könnte mich ja nie hinsetzen und einen deiner Romane rezensieren, aber ich habe mir schon manches Mal gewünscht, du könntest hören, was beim Lesen in meinem Kopf abgeht. Einwürfe, Deutungen, Abschweifungen, Anmerkungen. Sachfragen, Unsachliches, blöde Bemerkungen, Beschimpfungen, Umschreiben ganzer Passagen. Wäre schön, wenn du bei dem Mist mal mithören könntest.

Hier und da kommt es mir vor, als würde dein Buch meine Frotzeleien, meine Bedenken, mein Stöhnen und mein seufzendes Amen vorwegnehmen. Wir rappen, reden und rechten um die Wette. Das solltest du mal hören. Vielleicht hörst du es ja. Du jedenfalls bist nicht zu überhören. Und sag ehrlich, Alter. Wer hat schon beim Dirty Dozens mit Dad eine Chance.

Aber hör zu, was ich dir jetzt erzähle, wirst du kaum glauben. Ich habe bei meinem Zwischenstopp in London einige unveröffentlichte Briefe entdeckt. Ich hatte ein Ticket, das eine zweitägige Reiseunterbrechung erlaubte, und die Zeit habe ich in den Afrika-Archiven des British Museum verbracht. Dort bin ich auf Briefe gestoßen, die ich gar nicht suchte. Ein absolut verrückter Zufall. Die Briefe, meine ich natürlich. Sie steckten in einer verstaubten Schachtel voll verstaubter Missionarskorrespondenz, und ich habe sie abgeschrieben, weil es aus der damaligen Zeit ja kaum Briefe von Schwarzafrikanern gibt. Schade, dass ich sie nicht vor Erscheinen deines Buchs entdeckt habe. Du darfst nicht vergessen, dass ich deinen neuen Roman zu dem Zeitpunkt noch nicht gelesen hatte, ich wusste nicht einmal genau, wovon er handelt, nur irgendwas von der Viehschlächterei der südafrikanischen Xhosa.

Jedenfalls haben mich die entdeckten Briefe aus irgendeinem Grund fasziniert, ich habe Abschriften gemacht, und jetzt stelle ich fest, dass die Briefe die Fortsetzung deines Buches sind. Eine Art Happyend sozusagen. Unheimlich, das Ganze. Selbst, wenn ich sie früher ausgegraben hätte, hättest du die Briefe nicht verwenden können, weil dir nämlich niemand diesen letzten Dreh abgekauft hätte. Der Kreis schließt sich einfach zu sauber. Wer würde schon glauben, dass der Bruder deines Erzählers, der irgendwo am Kap der Guten Hoffnung auf See blieb, jedenfalls nach Ansicht deines namenlosen Erzählers, im südlichen Afrika noch gut und gerne fünfzig Jahre weiterlebte. Und nicht bloß lebte, sondern Briefe schrieb und Tagebuch führte. Das Journal muss verloren gegangen sein. Jedenfalls lag es nicht bei den Briefen. Und in den Briefen ist auch die Rede davon, dass es in den unruhigen Zeiten abhanden gekommen sei. Ich kann also nur mit der Abschrift einiger weniger Briefe und schlecht erhaltener Brieffragmente dienen. Briefe an einen Bruder, der Welten entfernt war, einen Bruder, den der Briefeschreiber jahrzehntelang nicht gesehen hatte. Unerhört, oder. Selbst die zeitlichen Angaben stimmen überein. Ob nun zwischen meinen Briefen und deiner Geschichte tatsächlich ein Zusammenhang besteht oder nicht; es ist und bleibt ein unglaublicher Zufall. Ein Verhältnis zwischen Brüdern in der »wirklichen« Welt als Doppelung des Verhältnisses, das du für dein Buch erfunden hast. Oder umgekehrt; entscheide selbst. Deine Ansage.

Die Briefe sprechen für sich. Ich will sie, wenn möglich, in meinem Gorée-Buch verwenden, also wehe, du bedienst dich oder zitierst ohne Zustimmung, Sir. Dann hetze ich dir Anwalt *und* Agenten auf den Hintern.

Also streng vertraulich, verstanden. Ich weiß nicht, ob es in deiner Geschichte um wirkliche Personen geht, was immer *wirklich* hier heißen mag. Es geht allein um das seltsame Zusammentreffen. Die Wirklichkeit ist immer noch phantastischer als alle Phantasie, sagt man doch. Ich schicke dir hier eine Kopie meiner Abschrift des einzig vollständig erhaltenen Briefs gleich mit. Lies und weine.

Dein D. J.

Bruder, ich habe die grünen Gestade Afrikas erreicht. Nach so manchem Abenteuer. Freudentränen vergoß ich und auch solche der Trauer, da meine Füße erstmals afrikanischen Boden berührten. Ich rief Dir zu, unserer Mutter, unseren Vorvätern, all jenen, die ich auf der Reise verloren und gefunden. Rief Dir zu, Bruder, sang deinen Namen in den linden Wind Afrikas, weil ich Dir von so vielem, vielem sprechen muss …

Ich musste mich heimlich von Bord stehlen. Denn meine Schiffskameraden gedachten, mich an Sklavenhändler zu verkaufen. Kein schwarzer Mann ist je sicher, auch hier nicht. Das Land ist in Aufruhr. Jahrzehnte stets wieder aufflackernder Kriege haben die Afrikaner ohne Land, ohne Nahrung, ohne Hoffnung gelassen. Eine Prophezeiung geht um, und viele Afrikaner folgen ihrem Aberwitz. Sie schlachten ihr Vieh. Dieses äußerste Mittel soll die Weißen vertreiben, soll den Schwarzen durch Zauberkraft erneut zu Wohlstand und Macht aufhelfen. Allein die Vernichtung in Masse bewirkt gerade das Gegenteil dessen, was die Afrikaner erhoffen und die Prophezeiung verhieß. Noch größeres Elend befällt das Land; die Kinder sterben. Die Afrikaner zerstören sich selbst, sie vollenden, was Büchsen und Barbarei der Briten nicht vermochten.

Der Ausgang ist ungewiss, indes ich kenne meine Pflicht. Ich bete für diese stolzen, großherzigen Seelen, die dem Bann einer üblen Prophezeiung erlegen, welche sie ihrer selbst beraubt. Bis zum letzten Atemzug will ich ihnen beistehen.

Der Himmel allein weiß, ob Dich diese Nachricht, gleich anderen, die ich Dir zu übersenden hoffe, je erreicht, doch es wird eine Zeit kommen, des bin ich gewiss, die uns wieder vereint.

Sei festen Mutes. Dein Bruder